BERND KÖSTERING

Falkensturz

OFFENBACHER HENKER Alfred Sival erhält von einem Unbekannten fiktive Todesanzeigen mit seinem Namen versehen: Darauf steht, dass er am 14. Mai sterben wird. Sivals Hass auf die Polizei hält ihn davon ab, Hilfe zu suchen. Schließlich offenbart er sich dem ehemaligen Journalisten Herbert Falke, der es sich zum Hobby gemacht hat, zusammen mit seiner Enkeltochter Franziska Kleinkriminelle zu jagen. Die beiden versuchen, Licht in den seltsamen Fall zu bringen. Dabei stoßen sie auf einen mysteriösen Toten im Offenbacher Leonhard-Eißnert-Park, einen Hund ohne Fell, der sich für Gulaschsuppe begeistert, und ein Opfer, das zum Täter wird. Die Ermittlungen scheinen mit Franziskas Deutschkurs und einem der bekanntesten Werke von Friedrich Dürrenmatt zusammenzuhängen: *Der Richter und sein Henker*.

Bernd Köstering, geboren 1954 in Weimar, ist verheiratet und hat zwei erwachsene Töchter sowie eine Enkeltochter. Er arbeitet als Medizintechnik-Ingenieur und lebt seit zwei Jahrzehnten in Offenbach am Main. Im Alter von 50 Jahren begann er, Kriminalromane zu schreiben. Seine Krimi-Trilogie um den Literaturexperten Hendrik Wilmut hat unter Goethe-Fans inzwischen Kultcharakter. Mit Falkensturz *setzt er seine Reihe von Literaturkrimis fort.*

Bisherige Veröffentlichungen im Gmeiner-Verlag:
Goethesturm (2012)
Goetheglut (2011)
Goetheruh (2010)

BERND KÖSTERING

Falkensturz

Ein Literaturkrimi

GMEINER *Original*

Personen und Handlung sind frei erfunden.
Ähnlichkeiten mit lebenden oder toten Personen
sind rein zufällig und nicht beabsichtigt.

Quellenangabe: Alle Bemerkungen zu Der Richter und sein Henker *von Friedrich Dürrenmatt beziehen sich auf die Ausgabe von 1998, Diogenes Verlag AG Zürich*

Besuchen Sie uns im Internet:
www.gmeiner-verlag.de

Im Ehnried 5, 88605 Meßkirch
Telefon 07575/2095-0
info@gmeiner-verlag.de

1. Auflage 2014

Lektorat: Sven Lang
Herstellung: Mirjam Hecht
Umschlaggestaltung: U.O.R.G. Lutz Eberle, Stuttgart
Die Karten wurden gestaltet von: Felix Volpp – www.fevo-design.de
unter Verwendung eines Fotos von: © Igor Link – Fotolia.com
Druck: GGP Media GmbH, Pößneck
Printed in Germany
ISBN 978-3-8392-1600-2

Ich widme dieses Buch einer Frau, die ich wegen ihrer Herzenswärme und positiven Lebenseinstellung bewundere. In ihrer Jugend kannte ich sie nicht, stelle sie mir aber so vor, wie die Franziska im folgenden Roman. Ich widme dieses Buch meiner Mutter.

Offenbach am Main

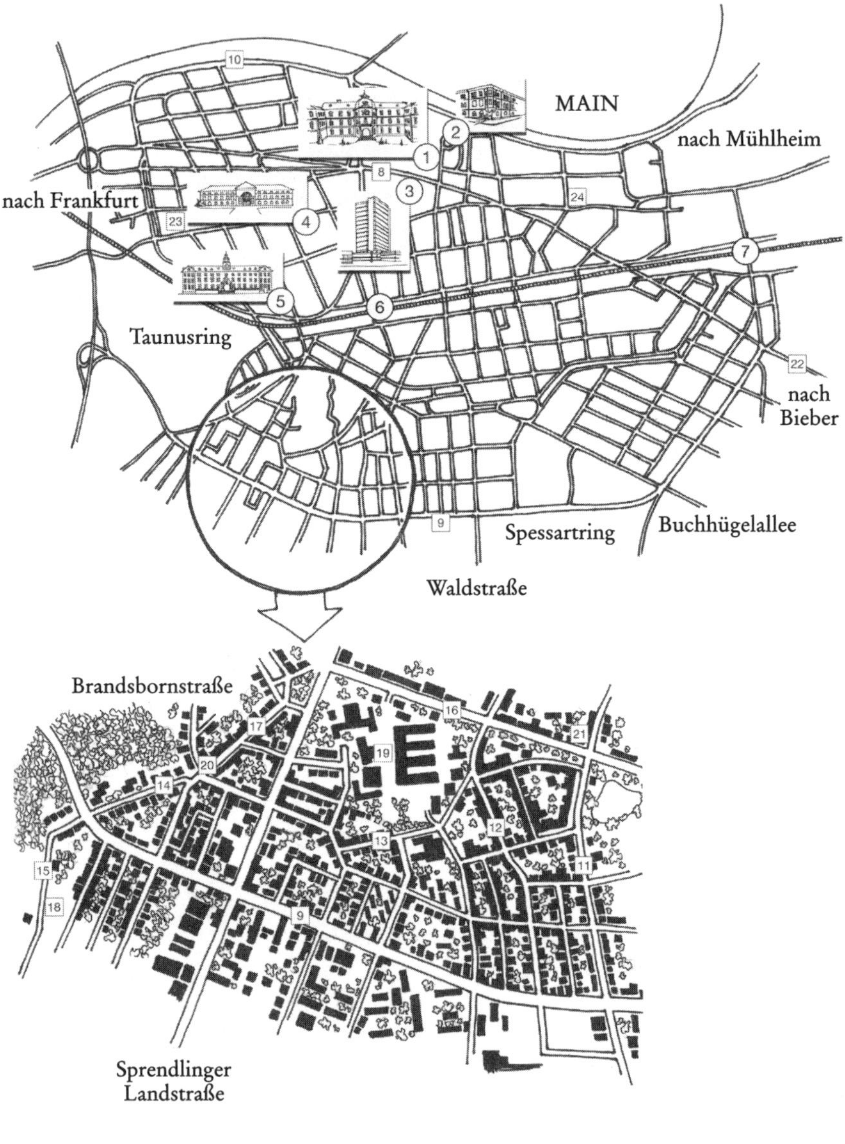

1: Büsing Palais
2: Haus der Stadtgeschichte
3: Rathaus
4: Ledermuseum
5: Leibnizschule
6: Hauptbahnhof
7: Ostbahnhof
8: Berliner Straße
9: Odenwaldring
10: Nordring
11: Senefelderstraße
12: Brinkstraße
13: Beethovenstraße
14: Unterer Buchrainweg
15: Oberer Buchrainweg
16: Starkenburgring
17: Wohnung Falke
18: Haus Sival
19: Sana-Klinikum
20: Bäckerei
21: Kiosk
22: Zum Stadion und Leonard-Eißnert-Park
23: Deutscher Wetterdienst
24: 1. Polizeirevier

DIE HAUPTFIGUREN DER FALKE-SERIE

Herbert Falke, ehemaliger Journalist, auf der Suche nach Handtaschendieben und Erpressern.

Andreas Falke, sein Sohn, auf der Suche nach seiner verschwundenen Frau.

Franziska Falke, seine Enkelin, auf der Suche nach ihrer eigenen Identität.

Gianni Mussner, Herberts bester Freund, trotz bester Absichten manchmal in der Versuchung, den rechten Weg zu verlassen.

Jaqueline »Jacky« Jansen, Franziskas beste Freundin, versucht, Recht und Freundschaft in Einklang zu bringen.

Skander »Alex« Halima, Franziskas Mitschüler, auf der Suche nach seiner inneren Heimat.

Nina Heckmanns, Kriminalhauptkommissarin, auf der Suche nach einem fähigen Mitarbeiter.

Matthias Bennert, Kriminaloberkommissar, Nina Heckmanns immer gut gekleideter Mitarbeiter, an dessen Fähigkeiten sie zu glauben versucht.

PROLOG: MONTAG, 1. MAI

Als er den Briefkasten öffnete, fiel ihm der Umschlag mit dem schwarzen Rand direkt vor die Füße. Er wusste sofort, welcher Name auf der Todesanzeige prangte. Sein eigener: Alfred Sival.

Drei Monate waren vergangen ohne die zermürbenden Todesanzeigen mit seinem Namen. Wie hatte er sich nur der Illusion hingeben können, es wäre vorbei? Vielleicht war die Pause sogar Absicht gewesen, vielleicht wollte sein Peiniger ihn in Sicherheit wiegen, seine Hoffnung auf ein Ende der Tortur nähren, um dann von vorn zu beginnen.

Er bückte sich langsam und griff nach dem Brief. Mit ungeschickten Fingern riss er den Umschlag auf. Diesmal stand nicht nur sein Name auf der Anzeige, nein – diesmal leuchtete fett gedruckt auch sein Todestag von dem blütenweißen Papier: Sonntag, der 14. Mai.

Er krümmte sich wie nach einem Schlag in die Magengrube. So stand er mehrere Minuten vor dem Haus, unfähig, sich zu bewegen, während die Morgensonne über die Dächer lugte. Dann hörte er seinen Nachbarn mit dem Hund die Straße heraufkommen. Es kostete ihn enorme Überwindung, sich umzudrehen und ins Haus zurückzugehen, nur die Aussicht auf ein Gespräch mit dem benachbarten Faselhans trieb ihn an.

Kaum war die Tür hinter ihm ins Schloss gefallen, klingelte das Telefon. Er mühte sich, einen Fuß vor den anderen zu setzen, seine Beine versagten ihm fast die

Gefolgschaft, seine Arme hingen wie schlaffe Gummibänder an ihm herunter. Das Läuten hielt erbarmungslos an. Endlich hatte er den Telefonapparat erreicht. »Ja?« – Keine Antwort. – »Hallo, wer ist denn da?« Er meinte, ein Atmen am anderen Ende zu hören, dann ein Kichern, war sich aber nicht sicher, es konnte auch Einbildung sein. »Verdammt, wer ist denn da?«, rief er. Keine Antwort. Ein bislang nie dagewesener Strom der Wut stieg aus seinen Eingeweiden hoch. Er glaubte, bersten zu müssen, holte weit aus und schleuderte das Mobilteil des Telefons mit aller Kraft gegen die Fensterscheibe. Kunststoff splitterte, die Batterien flogen quer durchs Zimmer und aus der Mitte der Scheibe entsprang ein Riss, der in Sekunden diagonal über das Glas schoss, bis der Fensterrahmen ihm Einhalt gebot.

»Lasst mich in Ruhe!«, schrie er. »Ich habe doch nichts getan. Lasst mich endlich in Ruhe!«

Hatte er jemandem Unrecht getan? Jemanden beleidigt oder missachtet? Tagelang – nein, wochenlang hatte er sich mit Gedanken gemartert, aber nichts war ihm eingefallen, das ein solch barbarisches Verhalten rechtfertigen konnte. Stechende Magenschmerzen ergriffen ihn, schüttelten ihn wie nach jedem der Briefe. Stöhnend, röchelnd warf sich Alfred Sival in den Sessel.

DIENSTAG, 2. MAI

Franziska Falke konnte zum Frühstück nichts essen. Sie trank nur eine Tasse Milchkaffee und blätterte dabei in den Schulbüchern. So lief das schon seit Jahren. Trotzdem rief ihr Vater aus der Küche: »Hast du wirklich keinen Hunger, Franzi?«

»Papa!«

»Schon gut.«

»Hilfst du mir bei den Hausaufgaben?«, fragte sie.

»Wie, jetzt?«

»Natürlich jetzt, in einer halben Stunde fängt meine Deutschstunde an!«

»Franzi!« Andreas Falke bog um die Ecke, eine Kaffeetasse und ein Nutellabrot in der Hand.

»Das ist aber nicht gesund«, meinte Franziska mit einer Kopfbewegung in Richtung Nutella.

»Ja, ja, ich hab heute Abiturprüfung, da brauche ich Nervennahrung.«

Franziska lachte. »Aber Papi, *du* schreibst doch nicht die Abiturarbeit, sondern deine Schüler!«

»Ja, trotzdem, zeig mal her, um was geht es denn?«

»Wir sollten Dürrenmatt lesen, ›Der Richter und sein Henker‹, aber ich hatte keinen Bock drauf … und so viel zu tun, du weißt schon.«

»Ja, ich weiß, du musstest dringend mit Jacky ins Ringcenter, Shopping, Kaffee, Eis und so weiter.«

»Mensch, Papa!« Sie rutschte unruhig auf dem Stuhl

hin und her und warf einen demonstrativen Blick auf ihre Armbanduhr.

»Okay, Jo Bester wartet, und er will eine Inhaltsangabe, nehme ich an.«

»Woher weißt du das?«

»Immerhin haben wir zusammen studiert, also pass auf: Man kann ›Der Richter und sein Henker‹ als Kriminalroman bezeichnen …«

Franziska sah erstaunt auf. »Ein Krimi?«

»Richtig. Dürrenmatt geht aber noch weiter, er thematisiert Schuld, unrechtmäßiges Handeln und …«

»Okay, das kannst du mir ja morgen erzählen, heute brauche ich nur die Inhaltsangabe.«

Ihr Vater atmete hörbar aus. »Also gut: Die Geschichte spielt in der Schweiz, ein Polizist wird ermordet. Kommissar Bärlach und sein Kollege Tschanz untersuchen den Fall. Dabei stoßen sie auf Gastmann, einen international tätigen Verbrecher. Neben dem eigentlichen Fall gibt es eine Rückblende, eine zweite Handlungsebene, in der man erfährt, dass Bärlach vor 40 Jahren mit eben diesem Gastmann eine Wette abgeschlossen hat. Gastmann behauptete, er könne vor Bärlachs Augen einen Mord begehen, ohne dass es diesem gelänge, ihn zur Rechenschaft zu ziehen. Bärlach ging auf die Wette ein. Was er nicht für möglich hielt: Gastmann setzte sein Vorhaben in die Tat um. Er stieß im Beisein des Kommissars einen Mann von einer großen Brücke.«

»Aha, hört sich nach perfektem Mord an.«

»Könnte man sagen. Das Besondere an diesem Mord ist, dass der Mörder kein Motiv hatte.«

»Wie, der bringt jemanden um – einfach nur so?«

»Genau.«

»Ist ja krass!«

»Ich glaube, du musst los, fährst du mit dem Fahrrad?«

»Nein, das steht noch an der Schule … aber wie geht die Geschichte denn weiter?«

Andreas Falke lächelte. »Bärlach ist erfahren und listig. Er merkt schnell, dass sein Kollege Tschanz den Polizisten ermordet hat, aus Eifersucht und Karrierestreben. Schließlich manipuliert Bärlach Tschanz so, dass dieser Gastmann erschießt. Er erreicht also seine eigene Gerechtigkeit durch unrechtmäßiges Handeln.«

Franziska hatte sich bereits ihre Schultasche über die Schulter geworfen. »Danke, Papi, jetzt bin ich gut vorbereitet, tschüss!«

Als sie die Haustür zuschlug, kläffte aus dem Nachbargarten der Pudel von Frau Petermann. Ein Grund mehr, sich schnellstens davonzumachen.

»Willst du noch wissen, was mit Tschanz passiert?«, rief ihr Vater von oben aus dem Fenster. Sie winkte kurz ab und rannte los, den Buchrainweg entlang.

»Was ist dir beim Tanz passiert?«, hörte sie Frau Petermann noch fragen. Da war sie aber schon fast bei der Bäckerei Kress angekommen.

*

Herbert Falke wartete bereits seit einer Dreiviertelstunde in der Hessewirtschaft, als Gianni endlich durch die Tür trat.

»Bon di. Entschuldige, Herbie, war so viel los in der Redaktion.«

Den typischen Dialekt des Grödnertals hatte Gianni nie vollständig abgelegt, obwohl er schon seit 33 Jahren in Deutschland lebte. Immer noch hörte man dieses leichte, ans Schweizerdeutsch erinnernde Kratzen im Hals. Sein ›Bon di‹ war in der Stadt allseits bekannt. Im Ladinischen, seinem Südtiroler Urdialekt, war es die tägliche Begrüßungsformel, gleichbedeutend mit dem hessischen ›Ei gude, wie?‹.

»Mann, ich musste schon drei Apfelwein trinken, nur weil du mich so lange warten lässt!«

Gianni Mussner legte seine Pranke auf Herberts Schulter und begutachtete dessen Glas. »Sieht nach Sauer Gespritztem aus, also halb so schlimm. Und sicher hast du als Grundlage schon eine ordentliche Portion Grüne Soße verdrückt, oder?«

Herbert Falke grinste. Anita ratterte vorbei und rief, ohne Gianni anzusehen: »Pils?«

»Ja, bitte!«, antwortete er, setzte sich und legte eine Zeitung auf den Tisch. »Das ist der Offenbach-Kurier von heute, schon reingesehen?«

»Nein.«

»Solltest du aber. Ein Fall für dich.« Er tippte mit seinem mächtigen Zeigefinger mehrmals auf den Artikel.

Herbert Falke zog die Brille aus der Brusttasche seines karierten Sakkos und begann vorzulesen. »Gestern wurde einer 75-jährigen Frau an der Mainuferpromenade in Offenbach-Bürgel die Handtasche geraubt. Zeugen beobachteten einen jungen Mann auf einem silbernen Fahrrad, der sich der Frau von hinten näherte und ihr die Tasche entriss. Die Rentnerin stürzte dabei, erlitt eine Schulterverletzung und wurde ins Offenbacher Klinikum gebracht. Der Täter konnte unerkannt entkommen. Er trug einen grauen Kapuzenpulli und helle Turnschuhe. Sachdienliche Hinweise nimmt das

1. Offenbacher Polizeirevier entgegen. Telefon … und so weiter, das Übliche.« Falke schüttelte den Kopf. »Von wegen ›Hinweise entgegennehmen‹, gar nichts machen die, der Fall kommt zu den Akten und das war's. Wie immer.«

Gianni nickte. »Du hast recht. Leider. Frage mich immer wieder, warum wir das noch abdrucken. Aber der Chefredakteur will es so. Er glaubt an die Polizei.«

»Hast du etwas im Archiv gefunden?«

»Ja, mehrere ähnliche Fälle, immer Handtaschen, immer vom Fahrrad aus, immer am Mainufer. Jedes Mal ein junger Kerl im Kapuzenpulli, aber verschiedene Fahrräder, mal rot, mal blau, mal silber. Wahrscheinlich geklaut.«

»Okay, wer von euch war bei der Polizei?«

»Niemand, ein Kollege ist krank, die anderen waren bereits eingeteilt. Ich auch. Aber hier: Evas Bericht.«

Herbert Falke lächelte. »Gut, dass du so eine nette … Informantin im Polizeipräsidium hast.«

Gianni grinste. »Die Frau aus Bürgel heißt Marie Landwehr. Hier die Adresse. Und noch ein bisschen mehr.« Damit schob er eine dünne Mappe über den Tisch.

»Danke. Irgendeine Beschäftigung muss ich als Rentner ja haben. Wenn ich schon nicht mehr offiziell für den Kurier recherchieren darf, dann tue ich es eben privat.«

»Wäre froh, wenn ich dir helfen könnte. Aber keine Chance, solange ich noch arbeite. Wenn ich in Rente gehe, machen wir ein Oldie-Detektivbüro auf.«

»In sechs Jahren fließt noch viel Wasser den Main hinunter.«

»Fünf Euro ins Phrasenschwein!«

Anita kam herangerauscht. »Gianni, dein Pils, haste 'n Deckel?«

»Ich übernehme das Pils«, sagte Herbert und schob ihr seinen Bierdeckel hin. »Statt Phrasenschwein.«

»Sicher?«, fragte Gianni.

»Klar, das galt zu meiner aktiven Zeit in der Redaktion und gilt auch heute noch, Prost!«

»Danke, Prost! Hilft dir deine Enkeltochter wieder?«

»Weiß ich noch nicht, Franzi schreibt derzeit viele Klausuren und Andreas war beim letzten Fall nicht so begeistert. Ich hätte sie angeblich von den Hausaufgaben abgehalten.«

»Hat ihr aber Spaß gemacht, oder?«

»Natürlich, sie war ganz begeistert, und das will bei einem 17-jährigen Mädchen schon was heißen. Aber Andreas, na ja, du weißt schon, alleinerziehender Vater …«

»Immer noch nichts von Karin gehört?«

»Nein.«

»So ein Käse!«, sagte Gianni, wobei das das ›K‹ einem rauen ›Ch‹ gewichen war.

Herbert nickte. »Ja. Ich persönlich vermisse sie zwar weniger …«

»Ich weiß.«

»Aber aus Franzis Sicht ist es ein Drama.«

In diesem Moment klingelte Herbert Falkes Mobiltelefon.

*

Franziska Falke ließ sich genau in dem Augenblick neben Jacky auf den Stuhl fallen, als Dr. Johannes Bester die Tür zum Klassenraum öffnete. Normalerweise wäre ihr eine Verspätung egal gewesen, aber da Dr. Bester und ihr Vater sich kannten, wollte sie die peinliche Diskussion zu Hause vermeiden. Außerdem war ihr Vater ziemlich angeschlagen, seitdem er meinte, letzte Woche in einem Fernsehbericht des Auslandsjournals seine Frau gesehen zu haben – auf einem großen Platz, mitten im Menschengetümmel. Über welches Land berichtet worden war, wusste er allerdings nicht mehr. Franziska selbst war der Aufenthaltsort ihrer Mutter egal. Sie konnte sich kaum noch an sie erinnern. Vor zehn Jahren war sie verschwunden. Einfach abgehauen. Kleidung, Schuhe, Schminksachen – alles hatte sie mitgenommen. Kein Schatten war von ihr geblieben. Nur ein Zweizeiler hatte auf dem Küchentisch gelegen: ›Seid mir bitte nicht böse, ich muss los!‹ Das war alles. Somit war klar, dass sie ihre Familie aus freien Stücken verlassen hatte, nicht etwa einem Verbrechen zum Opfer gefallen war. Seit Franziska das verstanden hatte, war ihre Mutter für sie tot. Sie wollte nicht mehr über sie nachdenken, hatte sich eine ›Muttersperre‹ verordnet. So nannte sie das ihrem Vater und Opa Herbert gegenüber. Außer diesen beiden ging das niemanden etwas an.

Eine ferne Stimme sprach zu ihr. »Hallo, Franziska, bist du noch bei uns?«, fragte Dr. Bester. Alle Schüler lachten, außer Jacky.

»Ja, ja, Entschuldigung!«

»Kannst du uns bitte eine Inhaltsangabe von ›Der Richter und sein Henker‹ geben?«

»Äh … ja.«

»Oder hast du es gar nicht gelesen?« Wieder lachten alle. Außer Jacky.

»›Der Richter und sein Henker‹ kann als Kriminalroman angesehen werden«, sagte Franziska, »aber eigentlich steckt viel mehr darin. Es geht um Gerechtigkeit und gerechtes Handeln. Ein Polizist wird in der Schweiz ermordet. Kommissar Bärmann und sein Kollege Tschanz …«

»Bärlach«, unterbrach der Lehrer, »der Kommissar heißt Bärlach!« Diesmal lachte niemand.

»Ach ja, natürlich, Bärlach. Jedenfalls suchen die beiden den Mörder. Bärlach erkennt ziemlich schnell, dass Tschanz seinen Kollegen aus Neid und Karrierestreben umgebracht hat. Das sagt er diesem Tschanz jedoch nicht, denn er will ihn für seine eigenen Zwecke benutzen. Beide treffen im Laufe des Falls auf einen weltweit tätigen Verbrecher namens Gastmann.« Franziska unterbrach kurz, um sich an die Situation beim Frühstück zu erinnern, um die Worte ihres Vaters im Kopf aufbauen zu können. Sie dachte an das Nutellabrot – ihre Mutter hatte ihr oft Nutellabrote geschmiert …

»Gut, weiter bitte!«, sagte Dr. Bester.

»Parallel gibt es eine zweite Geschichte, eine Art … Rückblende. Man erfährt, dass Bärlach mit genau diesem Gastmann vor vielen Jahren eine Wette abgeschlossen hat. Gastmann behauptete, er könne einen Mord begehen, ohne dass Bärlach es schafft, ihn dafür ins Gefängnis zu bringen. Und Bärlach ging tatsächlich auf diese Wette ein!«

Es war so still im Raum, dass man selbst das Vibrieren von Franziskas Handy in ihrer Schultasche gehört hätte.

»Gastmann brachte also tatsächlich jemanden um, einfach nur so, um seine Wette zu gewinnen, also … das muss man sich mal vorstellen! Einfach nur so!« Franziska musste tief Luft holen. »Seitdem versucht der Kommissar, Gastmann zur erledigen, und obwohl dieser den Schweizer Polizist gar nicht umgebracht hat, steuert Bärlach jetzt alles so, dass sein Kollege Tschanz den Gastmann erschießt.«

»Sehr gut, Franziska, danke!« Dr. Bester kramte in seiner Aktentasche herum. »Und was passiert mit Tschanz?«, fragte er währenddessen.

Franziska sah Jacky Hilfe suchend an. Diese machte schnell eine Schießbewegung in Richtung ihrer Schläfe.

»Der bringt sich um«, antwortete Franziska.

Der Lehrer hatte inzwischen sein Notizbuch gefunden. »Richtig. Meinst du denn, dass Gastmann seine Wette gewonnen hat?«

»Ja, ich denke schon. Der Kommissar hat ihn zwar zur Strecke gebracht, aber dabei selbst einen Mord begangen, für den er nicht zur Rechenschaft gezogen werden kann. Damit hat er Gastmanns Behauptung, ungesühnt einen Mord begehen zu können, ja nachträglich selbst bestätigt.«

Dr. Bester nickte anerkennend. Er schlug sein Notizbuch auf und trug etwas ein. Alle wussten, was das bedeutete: mindestens 13 Punkte.

»Moment mal …«, kam es von Alex, »dann hätten wir es ja mit zwei perfekten Morden zu tun, oder?«

Diese Frage war typisch für Alex. Er war der ›perfekte‹ Typ, 1,90 Meter groß, sportlich, dunkler Teint und schwarze Locken. Als Basketballer beim EOSC war es sein größter Wunsch, in die USA zu gehen, um in der NBA zu spielen. Wenn seine Mitschüler Worte benutzten wie ›genau‹, ›klar‹ oder ›voll korrekt‹, dann sagte er: ›perfekt‹.

»Was meint ihr dazu?«, fragte Dr. Bester und machte eine weit ausholende Bewegung in den Raum.

»So perfekt finde ich den Mord nun auch wieder nicht«, sagte Jacky. »Der wirklich perfekte Mord ist für mich derjenige ohne Motiv. Gastmann hatte aber ein Motiv: Er wollte die Wette gewinnen.«

»Das schon«, entgegnete Franziska, »aber der Einzige, der dieses Motiv kannte, war Bärlach, und der würde es nie jemandem verraten, denn durch die Annahme der Wette hat er Gastmann ja zu dem Mord angestiftet, ist also mitschuldig. Angenommen, Gastmann hat das wissentlich einkalkuliert, ist der Mord ziemlich perfekt!«

Sogar ein Schüler aus der letzten Reihe beteiligte sich an der Diskussion: »Das stimmt, und der Kommissar fühlt sich ja auch tatsächlich schuldig!«

Dr. Bester blieb der Mund offen stehen. Er schlug erneut sein Notizbuch auf und notierte etwas für den Hinterbänkler. Sicher nicht 13 Punkte, aber immerhin einen Vitalitätsnachweis.

Alex riss die Arme hoch. »Das ist ja noch besser! Ein Motiv, das nur ein einziger Mensch kennt, der es aber nicht verraten kann, weil er sich damit selbst belastet. Das ist ja …« Er holte tief Luft, doch bevor er weiterreden konnte, riefen seine Mitschüler im Chor: »Perfekt!«

Dr. Bester lächelte. »Franziska, du sprachst vorhin von Gerechtigkeit und gerechtem Handeln, wo siehst du da den Unterschied?«

»Na ja, der Tod von Gastmann ist sicher eine Art Gerechtigkeit, schließlich hat er ja einen anderen Menschen ermordet, nur um die Wette zu gewinnen. Gastmann hat den Tod also … irgendwie verdient. Anderseits ist das, was Bärlach getan hat, nicht legal, also nicht gerecht – aus Sicht des Staats. Das ist Selbstjustiz. Noch dazu durch einen Polizeibeamten, der mehr als jeder andere das Gesetz vertreten sollte.«

»Andere Meinungen?«, fragte der Lehrer.

Der Hinterbänkler meldete sich erneut. »Für alle anderen Leute war es doch gut, was Bärlach gemacht hat, dann kann der Gastmann wenigstens keinen Schaden mehr anrichten, oder?«

Auf einmal redeten alle durcheinander, jeder wollte etwas dazu sagen. Dr. Bester ließ seine Schüler ein paar Minuten gewähren, bevor er sie unterbrach: »Moment bitte, so geht das nicht. Wir müssen auch nicht unbedingt zu einem gemeinsamen Ergebnis kommen, eine Vielfalt an Meinungen ist gut. Zu dem Thema Allgemeinwohl gegenüber Einzelwohl lesen wir im nächsten Schuljahr ›Der Besuch der alten Dame‹, ebenfalls von Friedrich Dürrenmatt.«

»Schon wieder der gleiche Schriftsteller?«

»Ja«, sagte Dr. Bester, »denn Friedrich Dürrenmatt hatte die Fähigkeit, aus Worthülsen ein Wortgewand zu machen.«

Das musste der Fragesteller erst einmal verdauen.

»Und weil ihr so gut mitgearbeitet habt, gebe ich euch den Rest der Stunde frei!«

Der Rest der Stunde bestand zwar nur noch aus fünf Minuten, aber trotzdem würdigten alle Schüler das Verhalten ihres Lehrers mit Beifallsbekundungen und stürmten hinaus. Franziska und Jacky holten sich in der Cafeteria eine Bionade und trafen dabei Mia-Sophie aus dem Mathekurs, die sie für den nächsten Tag zum Shoppen im KOMM-Center überreden wollte.

»Morgen ist Mittwoch ...«, überlegte Franziska, »ach nee, keine Chance, morgen Abend bin ich auf dem Bieberer Berg, das wird zu knapp, sorry.«

»Auf dem Bieberer Berg?«

Jacky grinste. »Du weißt doch, Franzi und die Kickers!«

Mia-Sophie schüttelte voller Unverständnis den Kopf.

»Morgen ist das Pokal-Halbfinale gegen Schalke«, sagte Franziska, »ich hab schon Tickets, mein Opa hat sie besorgt, über den Offenbach-Kurier, da kommt man nur schwer dran.«

Mia-Sophie resignierte. »Na gut, dann am Donnerstag?«

»Super, Donnerstag passt!«

Franziska war bestens gelaunt, als sie mit Jacky im Schlepptau den Fahrradkäfig ansteuerte. Sie besprachen, was sie am Donnerstag alles kaufen wollten. Plötzlich blieb Franziska abrupt stehen. »Mein Fahrrad ist weg!«

»Was?« Jacky inspizierte den Fahrradständer. Das Fahrrad war offensichtlich verschwunden, doch ein Bügelschloss hing unbeschädigt am Ständer. Franziska meinte, es als das ihrige zu erkennen. Um sicher zu sein, zog sie das Schlüsselbund heraus und probierte, es zu öffnen. Das Schloss sprang auf.

Jacky schüttelte ihren hennaroten Haarschopf. »Du hast dein Bügelschloss am Ständer befestigt, aber vergessen, das Fahrrad mit anzuschließen!«

»Oh nein – bin ich verpeilt!«

»Da muss ich dir ausnahmsweise recht geben!«, murmelte Jacky.

Alex kam vorbei. »Was ist los?«

Die beiden Mädchen erklärten ihm die Situation.

»Vielleicht steht es ja noch irgendwo ...« Er durchsuchte den gesamten Fahrradkäfig. »Silberner Rahmen, soweit ich mich erinnere?«

»Stimmt, und ›Breakman‹ steht drauf«, antwortete Franziska missmutig. Sie überlegte schon, wie sie ihrem Vater den Verlust beibringen sollte. »Hat 800 Euro gekostet!«

Alex pfiff leise durch die Zähne. Er half, Franziska und Jacky die Gegend um den Käfig abzusuchen, bis hinüber zum Parkplatz an der Brandsbornstraße. »Nichts zu machen«, sagte er, »tut mir leid. Wenn ich dein Fahrrad irgendwo in Offenbach sehe, bringe ich es dir, okay?«

Franziska nickte und musste über seine hilfsbereite Art ein wenig lächeln. Jacky hakte sich bei ihr ein und die beiden trotteten nach Hause.

*

Dr. Johannes Bester verließ die Leibnizschule und stieg in seinen alten gelben Peugeot Kombi. Er legte keinen besonderen Wert auf Technik und Ausstattung seines Autos, schon gar nicht auf das Design. Es war für ihn ein reiner Gebrauchsgegenstand. Und so hielt er es auch mit seiner Kleidung. Wenn sein Beruf ihm nicht absolut lästerfreie Garderobe abfordern würde, käme er wahrscheinlich mit zwei Pullis und einer Jeans aus. Er nahm die große Ringstraße, fuhr den Bieberer Berg hinauf und bog am Stadion links ab. Kurz darauf hatte er die Schnellstraße in Richtung Obertshausen erreicht.

Dr. Bester freute sich über die Leistungen seines Deutschkurses, besonders über Franzis Interpretation der Dürrenmatt-Lektüre. Er hatte immer ein Problem damit, die Kinder von Bekannten oder Freunden zu unterrichten, denn er wollte vermeiden, sie zu bevorzugen. Wahrscheinlich tat er am Ende genau das Gegenteil. Doch heute war Franziskas Leistung so eindeutig gewesen, dass er ihr 15 Punkte geben musste.

Kaum hatte er seine Wohnung in der Badstraße betreten, war die gute Laune verflogen. Der Flur hing voller Fotos, die seinen Vater zeigten. Karl Bester bei der Metallbearbeitung, Karl Bester auf der Baustelle mit Blaumann und Schutzhelm, Karl Bester im Urlaub an der Nordsee. Und dann starrte er auf das Bild, das er erst vor zwei Wochen aufgehängt hatte: das Grab. Vor diesem Foto blieb Johannes besonders lange stehen. Seine Augen stierten auf das Bild, seine Gedanken konzentrierten sich einem Laserstrahl gleich auf jenen imaginären Ort, an dem er seinen Vater jetzt vermutete. Schon seit einigen Tagen übte er sich darin, diesen Ort ausfindig zu machen. Sein Gesicht veränderte sich. Es wurde zu einer Maske, die ihn von sich selbst entfremdete. Er konnte diese Maske nicht sehen, sonst hätte er wohl gemerkt, dass etwas in ihm vorging, hätte sich selbst gezügelt, sein Blut beruhigt. Doch kein Mensch kann sich selbst sehen, er kann sich nur fühlen. In zwölf Tagen wäre sein Vater 70 Jahre alt geworden. Heutzutage war dies kein besonders hohes Alter, beim Entwicklungsstand der modernen Medizin hätte er gut 80 werden können. Oder zumindest 78, das durchschnittliche Alter eines deutschen Mannes. Aber nein – er war bereits seit acht Jahren tot, nur weil in dieser Metallbaufirma ungenügende Sicherheitsvorkehrungen geherrscht hatten. Und dann dieser Chef! »Ich bin nicht der Typ, der Magengeschwüre bekommt. Ich verursache sie!« Das hatte er einmal gesagt. Johannes Bester ballte unwillkürlich seine Hände zu Fäusten. Die Gerechtigkeit würde siegen, das war klar für ihn. Und der Siegeszug hatte bereits begonnen: Der ehemalige Chef seines Vaters hatte Magengeschwüre bekommen. Sollten sie ihn doch von innen auffressen.

*

Alex Halima hatte zweimal am Tag einen halbstündigen Fußmarsch zwischen der elterlichen Wohnung in der Flutstraße und der Leibnizschule zurückzulegen. Das machte ihm nichts aus, denn er liebte es, an der frischen Luft zu sein. Den Bus nahm er nur selten. Mit seinen 1,90 Meter und der sportlichen Figur war er entlang seiner Hausstrecke Marienstraße und Feldstraße eine bekannte Größe. Auch bei Schlunz, dem Besitzer der Trinkhalle ›Am Tunnel‹, direkt neben der Bahnunterführung an der Senefelder Straße.

Alex' Verwandte aus Berlin machten sich oft lustig über den Ausdruck ›Trinkhalle‹. Na ja, ein bisschen komisch klang das schon, denn mit einer Halle hatte das Freilufttrinken dort wirklich nichts zu tun, und in den meisten Gegenden Deutschlands sagte man dazu einfach Kiosk. Aber nicht so in Offenbach.

Auch heute waren die üblichen Bierfreunde bei Schlunz: Pepi, Karli und Dieter. Pepi und Karli kannte er als zwei Obdachlose. Er fragte sich oft, wie das wohl war, wenn man kein Zuhause hatte, kein warmes Zimmer und keine weiche Bettdecke. Schrecklich. Doch Pepi und Karli schien das nicht im Mindesten zu stören, sie waren immer gut gelaunt. Immer. Alex selbst war manchmal missmutig, wenn er aus der Schule kam. Auch Dieter war oft sauer, meistens auf seine »Alte«, die ihm kein Geld für Bier geben wollte. Und Schlunz, na ja, der war sowieso immer knurrig, sprach nur wenig, trank dafür umso mehr Kräuterschnaps und machte den Eindruck eines vom Leben ungeliebten Mannes. Nur Pepi und Karli, für die schien immer die Sonne.

»Ei, Alex!«, rief Karli in breitestem Offenbacher Dialekt. »Komma rübber, s'gibt ebbes zu feiern, de Schlunz gibt aane aus!«

Alex lachte und überquerte die Straße. Schon hatte er eine Flasche Bier in der Hand.

»Heut gibt's sogar Flaschebier, kaa Dose, de Schlunz hat nämmisch Gebortstag, er wird so alt, wie de Johannes Heesters ma werdde wollt!«

Die vier lachten und Alex stimmte ein. Das befreite den Geist. Und manchmal auch den Körper. Perfekt.

*

Franziskas Heimweg war kurz. Normalerweise brauchte sie etwa fünf Minuten bis in den unteren Teil des Buchrainwegs, vorausgesetzt, sie machte keinen Abstecher in die Bäckerei Kress, um sich einen der in ganz Offenbach bekannten Kreppel zu kaufen, und vorausgesetzt, sie blieb an der Kreuzung vor der Bäckerei nicht stehen, um mit Jacky all das zu besprechen, wozu die Schulzeit nicht gereicht hatte. Jacky musste hier rechts abbiegen, denn sie wohnte im oberen Teil des Buchrainwegs, auf dem sogenannten Millionenhügel. Na ja, eine schöne Villa hatten sie schon, die Jansens. Bernhard Jansen, Jackys Vater, war ein bekannter Anwalt, der durch seine zahlreichen Strafprozesse häufig im Offenbach-Kurier auftauchte. Claudia Jansen hatte an der Offenbacher Hochschule für Gestaltung studiert und sich über die Jahre zu einer der bekanntesten Malerinnen im Rhein-Main-Gebiet entwickelt. Ihre Ausstellungen in der Heyne-Fabrik fanden große Beachtung. So weit jedenfalls die Schilderungen von Andreas Falke. Franziska selbst ließen diese Schilderungen eher kalt, für ihre Freundschaft mit Jacky spielten deren Eltern keine Rolle. Die Einzige, mit der Franziska ab und zu Kontakt hatte, war Jackys Oma.

Als Franziska die Wohnungstür aufschloss, fiel ihr ein, dass ihr Vater heute Abiturprüfung hatte und erst spät nach Hause kommen würde. Ein Zettel hing am Kühlschrank: ›Essen in der gelben Dose. Liebe Grüße Pa!‹ Sie lächelte. Die gelbe Plastikdose enthielt eine Scheibe Schweinebraten und zwei Kartoffeln, sie hätte das Ganze einfach nur in der Mikrowelle aufwärmen müssen. Aber irgendwie hatte sie keinen Appetit, und schon gar nicht auf Fleisch. Außerdem musste sie dringend mit jemandem über ihr Fahrrad sprechen. Sie überlegte. Opa Herbert, ja, ihn konnte sie anrufen. Als Rentner war er fast genauso viel unterwegs wie zu seiner aktiven Zeit als Redakteur beim Offenbach-Kurier, deswegen wählte sie seine Handynummer. Er nahm sofort ab. »Hallo, Opa, ich müsste mal was mit dir besprechen …«

»Hallo, Franzi, gerne, ich sitze allerdings gerade mit Gianni in der Hessewirtschaft.«

»Ach so …« Franziska zögerte.

»Um was geht es denn?«, fragte Herbert.

»Na ja, weißt du … Mein Fahrrad ist geklaut worden.«

»Ach – dein Fahrrad ist gestohlen worden.«

Franziska hörte, wie ihr Opa sich im Hintergrund mit Gianni Mussner unterhielt. Sie kannte die sonore Stimme des Südtirolers.

»Soweit ich mich erinnere, hat dein Fahrrad einen silbernen Rahmen, oder?«

»Ja, silber, von Trek … eine amerikanische Marke, auf der Querstange steht ›Breakman‹.«

»Silber und Breakman, aha, hast du Fotos vom Fahrrad?«

»Ja, hab ich. Papa wollte das damals unbedingt. Auch die Rahmennummer haben wir notiert.«

»Sehr gut, pass auf, ich hab da eine Idee, brauche aber etwas Zeit. Kannst du morgen nach der Schule zu mir kommen? Ich koche uns Spaghetti.«

»Klar, gute Idee, dann mache ich meine Hausaufgaben bei dir und wir gehen danach gleich zum Pokalspiel, okay?«

»Wunderbar, bring die Fotos vom Fahrrad mit und vergiss deinen Kickers-Schal nicht!«

»Logisch. Tschüss, bis morgen!« Franziska legte auf und überlegte, wie sie ihrem Vater bis morgen den Fahrraddiebstahl verheimlichen konnte, ohne lügen zu müssen. Doch hungrig konnte sie nicht denken. Sie beschloss, zur Bäckerei Kress zu gehen und sich einen mit Vanillecreme gefüllten Kreppel zu holen. Der Schweinebraten musste warten. Als sie aus dem Haus kam, stand Frau Petermann mit dem Pudel am Gartenzaun.

»Ach, Franzi, was ist dir eigentlich gestern beim Tanz passiert?«

Franziska brauchte einen Moment, um Frau Petermanns morgendlichen Hörfehler zu erkennen. »Tschanz, Frau Petermann, nicht Tanz. Und der Tschanz ist tot!«

»Was? Der Tanz ist tot? Na, mir kann's ja egal sein, aber für euch junge Leute ist es schade …«

MITTWOCH, 3. MAI

Alfred Sival war – im Gegensatz zu seinem Bruder – kein Lebensjongleur. Er hatte Bauschlosser gelernt und Spaß daran gefunden, Metall zu formen. Bördeln, Nieten, Löten und Schweißen wurde zu seinem Lebensinhalt. Die Meisterprüfung war ihm zwar schwergefallen, aber er hatte an den Aufgaben gefeilt, sich in den Stoff hineingebohrt und an sich selbst geschmiedet. An Feiern, Tanzen und Küssen verschwendete er keinen Gedanken. Als nach langer Krankheit sein Vater starb, übernahm er erwartungsgemäß den elterlichen Betrieb. Voller Ehrgeiz hatte er sich der neuen Aufgabe hingegeben, mit maßvollem Auge die Belegschaft vergrößert, Gelände hinzugekauft und innerhalb weniger Jahre den Umsatz verdoppelt. Die Sival GmbH hatte hohes Ansehen in Offenbach und Umgebung erreicht.

Alfred Sival hatte die Todesanzeige an der Kühlschranktür befestigt. Jedes Mal, wenn er etwas essen wollte, fiel sein Blick auf den ominösen Termin: 14. Mai. Zunächst hatte er die Drohung für Unsinn gehalten, für das Werk eines Übergeschnappten, den die Polizei in Kürze festnehmen würde. Bis ihm klar wurde, dass die Polizei gar nichts von den schwarz umrandeten Briefen wusste. Er selbst hätte die Beamten informieren müssen, aber das wollte er nicht. Seine Abneigung gegenüber der Polizei hatte sich nach wie vor nicht gelegt.

Mehrmals war er kurz davor, die Anzeige von der Kühlschranktür zu nehmen und in den Mülleimer zu werfen, aber er schaffte es nicht. Immer wieder fiel sein Blick darauf. Noch elf Tage. War das viel oder wenig? Er konnte sich nicht entscheiden. Die durchschnittliche Lebenserwartung deutscher Männer betrug 78 Jahre, also hätte er noch acht Jahre vor sich. Sein Peiniger wollte ihm nur noch 0,4 Prozent davon gönnen, das hatte er bereits ausgerechnet. Oder sollte er seine bisher gelebten 70 Jahre als Maßstab nehmen? Oder sogar nur den heutigen Tag? Vielleicht verbot sich aber auch jeglicher Vergleich, denn sein Leben war sowieso endlich.

In der vergangenen Nacht war er aufgewacht, weil er meinte, ein Geräusch aus der Küche gehört zu haben. Aber dort war niemand. Nur der Mondschein fiel durch das Fenster. Genau auf die Todesanzeige. Schlagartig begann er zu frieren und kroch wieder unter die Bettdecke. Doch er konnte nicht mehr schlafen. Schließlich, in der Morgendämmerung, erhob er sich, um zu frühstücken. Kaum hatte er sich angekleidet, fiel ihm ein, dass er dazu in die Küche hätte gehen müssen, also ließ er das Frühstück ausfallen, das Mittagessen ebenso. Er legte sich auf die Couch und starrte an die Zimmerdecke. Ein tief in seinem Innern nagendes Gefühl ließ ihn nicht zur Ruhe kommen. Er holte ein Buch aus dem Regal, las zwei Seiten und warf es in den Mülleimer. So etwas hatte er noch nie getan, er liebte Bücher. Dann klingelte es. Vorsichtig schob er die Gardine beiseite. Es war sein Nachbar, Herr Schuldt, der Schwafelheinrich mit dem hässlichen Köter, einem Hund ohne Fell. Wahrscheinlich wollte er ihn daran erinnern, irgendeine der farbig markierten Mülltonnen herauszustellen. Es klingelte noch einmal, viele Male, immer wieder. Alfred Sival stieg die Kellertreppe hinab und schloss die Tür hinter sich, um das Läuten, das ihm in die Gedärme schnitt, zu verbannen. Sein Blick sprang rastlos über das Vorratsregal: Konservendosen mit Champignons und Erbsen, Gulaschsuppe, Ravioli, mehrere Flaschen Whisky und ein Wachauer Marillenlikör, den er aus dem einzigen Urlaub seines Lebens mitgebracht hatte.

Er öffnete eine Dose Ravioli – Werkzeuge hatte er genug, die Kenntnisse, Weißblech zu bearbeiten, ebenso –, aß diese kalt, direkt aus der Dose, und trank eine halbe Flasche Whisky dazu.

*

»Hat es dir geschmeckt, Franzi?«, fragte Herbert Falke, während er eine Beatles-CD einlegte.

»Danke. Du machst die besten Spaghetti in der ganzen Brinkstraße!«

Er lachte. »Na toll, eine kürzere Straße gibt es ja kaum in Offenbach.«

»Doch, die Lortzingstraße zum Beispiel.«

»Stimmt, danke.«

Herbert Falke genoss das gute Verhältnis zu seiner Enkeltochter. Und er war sich durchaus bewusst, dass dies nicht selbstverständlich war. Sie hatten viel Spaß zusammen und lachten oft über seine Kochkünste. Herbert war ein sehr vielseitiger Mensch, besonders wenn es um Handwerk, Technik und Computer ging. Nur eines konnte er wirklich nicht: kochen. Seit seine Frau Christel gestorben war, hatte er immer wieder versucht, sich selbst kulinarisch über Wasser zu halten. Ohne Erfolg. Einmal hatte er sogar die Kartoffeln im Topf anbrennen lassen. Meistens landete er dann in der Hessewirtschaft oder in der Pizzeria Tevere. Sein eigenes Repertoire hatte sich auf Spaghetti mit Pesto reduziert.

»Nun mal zurück zu deinem Fahrrad«, sagte Herbert. »Ich habe etwas Interessantes herausbekommen.«

Franziska schob den Teller beiseite und hörte aufmerksam zu. Er berichtete von dem Handtaschenräuber am Bürgeler Mainufer und von seinem Entschluss, ihn zu finden.

»Cool, ich bin dabei!«, rief sie begeistert.

»Na langsam, Franzi, schau dir erst mal die Akte hier an, die haben wir von Eva.«

»Von Eva, wow!« Sie griff nach den Papieren. Herbert Falke wusste, dass Eva Lorenz und Franziska sich gut verstanden. Giannis Lebensgefährtin war so etwas wie eine mütterliche Freundin für Franziska geworden.

»Marie Landwehr aus Bürgel, aha …«, sie blätterte weiter, »ein Mann mit einem grauen Kapuzenpulli und einem nicht näher definierten runden Symbol auf dem Rücken. Er fuhr ein …« Sie sah auf. »Ein silbernes Fahrrad!«

»Richtig. Und nun kannst du dir denken, was ich vermute.«

»Was? Mit *meinem* Fahrrad hat der Typ die Frau überfallen? Das wär ja krass!«

»Ist bisher nur eine Theorie. Wann ist dein Fahrrad gestohlen worden? Bitte überleg mal genau.«

»Na ja, ich hab's am Freitag in der Schule gelassen, weil wir mit dem Kunstkurs im Ledermuseum waren, von dort bin ich gleich zu dir gekommen …«

»Stimmt. Freitagmittag haben wir Pizza geholt.«

»Genau. Dann hab ich's das ganze Wochenende dort gelassen, und am Montag auch, da war ja Feiertag.«

»So lange?«

»Ja, eigentlich war es angeschlossen, im Fahrradkäfig …«

»Wieso *eigentlich*?«

Franziska erzählte von ihrem Fauxpas mit dem Bügelschloss.

»Ei, ei, ei«, sagte Herbert Falke. Einfach nur so. Ohne den druckvollen Unterton, den Franziskas Vater jetzt sicher angestimmt hätte. Als Großvater konnte er sich das leisten. Außerdem würden sie das Fahrrad wiederfinden. Da war er sich sicher.

»Also zwischen Freitag 8 Uhr und Dienstag 13 Uhr?«

»Genau!«

»Hmm, das ist ein großes Zeitfenster, das wird uns nicht weiterbringen. Ich habe übrigens Frau Landwehr gestern noch angerufen, ich werde sie gleich besuchen.«

»Cool, da fahr ich mit!«

»Nein, Franzi, tut mir leid, aber das geht nicht. Wir verbringen heute Abend viel Zeit im Stadion, vorher musst du deine Hausaufgaben machen. Das kannst du hier tun, während ich nach Bürgel fahre.«

»Ach Opi, das find ich doof …«

»Ja, das glaube ich dir. Aber dein Vater hat recht, du hast viele Klausuren in nächster Zeit. Jetzt schau nicht so beleidigt, das sieht aus wie die kleine vierjährige Franzi.«

Franziska lachte. »Das ist 13 Jahre her, wie kannst du das noch wissen?«

»Manche Blicke vergisst man nicht. Hast du die Fotos vom Fahrrad?«

Franziska zog ihr Smartphone aus der Schultasche, tippte auf ›Galerie‹ und reichte es Herbert. Er sah die Bilder in Ruhe durch. »Gut, das hilft vielleicht weiter. Frau

Landwehr hat nämlich einen Schriftzug auf dem Fahrrad bemerkt. Leider hat sie nicht gesehen, was dort stand, aber vielleicht kann sie das Schriftbild wiedererkennen, angeblich war sie früher Schriftsetzerin.«

»Was ist *das* denn?«

»Ein alter Beruf, gibt es nicht mehr, erzähl ich dir später, ich muss erst mal los.« Während er das sagte, hatte er bereits damit begonnen, die Bilder per Bluetooth auf sein eigenes Mobiltelefon zu übertragen.

»Und wie finden wir mein Fahrrad?«, fragte Franziska.

»Wenn es wirklich dein Fahrrad war, dann wird es damit sehr wahrscheinlich keinen weiteren Raub geben. Er hat jedes Mal ein anderes Fahrrad benutzt, ich nehme an, er wird es schnell loswerden wollen. Ich werde wohl alle Fahrradständer in Bürgel abklappern müssen, möglicherweise sogar in ganz Offenbach. Viel Arbeit, aber ich hab ja Zeit.«

*

Dr. Johannes Bester hatte sich über den ehemaligen Chef seines Vaters erkundigt und war über all die Jahre auf dessen Spur geblieben. Er hatte Informationen über ihn gesammelt, über sein Leben, seine Familie – einfach alles. Zunächst wusste er nicht wirklich, warum er das tat. Vielleicht wollte er nur wissen, was für ein Mensch das war, ihn möglicherweise etwas ärgern oder ihm ein bisschen Angst machen. Sein Vater hatte auch Angst gehabt. Was hatte er noch am Tag vor dem Unfall gesagt: »Johannes, ich habe keine Angst vor dem Tod. Nur vor dem Sterben.«

»Du brauchst keine Angst zu haben, Vater, ich werde bei dir sein.«

Bei dem Sturz vom Gerüst hatte Karl Bester einen Schädelbasisbruch erlitten, er lebte noch, lag aber im Koma. Allein dieses Wort: Koma. Johannes Bester hatte während seines Studiums festgestellt, dass es Wörter gab, die grausam klangen. Nicht nur wegen ihres Inhalts, nein, allein der Klang war schwer erträglich und man scheute sich fast, sie auszusprechen. ›Koma‹ war eines dieser Wörter. Tränen schossen ihm in die Augen. Fast ein Jahr hatte sein Vater gebraucht, um zu sterben. Johannes war danach in Obertshausen zu einem Trauerkreis gegangen, in dem andere Menschen vom Tod ihrer Angehörigen erzählten. Da wurden viele Worte gemacht, Tränen vergossen und Schultern geklopft. Doch immer wieder lief es auf dasselbe hinaus: Zeit heilt die Wunden. Er konnte diesen törichten Spruch nicht mehr hören, war dem Trauerkreis schließlich ferngeblieben. Ja, Zeit war vergangen – viel Zeit: acht Jahre. Aber seine Wunden heilten nicht. Im Gegenteil, sie wurden immer größer und eiterten in seinem Innern.

Nachdem der Staatsanwalt auf eine Anklage gegen den ehemaligen Chef seines Vaters und dessen Helfershelfer verzichtet hatte – angeblich aus Mangel an Beweisen –, wollte Johannes Bester eine Zivilklage gegen ihn einreichen, doch sein Anwalt hatte ihm davon abgeraten. Sein *eigener* Anwalt! Die Aussichten seien zu gering, die möglichen Prozesskosten zu hoch … bla, bla, bla. Daraufhin hatte er dem Exchef seines Vaters Briefe geschrieben – er musste einfach etwas tun! –, viele Briefe, mit der Schilderung des Unfalls, mit Fragen und Bitten und Vorwürfen. Kein einziges seiner Schreiben hatte dieser Mensch beantwortet. Kein Bedauern, keine Entschuldigung – absolut nichts. Schließlich war die Firma geschlossen worden, und er hatte zunächst aufgegeben. Mehrere Jahre lang. Doch er konnte das Unrecht nicht vergessen. Seine aufgestaute Wut musste sich entladen, irgendwann unternahm er einen neuen Anlauf. Nach langem Suchen fand er die Privatadresse. Danach ging es erst richtig los: Er druckte Traueranzeigen mit dem Namen seines Peinigers, heimlich, auf dem Schuldrucker, und warf sie nachts in dessen Briefkasten – monatelang. Irgendwie half ihm das. Später wurde ihm dann klar, dass seine kindischen Todesanzeigen bei einem Mann, der anderen Menschen Magengeschwüre wünschte, sicher nichts bewirkten. Er hörte auf damit.

Seit zwei Wochen jedoch formierte sich ein neuer Plan in seinem Kopf. Ein gewaltiger, alles aufklärender Plan, der weit besser war, als sich mühsam durch die Wüste der Gerichtsbarkeit zu schleppen. Er verfasste eine neue Todesanzeige. Eigentlich war es mehr als eine Anzeige, es war fast schon ein amtliches Dokument. Mit Konsequenzen. Und es würde *eine* weitere Nachricht folgen. Die letzte. Er durfte nur seinen Beruf dabei nicht vernachlässigen. Erstens würde ihn das verdächtig machen und zweitens liebte er seine Aufgabe als Lehrer. Da war er ein Perfektionist.

*

Gianni Mussner hatte einmal im Kurier geschrieben: ›Bei einem Pokalspiel der Offenbacher Kickers ist immer was los!‹ Herbert Falke fand diesen Satz langweilig. »Bei einem Pokalspiel der Kickers ist die Hölle los!«, meinte er, »so muss das heißen.« Als Gianni abgewinkt und gemeint hatte, so könne er das nicht schreiben, hätten die beiden sich fast gestritten. Zum ersten Mal, seit sie sich kannten. Seit 22 Jahren.

Nun, so ganz Unrecht hatte Herbert damit nicht. Denn die Kickers-Spieler schienen sich ihre gesamte Motivation der Saison für die Pokalspiele aufzusparen, sodass sie in der vierten Liga nur Mittelmaß waren, im Pokal aber schon mehrere Erstliga-Vereine ausgeschaltet hatten – unter anderem Borussia Dortmund.

Für Herbert ging es um die Begeisterung für den Fußballsport als solchen. Er hatte einmal ein kreatives Streitgespräch mit Alex über die verschiedenen Sportarten und deren Charakter geführt. Am Ende waren sie sich einig, was das Wesen des Fußballs betraf: Die perfekte Symbiose aus Athletik und Selbstbeherrschung. Franziska war keineswegs überrascht, dass das Wort ›perfekt‹ in der Tugendbeschreibung enthalten war. Ihr selbst ging es mehr um die Mannschaft, um ihre Jungs in den rot-weißen Hemden, sie gehörten zu ihrer Stadt und zu ihrem Leben.

Gegen 17 Uhr an diesem Mittwoch fuhren Herbert und Franziska Falke im Stadtbus zum Ostbahnhof. Während der Fahrt berichtete Herbert von Frau Landwehr. Sie hatte den Schrifttyp auf Franziskas Fahrrad tatsächlich wiedererkannt. Die Wahrscheinlichkeit, dass der Räuber ihr Fahrrad benutzt hatte, war also deutlich gestiegen. Aber nicht nur das: Herbert hatte während seines Besuchs bei Frau Landwehr bereits sein Kickers-Trikot unter der Jacke getragen. Als sie das Vereinssymbol sah, war sie sicher, dies wiederzuerkennen. Der typische rote Kreis mit dem Fahnensymbol in der Mitte und den Buchstaben O.F.C. Das war der runde Aufdruck auf dem Rücken des Kapuzenpullis, der letzte Blick, den sie auf den davoneilenden Täter hatte erhaschen können. Herbert war mit seinen Ermittlungen ein gutes Stück vorangekommen. Franziska freute sich mit ihm, aber zugleich schien sie mit einem unterschwelligen Missmut zu kämpfen. Sie hatte sich von ihm abgewandt und sah aus dem Busfenster. Herbert ließ sie gewähren. Er konnte es durchaus ertragen, wenn jemand seinen Gedanken nachhing und nicht gestört werden wollte – auch wenn derjenige das nicht explizit geäußert hatte. Vielleicht war Franziska innerlich aufgebracht, weil jemand mit *ihrem* Fahrrad eine wehrlose Frau überfallen hatte. Oder weil dieser Mensch ausgerechnet ein Fan der Offenbacher Kickers war. Herbert konnte angesichts der Tatsache, dass das Fahrrad vor der Leibnizschule verschwunden war, nicht ausschließen, dass der Täter einer von Franziskas Mitschülern war. Aber damit wollte er sich heute nicht mehr beschäftigen, jetzt ging es um die Kickers.

Vom Ostbahnhof pilgerten Herbert und Franziska zusammen mit Hunderten von anderen Fußballfans den Bieberer Berg hinauf, bewaffnet mit Schals, Mützen, Vuvuzelas und rot-weißen Fahnen. Allein Mitglied dieser Fankarawane zu sein, war für Herbert und Franziska mehr wert als jedes Geld dieser Welt. »Berlin, Berlin, wir fahren nach Berlin!«, erklang es über die Bieberer Straße. Von der anderen Straßenseite kam das blau-weiße Echo: »Schalke! Schalke!« Am Stadion angekommen, ging Herbert in die Kickers-Verkaufsstelle, um die bestellten Tickets abzuholen, Franziska wartete draußen vor der Tür. Als er wieder herauskam, die Tickets in den Händen, winkte ihm Franziska wild gestikulierend zu.

»Opa, ich habe mich nur so aus Langeweile mal auf dem Parkplatz umgesehen. Und was meinst du, was ich gefunden habe? Mein Fahrrad!«

»Was …? Bist du sicher?«

»Ja. Es ist nur mit einem billigen Spiralschloss gesichert. Ich zeig's dir, komm …«

»Moment – er ist OFC-Fan, wenn das Fahrrad hier steht, dann ist er in der Nähe oder drin im Stadion. Wir müssen vorsichtig sein!«

»Okay, dann gehen wir einfach mal ganz unauffällig dran vorbei.«

»In Ordnung. Kannst dich bei mir einhaken.«

Sie schlenderten an den Fahrradständern entlang und an der bewussten Stelle kniff sie ihm in den Arm. Dann gingen sie den gleichen Weg wieder zurück, um sicher zu sein.

»Stimmt, ein Trek-Rad in silber mit ›Breakman‹ auf der Querstange, das muss es sein. Besser wär's, wenn wir die Rahmennummer vergleichen könnten.«

»Das ist zu auffällig. Außerdem bin ich mir sicher, vorn ist noch der Rest von dem roten Band dran, mit dem ich mal die Lampe am Lenker festgebunden hatte, als sie kaputt war.«

»Gut, das überzeugt mich. Pass auf, ich hab eine Idee.« Herbert flüsterte seiner Enkelin etwas ins Ohr. »Alles klar?«

»Ja, aber das Pokalspiel …«

Herbert Falke hob die Schultern. »Schade, aber dein Fahrrad ist jetzt wichtiger. Vielleicht schnappen wir sogar den Kapuzenpulli.«

»Gut, dann los!«

Sie zeigten sich den gehobenen Daumen und Franziska marschierte zurück zum Ostbahnhof. Herbert hielt sich in der Nähe des Parkplatzes auf und wartete. Mal stand er vor den Schaufenstern der Bank, die dem Stadion seinen Namen gab. Mal tat er so, als unternehme er einen kleinen Spaziergang entlang des Metallzauns, der den Parkplatz umgab. An einer Stelle des Zauns gab es einen Durchgang in den nahe liegenden Wald. Gern wäre er zwischen den Bäumen umhergegangen, aber diese waren zu weit entfernt von Franziskas Fahrrad. Er wusste, dass es fast eine Stunde dauern würde, bis sie zurückkam. Eine Gruppe von drei Polizisten stand vor der Bankfiliale, also in Rufweite, das gab ihm Sicherheit. Wieder und wieder ließ er sich seinen Plan durch den Kopf gehen. Hoffentlich lief alles glatt. Auf einmal hatte er Angst um Franziska. Vielleicht sollte er das Ganze lieber abblasen … Ehrgeiz gegen Verantwortung. Mut gegen Vorsicht.

Drinnen fing das Spiel an, die Meute schrie und es tat ihm weh, nicht dabei zu sein. Erneut ging er ein Stück, diesmal Richtung Eingang Süd 2, von dort wieder vor an die Straße, zur Würstchenbude. Er kaufte sich eine Currywurst und schlenderte damit zur Bankfiliale zurück. Drinnen gingen Wellen der Begeisterung durchs Stadion, er konnte sich die Stimmung genau vorstellen. Mehrmals hörte er die Gesänge von der Waldemar-Klein-Bühne: »Berlin, Berlin, wir fahren nach Berlin!«

»Sie haben wohl kein Ticket mehr bekommen?«, fragte einer der Polizeibeamten.

»Nein, leider nicht!«, antwortete er.

Erneut drehte er seine Runde, über den Parkplatz, am Metallzaun entlang, wieder vor bis zur Würstchenbude und zurück zur Bankfiliale. Um sich zu beruhigen, summte er ›Yellow Submarine‹ vor sich hin.

Endlich kam Franziska zurück. Sie war ziemlich außer Atem, weil sie die Bieberer Straße fast komplett hochgerannt war. Triumphierend hielt sie eine Plastiktüte hoch.

»Sehr gut«, sagte Herbert, »beruhig dich erst mal, wir müssen cool bleiben.«

Sie sah ihn erstaunt an. »Seit wann benutzt du dieses Wort?«

»Was meinst du?«

»Cool …«

Er lächelte kurz. »Muss ich wohl schon mal gehört haben!«

Sie atmete tief durch und nickte. Es befanden sich nur noch wenige Personen auf dem Parkplatz, sie mussten trotzdem vorsichtig sein. Erneut schlenderten sie auf das Fahrrad zu. Als sie es erreicht hatten, tat Herbert so, als müsse er sich die Schuhe binden, Franziska ließ die Plastiktüte fallen, er zog das Bügelschloss heraus und fixierte damit den silbernen Rahmen am Fahrradständer. Dann gingen sie ruhig weiter, quer über den Parkplatz, zurück zur Bankfiliale.

Kurz danach war Halbzeitpause. Von den Polizisten erfuhren sie den Spielstand: 0:0. Alles noch offen. Aber es musste eine Entscheidung geben, heute Abend, so war das im Pokal. Das Fahrrad stand weiterhin an derselben Stelle, unberührt und doppelt gesichert.

In der Halbzeitpause passierte erwartungsgemäß nichts. Er würde sich natürlich das gesamte Spiel anschauen. Hoffentlich gab es nicht noch eine Verlängerung. Franziska hatte Hunger. Herbert kaufte ihr eine Rindswurst mit Pommes frites, mit der sie eine

Weile beschäftigt war. In einem der Einsatzfahrzeuge gab es einen Fernseher, das Spiel wurde live übertragen, doch Herbert traute sich nicht, seinen Beobachtungsposten zu verlassen. Im Stadion war es relativ ruhig, das klang nach Patt-Situation. Er schaute auf seine Uhr. »Noch sieben Minuten!« Franziska nickte. Dann ein Raunen aus dem Stadion, Buhrufe und Pfiffe. »Die haben einen von uns gefoult«, meinte Franziska. Daraufhin verhaltener Jubel. »Jetzt gibt's Elfmeter!«, sagte sie ganz ruhig. – »Meinst du?« – »Glaub schon.« Der Pfiff war nicht zu hören, dafür aber der anschließende Torjubel. Sie lagen sich in den Armen, ohne Worte, immer das Fahrrad im Blick.

Es dauerte nochmals eine halbe Stunde, bis er kam. Sie erkannten ihn sofort. Er trug den grauen Kapuzenpulli mit dem rot-weißen OFC-Symbol. Und er ging zielgerichtet auf Franziskas Fahrrad zu.

»Wie verabredet«, flüsterte Herbert, »du bleibst hier stehen, falls er abhaut oder mich angreift, rufst du die Polizisten, klar?«

»Klar!«

Herbert ging langsam auf den Kapuzenmann zu. Der hatte sein Spiralschloss gelöst und wollte gerade losfahren, als er bemerkte, dass das Fahrrad immer noch festhing. Er zerrte wie ein Besessener an seiner Beute, bis er endlich merkte, dass dies nichts brachte. Er hockte sich auf den Boden und entdeckte das zweite, viel stabilere Schloss.

»Na, da staunst du!«, sagte Herbert.

Der Fahrraddieb drehte sich um und sah zu ihm hoch. Es war ein Junge, Typ Milchbubi, nicht viel älter als Franziska.

»Was willst ’n du hier, du Honk, halt die Fresse und verpiss dich!«

»Ach, jetzt spuckst du große Töne, aber sonst kannst du nur alten Frauen die Handtasche klauen, was?«

Schlagartig wurde dem Milchbubi klar, was hier gespielt wurde. Blitzschnell zog er ein Messer. Herbert hatte einen Vorteil: Der zum Messerstecher mutierte Kapuzenmann musste sich noch aufrichten und umdrehen. Bevor er die Chance hatte, einen Stich zu führen, trat ihm Herbert mit voller Wucht gegen die Schulter. Der junge Mann stöhnte auf, wurde nach hinten geschleudert, fiel über den Fahrradständer, rollte sich auf dem Boden, kam aber sofort wieder auf die Füße und rannte los.

Herbert hörte Franziska schreien: »Polizei, schnell, mein Opa, daaaa … Schnell! Hilfe!«

Die Polizisten reagierten sofort. Viel schneller hätten sie die zehn Meter Entfernung kaum überbrücken können, doch die Zeitspanne reichte dem Kapuzenmann, um durch die Öffnung im Metallzaun im Wald zu verschwinden. Weg war er. Einer der Beamten löste über Funk eine Fahndung aus.

Zehn Minuten später saßen Großvater und Enkelin reichlich mitgenommen im Einsatzfahrzeug. Herbert merkte, dass er leicht zitterte, sich aber sonst gut fühlte.

»Das war sehr leichtsinnig von Ihnen, Herr Falke«, sagte der Polizist, »Sie haben sich in Gefahr gebracht. Der Kerl hätte Sie verletzen oder gar töten können!«

»Na ja, so schlimm war’s auch nicht, immerhin wissen wir jetzt, wie der Bürgeler Handtaschenräuber aussieht.«

»Wie bitte?«

»Ich gebe Ihnen eine genaue Beschreibung.« Herbert

musste viel erklären, unter anderem, wie er an die Informationen über Marie Landwehr gekommen war. Dabei verstrickte er sich in einige Widersprüche, schließlich wollte er Eva Lorenz nicht bloßstellen.

»Wissen Sie, Herr Wachtmeister …«, sagte Franziska.

»Polizeioberkommissar, bitte!«

»Okay, sorry, Herr Hauptkommissar …«

Der Polizist schüttelte den Kopf, ließ die Expressbeförderung aber kommentarlos durchgehen.

»Wissen Sie, mein Opa war in seiner aktiven Zeit Journalist, und so ist das eben: einmal Schnüffler – immer Schnüffler!«

Der Polizeioberkommissar lachte lauthals. Herbert wollte schon protestieren, entschloss sich dann aber, den Mund zu halten. Sie hinterließen ihre Personalien sowie die Beschreibung des Täters und durften gehen.

Im Hinausgehen sagte Franziska: »Herr Kommissar«, damit hatte sie die dienstgradmäßige Ausgeglichenheit wiederhergestellt, »können Sie bitte dafür sorgen, dass die Sache mit dem Messer … also, dass die nicht an die Presse geht? Mein Vater rastet sonst aus.«

Der Polizeioberkommissar lächelte. »Mal sehen, was sich machen lässt. Morgen sehen wir Sie beide auf dem 1. Polizeirevier am Mathildenplatz. Sie müssen Ihre Aussage noch unterschreiben. Wenn Sie mögen, bringen wir Sie jetzt nach Hause.«

Herbert Falke nickte.

Auf Franziskas Wunsch setzten die Polizeibeamten sie mitsamt ihrem Fahrrad an der Esso-Tankstelle in der Sprendlinger Landstraße ab. So konnten weder ihr Vater noch Frau Petermann sie aus einem Streifenwagen steigen sehen. Sie lief die paar Schritte bis in den Buchrainweg, brachte ihr Fahrrad in den Keller und fixierte es mit dem Bügelschloss sorgfältig an einem Wasserrohr. Als sie die Wohnungstür öffnete, rief ihr Vater: »Hallo, Franzi, ich hab das Spiel im Fernsehen verfolgt. Gab's außer dem Elfmeter etwas Wichtiges?«

»Nein, Papa, sonst gab es nichts Wichtiges vom Fußball.«

»Ist dein Fahrrad wieder da?« Er stand in der Wohnzimmertür.

»Äh, ja, wie meinst du das?«

»Du hattest es doch in der Schule gelassen, oder?«

»Ach so, ja, ich habe es wieder mitgebracht.«

»Gut, in dem Käfig ist es zwar ziemlich sicher, aber auch da wurden schon Fahrräder entwendet.«

»Ja … so was soll es geben. Jetzt steht es wieder im Keller, gut abgeschlossen. Gute Nacht, Papa!«

»Gute Nacht, Franzi!«

*

Als Herbert nach Hause kam, stand er noch lange im Flur vor dem Bild seiner verstorbenen Frau Christel. Er berichtete ihr genau, was heute passiert war. Das tat er oft und hoffte, dass sie es irgendwie mitbekam. Nur von dem Messer erzählte er ihr nichts. Dann klingelte sein Handy. »Hier ist Polizeioberkommissar Müller, 1. Revier. Ich wollte Ihnen sagen, dass wir den Kerl geschnappt haben, dank Ihrer genauen Beschreibung. Er war gerade dabei, ein weiteres Fahrrad zu knacken. Wenn Sie morgen kommen, machen wir eine Gegenüberstellung. Vielen Dank für Ihre Hilfe!«

Mit dem beruhigenden Gefühl, der gerechten Sache gedient zu haben, schlief er ein. Ein ereignisreicher Mittwoch ging zu Ende. Mehr konnte die Woche eigentlich nicht bringen. Dachte er jedenfalls.

DONNERSTAG, 4. MAI

Franziska konnte sich kaum auf den Unterricht konzentrieren. Ihre Mitschüler gratulierten ihr zwar zum Kickers-Sieg, aber sie musste weniger an die Ereignisse denken, die ihr *im* Stadion entgangen waren, als an das, was *vor* dem Stadion passiert war. Ihr Großvater war tatsächlich unvorsichtig gewesen. Immer wieder hörte sie in Gedanken die Worte des Polizisten: »Der Kerl hätte Sie verletzen oder gar töten können!« Opa Herbert selbst hatte abgewiegelt, bei seinen Recherchen für den Offenbach-Kurier war er in ähnliche Situationen geraten, und das mehr als einmal, er sei da hart im Nehmen. Franziska wusste nicht so recht, ob sie das glauben sollte.

Der Besuch auf dem 1. Polizeirevier dauerte nicht lange, sie unterschrieben das Protokoll und ihr Großvater konnte den Handtaschenräuber bei der Gegenüberstellung einwandfrei identifizieren. Dieser wurde dem Haftrichter vorgeführt.

Franziska war dankbar für die Ablenkung durch den Einkaufsbummel mit Jacky und Mia-Sophie. Nach einer Zwei-Stunden-Tour durch Offenbachs Geschäfte ließen sich die drei in einem Café im KOMM-Center nieder, um ein wenig »abzuhängen«, wie Jacky sich ausdrückte. Sie hatten noch nicht bestellt, da schwebte eine komplett in pink gestylte Barbiepuppe herein. »Hallo, Jacky, du hier im KOMM, das ist ja toll, ich wollte auch gerade einen Cappuccino trinken, da kann ich mich ja zu euch setzen!«

Franziska registrierte genau, dass dies keine Frage, sondern eine Feststellung war. Barbie hieß Melissa, war eine Nachbarin von Jacky aus dem oberen Buchrainweg und ging auf die Albert-Schweitzer-Schule. Sie ließ sich theatralisch in einen der Ledersessel fallen. Ihr pinkfarbenes Designerkostüm, die langen Beine und die blonde Mähne auf dem dunkelbraunen Leder ergaben ein Gesamtkunstwerk von beeindruckender Güte.

»Hach, das Geldausgeben ist doch anstrengend, aber das musste mal sein, ich hatte kaum noch etwas Ordentliches anzuziehen …«

Jacky öffnete den Mund, schloss ihn aber kurz darauf wieder. Jeglicher Einspruch hätte wahrscheinlich nur einen weiteren Schwall von Worthülsen erzeugt. Mia-Sophie winkte dem Kellner. Alle wählten Cappuccino. Das Café hatte sich die Übertreibungen der amerikanischen Coffeeshops zu eigen gemacht und die Kaffeegrößen in ›Tall‹, ›Large‹ und ›Grande‹ eingeteilt. Jeder wusste inzwischen, dass ein ›Coffee Tall‹ Normalgröße hatte, während der ›Coffee Grande‹ ein echtes Riesenteil war, das eine Barbie niemals würde inkorporieren können. Nur Barbie wusste das nicht.

»Ach du liebe Zeit, was für ein Riesencappuccino ist das denn?«, blaffte Melissa den Kellner an.

»Sie hatten ›Grande‹ bestellt, oder nicht?«, fragte er zurück.

»Ja schon, aber …«

»Na dann trink ihn auch!«, ging Franziska dazwischen.

Melissas Augen blitzten auf. Der Riesenkaffee wurde vor ihr aufgebaut. »Wie heißt du eigentlich?«, fragte sie.

»Franziska.«

»Und wie noch? Du wirst ja Eltern haben, oder?«

»Falke«, antwortete Franziska.

»Soso, Falke.« Melissa überlegte. Zumindest tat sie so. »Hast du vielleicht was mit unserem Deutsch- und Sportlehrer Andreas Falke zu tun?«

»Ja, er ist mein Vater.«

Ein lang gezogenes »Aha« ertönte. »So ziemlich der bescheuertste Lehrer, den ich kenne.«

Jacky schaltete sich ein. »Hey, Melissa, das muss doch jetzt nicht sein!«

»Warum nicht, ist doch die Wahrheit.«

»Hör mal, Melissa, wenn du meinen Vater als Lehrer blöd findest, ist das okay, damit kann ich leben. Aber das hast du ja nun deutlich gesagt und damit können wir das Thema wohl abhaken, oder?«

Melissa zog pikiert die Augenbrauen hoch. »Meinetwegen.« Sie nahm einen winzigen Schluck ihres Monsterkaffees. »Schaut mal hier, was ich mir gekauft habe!« Damit hob sie eine goldene Einkaufstüte hoch und präsentierte ihre Errungenschaften. »Meine Mutter wollte mir etwas zum Geburtstag kaufen, aber die sucht immer so uncoole Sachen aus, als wäre ich noch 15 und nicht 17. Da hat sie mir diesmal einen Gutschein geschenkt und ich hab die 500 Euro heute unter die Leute gebracht.« Sie kicherte und Franziska warf einen neugierigen Blick in die goldene Einkaufstüte. Die 500 Euro hatten gerade einmal für drei Teile gereicht.

Melissa schien ihren erstaunten Blick bemerkt zu haben. »Na, so wie du rumläufst, lässt du dir wohl immer noch alles von deiner Mutter kaufen!« Damit schüttete sie sich fast aus vor Lachen, sodass selbst die Jungs vom Nachbartisch vorwurfsvoll herübersahen.

Das – und nur das – bewog Melissa, ihr Gelächter einzustellen.

Jacky holte tief Luft. »Sie hat keine Mutter mehr.«

Melissa kicherte erneut. »Wieso das denn?«

»Ich glaube nicht, dass dich das was angeht«, sagte Mia-Sophie.

»Meine Güte, seid ihr empfindlich. Aber dann wundern mich auch Falkes komische Launen nicht, wahrscheinlich hat er einen Hormonstau!« Ein kurzes Gackern folgte.

Franziska schossen Tränen in die Augen.

»Ach du liebe Zeit, jetzt heult sie auch noch!«

Franziska sackte in ihrem Sessel zusammen. Sie dachte an die letzte Deutschstunde, an ›Der Richter und sein Henker‹. An Gerechtigkeit und gerechtes Handeln. Zum ersten Mal in ihrem Leben empfand sie eine gewisse Sympathie für Menschen, die im Affekt zuschlugen.

Mia-Sophie war von handfesterer Natur. Sie legte ihren Finger an Melissas Riesentasse und ließ diese elegant zur Seite kippen. Der Inhalt ergoss sich in die goldene Einkaufstüte. »Oh, Entschuldigung, da bin ich wohl aus Versehen gegen deine Tasse gestoßen.«

Melissas Kinnlade klappte herunter, ihr Gesicht wurde kalkweiß. Sie war nicht in der Lage, etwas zu sagen. Mia-Sophie stand auf, gab Franziska und Jacky einen Wink und sagte: »Kommt, wir gehen. Ach und Melissa … Die Rechnung liegt auf dem Tisch, danke für die Einladung. Der Cappuccino war geil, hatte einen sahnigen Abgang!«

*

Als Alex Halima an diesem Mittag auf dem Heimweg von der Schule an Schlunz' Trinkhalle vorbeikam, bemerkte er etwas Seltsames: Alle Rollos waren heruntergelassen, die Tür war verschlossen und vor der Trinkhalle stand kein Mensch. Kein Pepi, kein Karli, kein Dieter. Niemand. Üblicherweise öffnete Schlunz um 12 Uhr, und umgehend fanden sich die Stammkunden ein. Alex sah sich um, es war niemand in der Nähe, der ihm hätte Auskunft geben können. Aus der gegenüberliegenden Eckkneipe kam ein Mann heraus. Alex meinte, in ihm den Wirt zu erkennen, und fragte nach Schlunz. Doch auch er fand keine Erklärung für dessen Abwesenheit.

Nachdenklich ging Alex weiter. Der Kiosk war Schlunz' gesamte Existenz, er lebte dort und er lebte für ihn. Eine geschlossene Trinkhalle nach 12 Uhr hatte er in all den Jahren noch nicht erlebt. Er fragte sich unwillkürlich, wie lange er diesen Weg eigentlich schon nutzte. Viele Jahre jedenfalls, er konnte es nicht genau sagen, weil er vergessen hatte, wann sie in die Flutstraße gezogen waren. Irgendwann während seiner Grundschulzeit, direkt nachdem sie aus Tunesien hatten fliehen müssen.

Als er zu Hause ankam, sah er einen blauen Streifenwagen vor seinem Elternhaus stehen. Komischer Tag heute, dachte er. Kaum hatte er die Haustür aufgeschlossen, hörte er unbekannte Stimmen. Im Wohnzimmer stand seine Mutter, neben ihr zwei Männer, einer davon in Polizeiuniform.

»Was ist denn hier los?«, fragte Alex.

»Ich bin Kriminaloberkommissar Bennert«, sagte der Mann in Zivil. Er deutete auf seinen Kollegen: »Das ist

Polizeikommissar Reinhardt. Sind Sie Skander Anour Halima?«

»Ja, Sie können mich aber Alex nennen, das tun alle.«

Reinhardt sah ihn fragend an.

»Skander ist die arabische Form von Alexander«, sagte Alex.

Reinhardt nickte. »Wir hätten ein paar Fragen an Sie.«

»Ja?«

»Wir haben Ihre Mutter um Erlaubnis gefragt, weil Sie ja noch nicht volljährig sind …«

»Ja, schon gut, um was geht es denn?« Langsam wurde Alex nervös. Verwundert sah er, wie sich seine Mutter verstohlen die Augen rieb, ihr Kopftuch war nach hinten gerutscht.

»Kennen Sie einen Berthold Nowak?«

»Berthold Nowak? Nein, nie gehört.«

»Er wird meistens Schlunz genannt«, ergänzte der Uniformierte.

»Ach so, Schlunz, natürlich kenne ich den, ihm gehört die Trinkhalle am Tunnel …«

»Wann haben Sie ihn zuletzt gesehen?«, fragte Kriminaloberkommissar Bennert.

»Gestern. Gestern Mittag, am Kiosk.«

»Verkehren Sie da öfter?«

»Na ja, was heißt schon öfter … Ich komme jeden Mittag dort vorbei, auf meinem Heimweg, dann hat er geöffnet.«

Seine Mutter schluchzte.

»Sie kennen ihn also gut?«

»Über die Jahre eben, ja, ich rede meistens ein paar Worte mit ihm, wenn ich vorbeigehe.«

»Und trinken auch mal ein Bier mit ihm?«

»Selten, normalerweise trinke ich mittags noch kein Bier.«

»Und gestern?«

»Ja, gestern schon, wir haben auf seinen Geburtstag angestoßen.«

»Sie trinken also Bier, obwohl Sie an den Ramadan glauben?«, fragte Bennert.

Alex verdrehte die Augen. »Wenn überhaupt, glaube ich an Allah, meine Güte, warum fragen Sie mich das denn alles?«

»Herr Nowak ist heute Nacht tot aufgefunden worden. Möglicherweise liegt Fremdverschulden vor. Wir haben einen Hinweis bekommen, der Sie schwer belastet.«

Alex sackten die Beine weg. Er schaffte es gerade noch, sich in einen Sessel fallen zu lassen.

»Wir müssen Sie bitten, zur erkennungsdienstlichen Behandlung mit ins Präsidium zu kommen.«

*

Es war bereits später Nachmittag, als es bei Herbert Falke klingelte. Er saß gerade am PC und schrieb einen Bericht über den Handtaschendieb. Im Hintergrund lief das rote Album der Beatles. Den musikalischen Hintergrund brauchte er, ohne diesen konnte er nicht schreiben. Er pflegte für all seine Privatfälle einen kurzen Bericht zu erstellen, fast so, als arbeite er noch für den Kurier. Auch das brauchte er, es verschaffte ihm Zufriedenheit. Und vielleicht konnten die Erkenntnisse irgendwann noch einmal nützlich sein. Es klingelte erneut.

Er setzte seine Lesebrille ab und sah aus dem Fenster. Die bärige Gestalt vor der Haustür kannte er. Er betätigte den Türöffner.

»Bon di. Ich war gerade nebenan im Klinikum. Da wollt ich mal sehen, was der alte Herbie so macht.«

Herbert klopfte Gianni dankbar auf die Schulter. Oder besser gesagt: auf den Rücken. Bei dem Größenunterschied der beiden Männer war das anders kaum möglich. »Gute Idee. Was schreibst du denn übers Klinikum?«

»Die haben ein neues Gerät«, antwortete Gianni, »Kernspintomograph, tolles Ding, da kann man alle Gehirnwindungen sehen.«

»Super. Möchtest du einen Kaffee?«

»Nein danke, zu spät.«

»Ein Bier?«

»Nein danke, zu früh.«

»Schöne Musik?«

»Die geht immer. Wie wär's mal ausnahmsweise mit einer Beatles-Platte?«, fragte Gianni augenzwinkernd.

Herbert lachte. Sein Faible für John, Paul, George und Ringo war im Freundeskreis bekannt, teilweise sogar berüchtigt. Auch seine Angewohnheit, immer noch von ›Platten‹ zu sprechen, nicht von ›CDs‹, obwohl er inzwischen seine komplette Vinylsammlung digitalisiert und auf CD im Schrank stehen hatte. Er konnte sich von dem alten Wort einfach nicht lösen, es ließ seine Jugendzeit nachklingen. Wenigstens hatte er sich den Ausdruck ›LP‹ abgewöhnt und durch ›Album‹ ersetzt.

»Das rote Album läuft bereits«, sagte Herbert lächelnd.

»Aha, wieder mal die rote Phase«, bemerkte Gianni.

Der swingende Sound von ›All my loving‹ erfüllte die Wohnung. Nach dem Tod seiner Frau hatte Herbert Falke das Haus auf der Rosenhöhe verkauft. Es war zu groß für ihn und am Garten hatte er – im Gegensatz zu Christel – kein Interesse. Danach hatte er die Drei-Zimmer-Eigentumswohnung in der Brinkstraße erworben. Franziska übernachtete ab und zu im Gästezimmer.

»Du hast den Fahrradräuber geschnappt?«, fragte Gianni, während er sich in einen großen Sessel fallen ließ.

Herbert nickte. Dann berichtet er seinem Freund von der Kette der vergangenen Ereignisse, von Frau Landwehrs wichtigen Erkenntnissen, von Franziskas Ärger darüber, dass der Dieb ihr Fahrrad benutzt hatte und zudem Kickers-Anhänger war, von den Vorgängen am Stadion, dem Zufall, der Franziska ihr eigenes Fahrrad wiederentdecken ließ, und dem Trick, mit dem sie an den Fahrrad- und Handtaschendieb gekommen waren. Je näher Herbert in seiner Schilderung der zentralen Szene kam, desto klarer wurde ihm, in welche gefährliche Situation er Franziska gebracht hatte. Er berichtete von dem Fußtritt, mit dem er den Milchbubi weggestoßen hatte, erwähnte jedoch nicht das Messer. So wie er es auch bei Christel nicht erwähnt hatte, und wie Franziska es Andreas gegenüber nicht erwähnen würde. Das ging nur sie beide etwas an. Eventuell noch POK Müller.

Gianni hatte aufmerksam zugehört und mehrmals respektvoll genickt. Dann folgte ein eindrucksvoller Bericht von Eva aus dem Polizeipräsidium. Herberts Erfolg hatte dazu geführt, dass der Chef des ersten Reviers beim Polizeipräsidenten antanzen musste, um zu erklären, warum nicht er und seine Leute den Bürgeler Handtaschendieb gefasst hatten, warum es dazu einen Rentner brauchte, dazu noch diesen Herbert Falke – schon wieder dieser Falke! Gianni lachte laut, Herbert lachte nicht, irgendwie hatte er das Gefühl, die Aufmerksamkeit, die ihm hier zuteilwurde, könnte noch etwas Negatives nach sich ziehen. Als er Gianni diesen Gedankengang offenbarte, lachte der noch lauter und schallender, sein gesamter mächtiger Resonanzkörper schien zu beben, Herbert wurde mitgerissen von der Woge des Freudenausbruchs und nach kurzer Zeit lachte er mit. Sein ungutes Gefühl war verschwunden.

»Hast du von dem Toten gelesen?«, fragte Gianni Mussner.

Herbert nickte. »Ja, ein gewisser ... Berthold Nowak, Besitzer einer Trinkhalle. Kanntest du ihn?«

»Nein.«

»Ich auch nicht. Gibt's neue Informationen?«

»Bin da nicht dran, hab eine neue Serie bekommen. Der Kollege weiß nur, dass Nowak im Leonhard-Eißnert-Park, in diesem ... Hochseilparcours, von einer Plattform gestürzt ist.«

Herbert zog die Stirn in Falten. »Ein Trinkhallenbesitzer im Hochseilgarten? Seltsam.«

»Finde ich auch. Würde mich nicht wundern, wenn da jemand nachgeholfen hätte.«

Herbert nickte.

»Eva weiß auch noch nichts«, ergänzte Gianni, »Nachrichtensperre.«

»Was für eine neue Serie hast du bekommen?«, fragte Herbert.

»Ich soll Interviews mit Leuten führen, die die Offenbacher Glanzzeit als Arbeiterstadt geprägt haben. Morgen fange ich mit Alfred Sival an.«

»Der von der Sival GmbH?«

»Genau. Er war der Geschäftsführer. Irgendwann lief es nicht mehr. Er musste an die Holzer AG verkaufen. Die ist kurz danach selbst pleitegegangen. Heute steht dort das Ringcenter.«

»Ja, ich erinnere mich, das war ein großer Betrieb, um die 200 Mitarbeiter, glaube ich.«

»250.«

»Aha, du hast schon recherchiert, gut. Wo wohnt denn Herr Sival?«

»Im Buchrainweg.«

»Oben oder unten?«

»Oben natürlich.«

»Dann könnten wir uns morgen zu einer Pizza treffen, oder?«

»Passt, gegen Mittag bin ich da fertig. Ich melde mich.«

Das Telefon klingelte. Während er sprach, fuhr sich Herbert Falke mehrmals nervös mit der Hand übers Kinn. Dann legte er auf. »Gianni, tut mir leid, ich muss los. Bei Andreas und Franzi ist die Kripo. Angeblich soll ein Klassenkamerad von Franzi den Kioskbesitzer ermordet haben.«

Gianni schob sich aus dem Sessel hoch. »Die spinnen wohl … Da musst du hin, Herbie, du musst helfen! Der Fahrrad-Fall ist abgeschlossen, du hast Zeit für etwas Neues.«

Herbert schüttelte den Kopf. »Ich werde Franzi beistehen, sonst nichts. Das ist kein Fall für mich.«

»Aber …«

»Nichts *aber* – eine Nummer zu groß!«

*

Alfred Sivals Leben glich einem Boot mit gebrochenem Ruder. Manövrierunfähig wurde er von den Stromschnellen des Daseins hin und her geworfen. Er schlief kaum noch und konnte nichts mehr essen, nur noch trinken. Die Whisky-Vorräte neigten sich dem Ende zu. Er schreckte aus seinen Tagträumen hoch, nur um nach dem aktuellen Datum zu schauen – noch zehn Tage. Sein Leben fand vorwiegend im Keller statt, er traute sich weder an den Briefkasten zu gehen noch das Telefon abzunehmen. Und er wollte unter keinen Umständen jemandem begegnen.

Gegen Abend hörte er eigenartige Geräusche von oben. Er bewaffnete sich mit einem schweren Hammer und stieg die Kellertreppe hinauf. Oben war alles leer. Dann sah er mehrere Tageszeitungen im Flur liegen, offensichtlich hatte Herr Schuldt sie durch das gekippte Fenster geworfen. Wahrscheinlich quoll der Briefkasten vor lauter Zeitungen und Prospekten über. Er wollte den Offenbach-Kurier gerade mit dem Fuß zur Seite schieben, als sein Blick auf die Titelseite fiel. ›Tod in Offenbach‹. Darunter ein Bild. Er ließ den Hammer fallen. Mit einem schweren Schlag landete dieser auf den Fliesen. Das Bild: Es war *sein* Bild. Er selbst war als Toter auf der Titelseite des Offenbach-Kuriers abgebildet.

Er taumelte in den Keller hinab. Mitten auf der Treppe erbrach er sich, rutschte aus und stürzte. Mit einer Platzwunde am Kopf und höllischen Schmerzen im Arm blieb er am Fuß der Treppe liegen.

Eigentlich hätte er versuchen müssen, Hilfe zu holen, aber ein eigentümlicher Dämmerzustand befiel ihn. Es war nicht nur der Alkohol – der auch –, aber vielmehr glich Alfred Sival einem Lawinenopfer, das sich seinem Schicksal ergab, die Kälte als gottgegebene Strafe akzeptierte und auf den Tod wartete.

*

Franziska und ihr Vater saßen beim Abendessen, als es klingelte. Andreas öffnete das Fenster zum Buchrainweg und sah hinunter. »Kripo Offenbach«, klang eine Frauenstimme herauf. »Wir möchten gerne mit Franziska Falke sprechen.«

Franziska konnte nur mühsam ihren Fluchtreflex unterdrücken. Hatte sie am Stadion etwas falsch gemacht? Oder gab es ein Problem mit Opa? Der Offenbach-Kurier hatte seinen Erfolg genüsslich ausgebreitet, nach dem Motto ›Handtaschendieb gefasst – entscheidender Hinweis kam wieder von Herbert Falke‹. Zum Glück hatten sie nichts über das Messer geschrieben.

Die beiden Kripobeamten betraten das Wohnzimmer. Die Frau war normal gekleidet, Jeans, T-Shirt, eine blaue Jacke. Der Mann hatte kurze, gegelte Haare, trug einen schwarzen Anzug und ein hellblaues Hemd mit weißem Stehkragen. Er war Franziska sofort unsympathisch.

»Ich bin Kriminalhauptkommissarin Nina Heckmanns«, sagte die Frau. »Das ist mein Kollege Bennert.«

»Kriminaloberkommissar Bennert«, ergänzte der Mann.

»Was wollen Sie von meiner Tochter?«, fragte Andreas Falke.

»Wir möchten sie als Zeugin vernehmen«, sagte Nina Heckmanns, »mehr nicht. Aber natürlich nur, wenn Sie einverstanden sind, Herr Falke.«

»Aha, und wenn ich nicht einverstanden bin?«

Bennert fuchtelte mit den Händen in der Luft herum. »Dann lassen wir Sie beide von der Staatsanwaltschaft vorladen, ganz einfach!«

Spätestens jetzt waren Franziska und ihr Vater auf dem gleichen Emotionslevel.

»Na, hören Sie mal …«

»Nur ein paar Fragen, nicht Besonderes«, ging Nina Heckmanns dazwischen. Das Verhalten ihres Kollegen war ihr offensichtlich unangenehm. »Es ist wichtig, es geht um den Tötungsfall Berthold Nowak.«

Andreas Falke sah sie entsetzt an. »Was … was hat Franziska denn mit einem Toten zu tun?«

»Wie gesagt, Herr Falke, sie soll nur eine Zeugenaussage machen, wir müssen ihren gesamten Deutschkurs befragen, reine Routine.«

Franziska erhob sich. »Wieso den Deutschkurs?«

»Es liegt der Verdacht auf Fremdverschulden vor und ein Schüler aus Ihrem Kurs wird verdächtigt, Herrn Nowak ermordet zu haben.«

Franziska wollte kaum glauben, was sie soeben gehört hatte. »Einer aus unserem Kurs? Wer soll das denn sein?«

»Skander Halima. Ein anonymer Anrufer hat das behauptet. Wir müssen dem natürlich nachgehen.«

»Alex? Nein, nein, nein, der bringt doch niemanden um. Wer sagt denn so etwas?«

»Ein *anonymer* Anrufer nennt logischerweise seinen Namen nicht«, sagte Bennert. »Verstehen Sie das?«

Franziska atmete tief ein. »Ja, das verstehe ich!« Sie merkte, dass die Nachricht sie geschockt hatte.

»Kennen Sie Skander Halima denn näher?«, fragte die Hauptkommissarin.

Franziska antwortete nicht, nahm stattdessen ihr Handy und wählte. »Opa, die Kripo ist hier, kannst du kommen?« Sie wechselten ein paar Sätze. »Gut, bis gleich!«

Bennert sah sie verärgert an. »Was soll *das* denn?«

Es gab Schlüsselmomente im Leben. Momente, in denen das Licht anging, obwohl niemand den Schalter gedrückt hatte. Viele Menschen ließen diesen Augenblick ungenutzt verstreichen, gaben sich der oberflächlichen Meinung hin, keinen Einfluss auf ihr Leben zu haben, frönten der Mär der Fremdbestimmung und zu spät, ja, *viel* zu spät, mit der Schwäche des Alters im Körper, fingen sie an, ihr eigenes Tun zu reflektieren, um sodann festzustellen, dass sie immer eine Wahl hatten – nur hatte dieser Gedanke zuvor keinen Halt in ihrem Kopf gefunden.

Franziska ließ den Moment nicht verstreichen. Sie beschloss, sich nie wieder von jemandem so in die Ecke drängen zu lassen wie von Melissa im KOMM. Noch nicht einmal von einem Kriminalbeamten. Sie hob ihre Schultern und sah Bennert an. »Ich habe meinen Großvater angerufen. Entweder Sie warten, bis er kommt, oder ich sage gar nichts. Dann bestellen Sie mich eben ins Präsidium. Mir egal.«

Bennert stieg die Röte ins Gesicht. Diese kontrastierte sehr gut mit seinem weißen Stehkragen.

»Wo wohnt denn Ihr Großvater?«, fragte seine Kollegin.

»In der Brinkstraße, mit dem Motorroller ist er in fünf Minuten hier«, antwortete Franziska.

Und Andreas Falke fügte mit übertriebener Höflichkeit hinzu. »Sie können gerne Platz nehmen.«

»Nein danke«, sagte Nina Heckmanns.

Sie warteten stumm. Franziska sah aus dem Fenster. Sie blickte in den makellos blauen Abendhimmel. Doch von irgendwoher schien eine dunkle Gewitterwolke zu nahen. Unangekündigt. Wie aus dem Nichts.

Exakt fünf Minuten später klingelte es. Franziskas Großvater stellte sich vor. Kriminaloberkommissar Bennert legte die Stirn in Falten. »Herbert Falke? *Der* Herbert Falke, früher beim Offenbach-Kurier? Der Falke, der immer …«

»Ja, Herr Bennert, genau der bin ich!«

»Ach du Schande, womit habe ich das verdient?« Damit ließ sich der Kriminaloberkommissar auf einen Stuhl fallen.

»Frau Falke …«, begann Nina Heckmanns.

»Bitte sagen Sie Franziska zu mir.«

»Also gut, Franziska, ich kann Sie aber nicht duzen, sonst meint noch jemand, ich würde Sie bevorteilen.« Sie schlug ihren Notizblock auf. »Wie gut kennen Sie Alex Halima?«

»Wie gut? Komische Frage. Wir gehen in die gleiche Schule, sehen uns regelmäßig in Deutsch und Bio, das ist alles. Wir sind befreundet, aber nicht zusammen – falls Sie das gemeint haben.«

Kriminalhauptkommissarin Heckmanns blickte von ihrem Notizblock auf. »Ja, das habe ich gemeint. Erzählen Sie mir bitte vom Ablauf der Deutschstunde, vorgestern, am Dienstag.«

»Wir haben ›Der Richter und sein Henker‹ besprochen, ich habe eine Inhaltsangabe vorgetragen, dann haben wir darüber diskutiert.«

»Das wissen wir ja alles schon!«, fuhr Bennert dazwischen.

»Warum fragen Sie dann danach?«, schlug Herbert Falke zurück.

»Ist ja gut!«, rief Nina Heckmanns. Sie wandte sich wieder Franziska zu. »Männer …«, sagte sie kopfschüttelnd.

Franziska wusste nicht so recht, ob sie lachen oder weglaufen sollte.

»Erzählen Sie mir bitte genau, was Skander … also, ich meine Alex, was er gesagt hat.«

Franziska überlegte. »Na ja, Alex ist unser ›Mister Perfect‹, er liebt alles, was perfekt ist. Und als Jacky und ich über die Wette von Kommissar Bärlach mit Gastmann geredet haben …«

»Wer ist Kommissar Bärlach?«

»Na, der Ermittler in Dürrenmatts Krimi, kennen Sie den nicht?«

»Nein.«

»Sollten Sie mal lesen, sehr interessant«, sagte Franziska.

»Sozusagen Fachliteratur«, warf Herbert Falke grinsend ein.

Der Blick, den Bennert ihm zuwarf, war waffenscheinpflichtig.

Franziska fuhr fort. »Jedenfalls haben wir über die Wette geredet, Jacky und ich.«

»Wer ist Jacky?«, fragte die Polizistin und blätterte in ihrem Notizbuch.

»Jaqueline Jansen.«

»Aha, rote Haare und Nasenpiercing?«

»Genau. Und die Wette ist ja sehr interessant. Gastmann behauptete, vor den Augen des Kommissars einen

Mord begehen zu können, ohne dass dieser ihn dafür belangen könne.«

»Und so einen Quatsch lest ihr in der Schule?«, brummte Bennert.

Franziska wollte die Bemerkung schon überhören, da fiel ihr der Schlüsselmoment wieder ein. »Herr Kriminaloberkommissar, ich darf Sie bitten, mich nicht zu duzen!«

Bennert richtete sich auf. »Ja, ja, sorry, ist ja gut.«

Franziska meinte, ein leichtes Lächeln in den Mundwinkeln von Nina Heckmanns erkannt zu haben. »Jedenfalls ging Bärlach auf die Wette ein, Gastmann warf einen Mann von einer Brücke, der überhaupt nichts mit den beiden zu tun hatte, und Bärlach gelang es 40 Jahre lang nicht, ihm das nachzuweisen. Erst durch eine illegale Handlung seinerseits konnte er ihn zur Strecke bringen.«

»Aha, und was meinte Alex dazu?«

»Na ja, er war begeistert von der Idee des perfekten Mords, den niemand nachweisen kann. So etwas gefällt ihm, allein, weil es perfekt ist. Aber mehr auch nicht, verstehen Sie?«

Die Hauptkommissarin wiegte den Kopf unschlüssig hin und her. »Ich weiß nicht. Schwer zu verstehen, finde ich.«

»Überhaupt nicht zu verstehen«, sagte Bennert.

»Versuchen Sie's doch einfach mal«, meinte Opa Herbert.

»Herr Falke, Sie gehen mir ganz gehörig auf den …«

»Sie uns auch, Herr Oberkommissionsrat!«

Bennert stand auf. »Brauchen Sie noch lange, Frau Heckmanns?«

»Dauert noch. Gehen Sie doch schon mal zu den Jansens, gleich hier die Straße hinauf.«

Bennert brummte etwas Unverständliches und verließ die Wohnung, ohne sich zu verabschieden. Franziska amüsierte sich insgeheim, denn sie wusste, dass Jacky nicht zu Hause war. Sollte sich Bennert doch mit ihrem Vater, dem Staranwalt, auseinandersetzen.

»Gut, machen wir weiter, Franziska. Sie meinen also, dieser merkwürdige Hang zum Perfekten ist nur so eine Masche, quasi … ein Hobby?«

»Ja, so könnte man es nennen.«

»Und Sie denken nicht, dass Alex irgendwann einmal selbst eine perfekte Handlung begehen möchte, quasi zur Selbstbestätigung?«

»Nein. Warum sollte er das tun? Er liebt die Vollkommenheit, hört Musikstücke, die seiner Ansicht nach eine Perfektion ausstrahlen, so wie Beethoven oder Queen. Er schaut sich vollkommene Bilder an, im Städel und in der Schirn, so was eben. Aber er hat noch nie davon gesprochen, selbst etwas Perfektes zu erschaffen. Er ist mehr der … staunende Beobachter.«

Nina Heckmanns nickte anerkennend. »Das haben Sie gut beschrieben. Aber ausschließen können Sie es nicht, oder?«

Franziskas Großvater erhob sich. »Frau Heckmanns, kein Mensch kann irgendein Verhalten bei einem anderen Menschen komplett ausschließen. Ich denke, das wissen Sie ebenso gut wie wir.«

Die Polizistin nickte. »Ja, das stimmt. Noch eine abschließende Frage, Franziska, nur fürs Protokoll: Wo waren Sie vergangene Nacht zwischen 22 und 24 Uhr?«

»Bis ungefähr 23.30 Uhr war ich auf dem Bieberer Berg beim Pokalspiel, danach hier in der Wohnung.«

»Gibt es dafür Zeugen?«

»Ja. Polizeioberkommissar Müller vom 1. Revier. Er war dabei, als wir den Fahrraddieb …«

»Ja, davon habe ich gehört«, sagte Frau Heckmanns.

»Und natürlich mein Opa und mein Vater.«

Großvater und Vater nickten.

»Okay, vielen Dank für Ihre Hilfe. Es kann sein, dass wir noch Rückfragen haben. Dann melden wir uns wieder.«

»Und was wird nun aus Alex?«, fragte Franziska.

»Das darf ich Ihnen nicht sagen. Nur so viel: Er wurde von dem Anrufer sehr gezielt belastet. Zurzeit befindet er sich noch im Präsidium. Er wird dem Haftrichter vorgeführt.«

»Was? Untersuchungshaft?«

»Das halte ich für unwahrscheinlich. Er ist noch nicht volljährig und hat eine feste Adresse. Voraussichtlich wird er eine Meldeauflage bekommen und darf dann wieder nach Hause.«

»Was heißt das … eine Meldeauflage?«

»Er muss sich regelmäßig auf dem Polizeirevier melden.«

Franziska nickte.

»Ich muss jetzt gehen«, sagte die Hauptkommissarin, »Auf Wiedersehen!« Sie zögerte einen Moment. »Bringen Sie mich bitte noch zur Tür, Franziska?«

»Natürlich!«

Im Hausflur gaben sich die beiden Frauen die Hand. Ein beidseitiger Respekt lag in dem Händedruck.

»Franziska, können Sie mir einen Gefallen tun? Leihen Sie mir das Buch von Dürrenmatt?«

»›Der Richter und sein Henker‹?«

»Ja, ich möchte gern wissen, wie es Kommissar Bärlach ergangen ist.«

Größer hätte die Überraschung für Franziska gar nicht sein können. Sie holte das Buch und gab es Nina Heckmanns. »Lassen Sie sich ruhig Zeit, in der Schule sind wir fertig damit.«

»Danke. Ich finde es übrigens gut, was Ihr Großvater macht. Im Grunde haben wir das gleiche Ziel. Vielleicht kann er seine ehemaligen Kollegen vom Kurier bitten, die Polizei etwas pfleglicher zu behandeln, wir sind chronisch unterbesetzt.«

Franziska lächelte. »Ich sag's ihm. Und vielen Dank, Sie sind … anders als Ihr Kollege.«

FREITAG, 5. MAI

Gianni parkte seinen Wagen im oberen Buchrainweg. Alfred Sivals Villa sah recht stattlich aus mit dem breiten Walmdach und dem riesigen Wohnzimmerfenster. Ein mit Granitplatten belegter Weg führte zum Haus, gesäumt von niedrigen Buchsbaumhecken und großflächig verteilten Rhododendren. Er klingelte. Keine Reaktion. Er klingelte erneut und wartete eine Weile, um nicht unhöflich zu erscheinen.

Als sich immer noch nichts tat, ging er zum Nachbarhaus. ›Georg Schuldt‹ stand auf dem Türschild. Dem Klingeln folgte ein Bellen, fast gleichzeitig öffnete ein Mann die Tür, so als hätte er hinter der Gardine auf den nächsten Besucher gelauert. Georg Schuldt musste um die 70 Jahre alt sein und litt an einer pathologischen Form der Mitteilungsbedürftigkeit. Innerhalb weniger Minuten kannte Gianni seine Lebensgeschichte und die des Hundes. Das Tier beobachtete ihn aufmerksam.

Seltsam, dachte Gianni, ein Hund ohne Fell.

Georg Schuldt war seinem Blick gefolgt und berichtete ihm sofort, dass es sich um einen Peruanischen Nackthund handelte, in seinem Heimatland ›Viringo‹ genannt. Daraufhin musste Gianni ein Vortrag über Hunde im Allgemeinen und ihr Problem, von den Menschen generell missverstanden zu werden, über sich ergehen lassen. Vor allem habe man immer das Revier eines Rüden zu respektieren. Nach etwa zehn Minuten gelang es Gianni, sich von Herrn Schuldt loszueisen, indem er ihm zu verstehen gab, einen wichtigen Anruf tätigen zu müssen. Er zog sein Mobiltelefon aus der Tasche und versuchte, Alfred Sival anzurufen. Der nahm nicht ab. Da Schuldt inzwischen widerwillig die Haustür geschlossen hatte und auch sonst niemand in der Nähe war, wagte Gianni, die Klinke von Sivals Gartentür herunterzudrücken. Sie ließ sich öffnen. Er folgte dem Granitplattenweg und klopfte an die Haustür. Ohne Erfolg. Dann spähte er durch das große Wohnzimmerfenster, konnte jedoch nichts erkennen. Er wollte sich schon abwenden, als er einen langen Riss im Fenster bemerkte. Von der Mitte bis zum Fensterrahmen. Gianni konnte es nicht erklären, aber der Anblick beunruhigte ihn. Irgendetwas stimmte hier nicht. Langsam ging er um das Haus herum. Am Übergang zum hinteren Teil des Gartens befand sich ein hüfthoher Zaun. Dahinter wartete der Viringo.

Gianni zuckte zusammen. Zu Hause im Grödnertal hatten sie Hunde gehalten, und bereits damals hatte er sie nicht gemocht. Dieses Exemplar hier hatte ungefähr die Größe eines Schäferhundes. Er überlegte. Als bekleideter Südtiroler Naturbursche würde er es wohl noch mit einem nackten Hund aufnehmen. Also beschloss er, über den Zaun zu steigen.

Kaum hatte er das erste Bein hinübergeschwungen, griff der Viringo an. Er entblößte die Zähne und sprang mit zwei, drei kurzen Sätzen auf ihn zu. Reaktionsschnell warf sich Gianni zur Seite und landete mit seinen zwei Zentnern Lebendgewicht krachend im Zaun. Holz splitterte, Latten flogen durch die Luft, der Hund keifte. Gianni griff fast automatisch nach einer Zaunlatte. Sie war nicht sehr stabil, aber besser als nichts. Der Viringo setzte zum zweiten Sprung an. Gianni gelang es gerade noch, wieder auf die Beine zu kommen, er hielt das Holz quer vor sich und streckte es dem Hund entgegen. Der grub seine Zähne hinein, knurrte, jaulte, röchelte.

Aus dem Nachbargarten erklang jetzt eine Männerstimme: »Berti!« Das musste Herr Schuldt sein. »Berti, komm, bei Fuß!«

Gianni hielt weiterhin die Holzlatte in der Hand. Der Hund ließ los, zögerte. Die Stimme seines Herrchens wurde schärfer. »Berti, komm sofort her!« Der Viringo setzte zum Spurt an, schoss durch den Garten und verschwand zwischen den Büschen. Eine Tür fiel ins Schloss.

Gianni brauchte einige Minuten, um sich zu sammeln. Offensichtlich war Bertis Revier größer, als er vermutet hatte. Er klopfte sich den Schmutz von der Hose, richtete seine Kleidung und ging vorsichtig um das Haus herum. Ein Garten mit lebhaften Farben breitete sich vor ihm aus. Intensives Birkengrün, üppige Forsythienbüsche und eine alte, dunkelstämmige Eiche. Der Hund war nirgends zu sehen. An der Rückseite des Hauses führte eine Außentreppe zum Keller. Gianni stieg hinab, die Holzlatte sicherheitshalber immer noch in der Hand haltend. In der Mitte der Tür befand sich ein kleines, rautenförmiges Fenster. Er legte eine Hand als Blendschutz seitlich neben das Gesicht und sah hinein.

Gianni Mussner fühlte, wie die Gänsehaut förmlich an seinen Armen hochkroch und sein Genick erreichte. Im Keller lag ein Mann regungslos auf den untersten Stufen einer Treppe. Es war nicht zu erkennen, ob er noch lebte. Gianni nahm das Handy und wählte 112. Nachdem er alle notwendigen Daten durchgegeben hatte, stieg er die Treppe wieder hinauf und vergewisserte sich, dass der Hund nicht zurückgekommen war. Er besah sich die Kellerfenster. Das zweite schien ihm geeignet. Er trat die Scheibe ein, öffnete beide Flügel und zwängte sich hindurch. Es dauerte keine zwei Minuten bis Gianni Mussner neben Alfred Sival stand. Der Anblick und der Geruch schockierten ihn. Er musste sich sehr zusammennehmen, um ihn überhaupt anzufassen. Am Handgelenk war kein Puls zu spüren. Er versuchte es am Hals, erst links, dann rechts. Endlich fand er eine Halsschlagader, die langsam und flach pulsierte. Der Mann lebte. Die Platzwunde am Kopf blutete nicht mehr, sie war bereits verkrustet. Neben Sival lagen zwei leere Whisky-Flaschen. Gianni begriff – sein Mitleid hielt sich in Grenzen. Er ging nach oben und öffnete die Haustür, damit der Notarzt den Weg fand. Gegenüber sah er eine junge Frau mit leuchtend roten Haaren aus dem Haus kommen.

Als Journalist besaß Gianni Mussner eine gesunde Portion Neugier. Er strich vorsichtig durch das Haus. Er würde den Notarztwagen kommen hören, solange hatte er Zeit. Er betrat die Küche. Nachdenklich blieb er vor dem Kühlschrank stehen. Es dauerte eine Weile, bis er begriff, was hier passiert war. Dann hörte er das Martinshorn. Langsam nahm er das Corpus Delicti von der Kühlschranktür und steckte es ein.

*

Alex war nicht in der Schule erschienen. Er hatte sich krankgemeldet. Franziska konnte nur ahnen, wie er sich fühlte. In der ersten Pause schickte sie ihm eine SMS, sie wollte unbedingt mit ihm reden. Alex antwortete sofort und lud sie zum Mittagessen in die elterliche Wohnung ein. Direkt nach dem Unterricht fuhr sie mit dem Fahrrad in Richtung Flutstraße.

Als sie an der Trinkhalle ›Zum Tunnel‹ vorbeikam, sah sie dort drei ältere Männer. Das Bild war so anrührend, dass sie stehen blieb. Die drei trugen zerbeulte Hosen und ausgeblichene Jägermeister-T-Shirts, deren blassorangen Untergrund sie jeweils mit einem schwarzen Kreuz bemalt hatten. Sie tranken nicht, standen nur so da, fast lethargisch, vor dem geschlossenen Kiosk, dessen Rollläden immer noch heruntergelassen waren, und strahlten eine Art solidarischer Abstinenz aus. Franziska beschloss, Alex von dieser ungewöhnlichen Erscheinung zu berichten.

Die Familie Halima wohnte im Erdgeschoss eines Mietshauses. Franziska war vor einigen Jahren schon einmal hier gewesen, um Alex, der krank war, die Hausaufgaben zu bringen. Vor dem Gebäude gab es keine Fahrradständer. Franziska sah sich im Hinterhof um, fand ein Geländer, befestigte ihr Rad daran und kontrollierte das Bügelschloss, um nicht den gleichen Fehler zu begehen wie im Fahrradkäfig der Schule.

Alex sah schlecht aus: tiefe Augenränder, scharf markierte Falten über der Nase, dunkler Blick. Franziska setzte sich auf die Couch, ihm gegenüber, während seine Mutter in der Küche hantierte. Sein Vater war auf der Arbeit, sein jüngerer Bruder noch in der Schule.

Sie wagte es kaum, seinem Blick zu begegnen. »Hast du eine Meldeauflage bekommen?«

»Ja, jeden Morgen zwischen 7 und 9 Uhr muss ich im 1. Polizeirevier am Mathildenplatz antanzen.« Er schüttelte unwillig den Kopf. »Ich krieg das kaum auf die Reihe, stell dir vor, ich soll angeblich jemanden getötet haben. Ich bin doch kein Mörder! Und dann auch noch den Schlunz, die spinnen wohl bei der Kripo!«

Franziska sah in sein gerötetes Gesicht. »Ich weiß Alex, und ich wäre froh, wenn ich dir helfen könnte …«

Er schüttelte den Kopf. »Das brauchst du nicht. Ich habe einen guten Anwalt. Ist zwar nur ein Pflichtverteidiger und mein Vater meint, er sei für den Job noch relativ jung, aber trotzdem – ein guter Mann. Er hängt sich echt voll rein. Und er glaubt an meine Unschuld.«

Franziska nickte. Richter, Staatsanwälte und Verteidiger – eine neue Welt für sie. Und natürlich auch für Alex.

»Sohn ist kein Mörder!«, sagte Frau Halima in ihrem rauen arabischen Ton. Sie trug eine Platte mit nordafrikanischen Köstlichkeiten herein: Falafel, Hummus, eingelegte Artischocken und Paprika, Couscous und Fladenbrot. Franziska war mit einer weltumspannenden Vielfalt an kulinarischen Köstlichkeiten aufgewachsen, jedes Kindergartenfest und jede Schulfeier breitete eine farbige, geheimnisvolle Palette an Speisen vor ihr aus. Sie liebte das.

»Nein, Ihr Sohn ist kein Mörder, das weiß ich.«

Frau Halima warf ihr einen dankbaren Blick zu, dann sagte sie: »Komm, essen, essen!«, und winkte in Richtung Fladenbrot. Als sie sah, dass Franziska zugriff, verschwand sie wieder in der Küche. Alex hatte keinen Hunger, er kaute lustlos auf einem Stück Fladenbrot herum und trank Tee.

»Hast du heute nicht Basketballtraining?«, fragte Franziska.

»Ja. Ich geh aber nicht hin. Ich komme vorläufig auch nicht in die Schule. Erst wenn offiziell geklärt ist, dass ich unschuldig bin.«

Franziska blieb das Essen fast im Hals stecken. Sie hatte nicht damit gerechnet, dass die Sache eine solche Dimension annehmen würde. Manchmal sah sie die Welt doch noch durch einen rosa Schleier. »Erzählst du mir bitte alles? Ich meine wirklich alles. Wie die Polizei kam, was die gesagt haben, wie es beim Haftrichter war und wie dein Anwalt so ist, das wär voll cool, ja?«

Alex sah sie überrascht an. Er überlegte einen Moment, dann sagte er ernst: »Okay.«

Als seine Mutter wieder hereinkam, sprach Alex mit ihr arabisch. Es war das erste Mal, dass Franziska Alex' Muttersprache vernahm. Es klang so fremd, wie beide sich unterhielten, so unbändig anders, dass sie sich fast wunderte, wie seine Mutter ihn überhaupt verstehen konnte.

»Ich habe Mutter gesagt, dass wir noch ein Eis essen gehen«, sagte Alex, »vorne am Landgrafenring, ist das okay?«

»Ja, natürlich«, antwortete Franziska überrascht. Sie bedankte sich bei Frau Halima für das Essen und verabschiedete sich. Als sie die Tür schloss, meinte sie, den milden Blick einer Mutter in ihrem Gesicht erkannt zu haben. Sofern sie das mit ihrer Muttersperre überhaupt beurteilen konnte.

»Du wolltest mir das nicht zu Hause erzählen, oder?«, fragte Franziska auf dem Weg zum Eiscafé.

»Ja, stimmt.«

»Um deine Mutter zu schonen?«

»Richtig.«

»Wir hätten doch auch in dein Zimmer gehen können.«

Alex schüttelte den Kopf. »Nein, so läuft das nicht bei uns. Das musst du verstehen. Wir können uns nur in der Öffentlichkeit treffen.« Er machte eine kurze Pause. Dann versuchte er, Franziska zu erklären, wie schwer es für seine Mutter war, mit den Ereignissen der letzten Tage klarzukommen. Sie war eine einfache Frau, eine Volksfrau, wie Alex es nannte. Sie stammte aus Gafsa, einer Arbeiterstadt mitten in Tunesien. Trockene Gegend. Bevor sie verheiratet war, hatte sie Tunis noch nie gesehen. Auch die Sprachprobleme machten ihr zu schaffen, außer dem arabisch-tunesischen Dialekt sprach sie nur wenig Französisch und – obwohl sie sich bemühte – nur bruchstückhaft Deutsch. Sie hatte sich nie wirklich eingelebt in Deutschland. Als die Polizei geklingelt hatte, war sie vollkommen verzweifelt gewesen, weil sie dachte, die deutsche Polizei sei wie die tunesische Staatspolizei unter Ben Ali und ihr Sohn lande ohne Prozess im Gefängnis.

Sein Vater war anders, er kam aus Tunis und arbeitete für eine internationale Spedition in Offenbach. Er kannte sich besser aus mit Gesetzen und Vorschriften und dergleichen, und er sprach gut Deutsch und Französisch. Er gehörte einer bürgerlichen Freiheitsbewegung an, deswegen hatte die Familie aus Tunesien flüchten müssen.

Somit verbot sich jede weitere Verunsicherung seiner Mutter, erklärte Alex, und er hoffte, sie könne das verstehen. Franziska kam sich fast lächerlich vor mit ihrer Story von der verlorenen Mutter gegen all das, was Alex berichtete. Und natürlich konnte sie seine Beweggründe nachvollziehen.

Sie hatten die italienische Eisdiele erreicht.

»Wir können uns ja ein Eis mitnehmen und setzen uns da drüben im Park auf eine Bank«, meinte Franziska, »dann hört uns niemand zu.«

Alex nickte. »Gute Idee. Darf ich dich einladen?«

Franziska lächelte. »Natürlich.«

Es gab so viele interessante Eissorten, dass Franziska eine Weile brauchte, bis sie sich entscheiden konnte. Ein Mann hinter ihr in einer alten, abgewetzten Lederjacke wurde schon ungeduldig.

Sie fanden eine ruhige Bank im Schatten.

»Der Anwalt hat mir genau erklärt, was mir vorgeworfen wird, er hat ja Akteneinsicht«, begann Alex. »Ich war echt total geschockt. Schlunz wurde mit K.-o.-Tropfen betäubt und dann in den Klettergarten im Leonard-Eißnert-Park geschleppt. Dort hat ihn jemand auf eine acht Meter hohe Plattform gezogen und hinuntergestoßen. Die haben das alles genau rekonstruiert, es gab eindeutige Spuren da oben auf der Plattform. Er fiel auf eine Holzkante unten am Warteplatz und war sofort tot. Genickbruch. Gegen 2 Uhr haben ihn wohl ein paar Fußballfans gefunden, die aus einer Kneipe kamen.«

Ein Gefühl der Panik durchflutete Franziska. Nach dem Pokalspiel … der Handtaschenräuber … ihr Großvater!

»Was ist los mit dir?«, fragte Alex.

»Ach nichts …« Nicht jeder Fahrraddieb muss ja gleich ein Mörder sein. »Erzähl weiter!«

»Na ja, dann hat mein Anwalt den Kommissar gefragt, wie er denn überhaupt darauf kommt, dass ich etwas damit zu tun haben könnte. Sagt der, ein anonymer

Anrufer habe mich beschuldigt. Ich sei ja ein Liebhaber perfekter Morde.«

»Was?«

»Ja, wir haben doch in der Deutschstunde bei Dr. Bester darüber gesprochen. Na gut, ich fand das schon faszinierend, du weißt schon, das mit dem perfekten Mord, aber deswegen würde ich doch niemals …« Er schüttelte erneut den Kopf. Seine schwarzen Locken wippten hin und her.

»Ich weiß, Alex.«

»Mein Anwalt hat auch gefragt, ob sie nicht irgendeinen Hinweis auf den Anrufer hätten. Nein, haben sie nicht, hat der blöde Kommissar gesagt, sonst wäre es ja kein *anonymer* Anrufer.«

»Aha, der Bennert?«

»Stimmt. Woher kennst du den?«

»War gestern Abend bei uns zu Hause.«

»Was?«

»Er befragt den gesamten Deutschkurs, muss er wohl so machen.«

»Ausgerechnet dieser Typ. Arroganter Wichtigtuer!«

Franziska grinste. »Das stimmt. Zum Glück war noch eine Kollegin bei ihm, die war wesentlich cooler. Und weiter?«

»Na ja, ich wurde natürlich nach meinem Alibi gefragt. Mittwochnacht zwischen 22 und 0 Uhr. Ich war zu Hause, ab 23 Uhr lag ich im Bett. Das zählt aber nicht, weil mein Zimmer einen Balkon hat. Im Erdgeschoss. Ich hätte jederzeit entwischen können, ohne dass meine Eltern etwas gemerkt hätten. Weit entfernt von einem perfekten Alibi.«

»Scheiße!«

»Genau. Aber das allein war noch nicht alles.«

Franziska sah ihn fragend an.

»In der Nähe des Tatorts wurde eine Tasche mit drei leeren Bierflaschen gefunden. Die Tasche gehörte Schlunz – also Berthold Nowak –, seine Geldbörse war drin und sein Personalausweis. Auf einer der Bierflaschen befanden sich meine Fingerabdrücke.«

»Waaas?«

Alex berichtete, wie er mit Pepi, Karli, Dieter und Schlunz auf dessen Geburtstag angestoßen hatte. Warum Schlunz die leeren Bierflaschen mit in den Park genommen hatte, blieb offen.

Sie presste die Lippen aufeinander. »Die drei Bierfreunde, wie du sie nennst, standen vorhin an der Trinkhalle, als ich vorbeifuhr. Sie trugen Jägermeister-T-Shirts mit einem schwarzen Kreuz darauf.« Franziska merkte, dass es Alex schwerfiel, nicht zu weinen. Sie brachte die leeren Eisbecher zum Mülleimer, um ihm eine Pause zu gönnen. Die Sonne schien, Mütter gingen spazieren, Kinder spielten, in einiger Entfernung lehnte die abgewetzte Lederjacke von der Eisdiele an einem Baum, die Welt drehte sich ansonsten normal weiter.

Sie saßen noch eine Weile auf der Bank, ohne zu reden. Schließlich fragte Franziska: »Wie sah der Schlunz eigentlich aus, du hast ihn ja gekannt, ich meine wie schwer und wie groß?«

»Kleiner als ich, aber schwerer.« Er beschrieb mit der Hand eine schwangerschaftsähnliche Vorwölbung. »So ein Bierbauch.«

»Und solch einen Mann, um die 70 oder 80 Kilogramm, soll jemand auf eine acht Meter hohe Plattform geschleppt haben?«

»Das hat mein Anwalt auch gefragt. Dieser Bennert geht davon aus, dass ich dazu einen Flaschenzug benutzt habe. Gibt es dort im Materiallager, einer lag am Tatort rum.«

»Aha. Weiß man denn, auf welche Weise Schlunz die K.-o.-Tropfen verabreicht wurden?«

»Nein, das wird noch geklärt.«

»Und wie ging's dann weiter?«

Alex erzählte ausführlich von seiner Vorführung beim Haftrichter im Justizzentrum an der Rathenaustraße, von den Worttiraden des Staatsanwalts, der ihn in Untersuchungshaft hatte nehmen wollen und von der geschickten Gegenargumentation seines jungen Anwalts. Es gab keine schriftliche Zeugenaussage, nur einen anonymen Anruf. Zudem hatte Alex einen festen Wohnsitz und war bisher nie auffällig gewesen. Damit erließ der Richter zwar einen Haftbefehl, setzte die Vollstreckung allerdings außer Vollzug, verbunden mit einer täglichen Meldeauflage. Alex beschrieb Franziska, wie er sich bereits in einer Zelle sitzen sah, ohne warmes Zuhause und ohne weiche Bettdecke. Fast wie ein Obdachloser.

Eine paar Spatzen hüpften vor ihnen herum und pickten Krumen auf. Dann flogen sie zur nächsten Bank, was Franziskas Blick automatisch dorthin lenkte. Da saß der Mann in der abgewetzten Lederjacke.

»Alex«, sagte sie leise, »nicht umdrehen, bitte! Kann es sein, dass du beobachtet wirst?«

Sie merkte, dass er große Mühe hatte, sich nicht umzuschauen.

»Kann sein. Bennert hat ja behauptet, ich könne womöglich noch einen zweiten Mord begehen.«

»Warum denn das?«

»Weil ich angeblich in der Deutschstunde am Dienstag etwas von *zwei* perfekten Morden gefaselt haben soll …«

Franziska überlegte. »Ja, ja, das stimmt. Du hast gesagt: ›Dann hätten wir es ja mit zwei perfekten Morden zu tun!‹ oder so ähnlich.«

Plötzlich sprang Franziska auf. Als ihr Blick erneut auf den Lederjackenmann fiel, setzte sie sich sofort wieder. »Mensch, Alex«, flüsterte sie, »wenn jemand so genau weiß, was du in unserer Deutschstunde gesagt hast, dann muss er dabei gewesen sein!«

Er sah sie irritiert an. »Wie meinst du das?«

»Mann, überleg doch mal: Keiner von uns würde solche Details einfach rausposaunen. Wozu auch? Und dann noch im exakten Wortlaut. Alex, der anonyme Anrufer ist einer von uns, einer unserer Mitschüler!«

*

Gianni Mussner war ein Mann, der sich geduldig und überlegt durchs Leben bewegte. Selbst in dicht gepackten Redaktionsphasen hatte Herbert ihn nie hektisch oder unfreundlich erlebt. Doch heute war das anders. Gianni hatte sich nicht bei Herbert gemeldet, obwohl sie sich nach dessen Besuch bei Alfred Sival zum Mittagessen in der Pizzeria Tevere verabredet hatten. Erst später, am Nachmittag, rief er an und erklärte in einer seltsam stockenden Art und Weise, dass es ihm leidtue, er habe direkt in die Redaktion fahren müssen, wolle sich aber jetzt sofort mit ihm besprechen, wirklich wichtig, in einer Viertelstunde in der Brasserie am Wilhelmsplatz. Herbert stimmte zu. Er nahm seine Regenjacke und den Motorradhelm. Unten vor dem Haus schaute er kurz zum Himmel, von Frankfurt her zogen tiefhängende dunkle Wolken auf, aber es regnete noch nicht. Er setzte den Helm auf und startete die rosafarbene Vespa. Franziska hatte mehrfach bemerkt, dass dies eine Mädchenfarbe sei, aber das störte ihn nicht, die Farbe war für ihn »kultig« und er kümmerte sich wenig um den Geschmack anderer Leute. Kurze Zeit später bog er von der Bleichstraße kommend auf den Wilhelmsplatz ab und steuerte den kleinen Parkplatz gegenüber dem Café Stääbche an, auf dem er die Vespa gut abstellen konnte.

Der Wilhelmsplatz präsentierte sich wie erwartet: Überall wimmelte es von Menschen, die ihre Marktstände abbauten, Metallstangen schlugen aufeinander, Rufe erklangen, lautes Lachen, Fischgeruch und Bratwurstdunst. Der Wind hatte bereits aufgefrischt, vielleicht schafften es die Marktbeschicker, noch vor dem Gewitter alles zu verpacken. Er passierte das Steakhaus, dann sah er Gianni in voller Größe vor der Brasserie stehen.

»Bon di, wir gehen rein, das muss nicht jeder hören!«

Herbert wunderte sich über das Verhalten seines Freundes in den vergangenen Stunden, erst ließ er die Verabredung platzen, dann konnte es ihm nicht schnell genug gehen und schließlich tat er so, als ginge es um ein Staatsgeheimnis. Aber nach 22 Jahren gaben sie sich gegenseitig so viel Kredit, dass er die Situation mit Gelassenheit ertrug. Gianni hatte damals mit dem gleichen Langmut den Kauf der rosa Vespa akzeptiert.

Gianni Mussner steuerte gezielt auf einen Tisch zu, der etwas abseits auf einem kleinen Podium stand, und bestellte noch im Gehen zwei Kaffee und zwei Apfelstrudel mit Eis und Sahne.

Herbert war mit der Wahl einverstanden. »Was ist los?«, fragte er kurz und direkt.

Gianni griff wortlos in seine Jackentasche und legte eine schwarz umrandete Karte auf den Tisch.

Herbert schluckte schwer. War dies der Moment einer Todesnachricht, einer dieser Augenblicke, an die er sich später ungewollt noch oft erinnern würde? Langsam griff er nach der Trauerkarte.

»Ach … Alfred Sival ist tot?« Er sagte dies mit einer gewissen Erleichterung, denn es war niemand gestorben, der ihm nahestand. Wortlos pochte Gianni mit seinem breiten Finger auf das Todesdatum.

»Moment … äh, Moment mal«, stotterte Herbert, »14. Mai?« Ganz langsam sickerte in ihm die Erkenntnis durch, dass der Todestag in der Zukunft lag.

Die Bedienung brachte den Kaffee und den Apfelstrudel.

»Sival lebt?«

Gianni presste die Lippen zusammen und nickte.

»Aber warum druckt jemand eine Todesnachricht für einen Mensch, der noch lebt?«

»Weiß nicht«, antwortete Gianni. »Vielleicht will er ihn unter Druck setzen. Die Karte hing an Sivals Kühlschrank.« Dann berichtete Gianni in knappen Worten, was am Morgen passiert war und in welchem Zustand er Alfred Sival aufgefunden hatte. Nur den Angriff des Viringo verschwieg er. »Sival muss von der Karte sehr beeindruckt gewesen sein, er hatte schon länger nichts mehr gegessen, war ziemlich abgemagert und es lagen einige leere Whiskyflaschen herum.«

»Du meinst also, der Kartenschreiber wollte ihm drohen? Ihn vielleicht erpressen?«

»Genau. Vielleicht sogar … in den Selbstmord treiben.«

»Na also, nun übertreib mal nicht!«

»Pass auf, Herbie, zunächst sah das heute Morgen ganz einfach aus: Alfred Sival zieht sich jede Menge Whisky rein und stürzt dann die Treppe hinunter. Das stimmt rein sachlich auch, aber der eigentliche Grund ist, dass irgendjemand ein böses Spiel mit ihm treibt. Du hast Sival nicht gesehen, ich sage dir, hier geht es nicht um ein bisschen Einschüchterung, hier geht es ums Ganze!«

Herbert Falke nickte. Er bestellte noch einen Kaffee und schaufelte den Apfelstrudel in sich hinein, als enthielte er ein Beruhigungsmittel.

»Kannst du ihm helfen?«, fragte Gianni.

»Ich?«

»Ja, du. Er liegt im Klinikum, Station 7a. Internistische Privatstation. Die Ärzte sagen, ab morgen können wir ihn besuchen.«

»Was … ich meine, was soll ich denn für ihn tun?«

»Er ist in Gefahr. Er braucht Hilfe. Die Polizei wird das Gleiche denken wie ich: besoffen die Treppe hinuntergestützt. Damit ist der Fall für die erledigt. Komm, finde den Kartenschreiber!«

»Hör mal, nach deiner Beschreibung ist das eine andere Nummer als geklaute Fahrräder, ich weiß nicht …«

»Du musst nur herausfinden, wer die Karte geschrieben hat. Sival kann den Kerl dann anzeigen. Zugegeben: etwas kniffliger als Handtaschendiebe zu jagen. Aber du schaffst das.«

Und wieder verschmolz die Karte zu einer ›Charte‹ und der Kerl zu einem ›Cherl‹. Herbert kannte seinen

Freund, er wusste, dass dieser mit seiner charmanten, ladinischen Art überzeugen konnte. Er wusste jedoch auch, dass Gianni ihn noch nie von etwas überzeugt hatte, das er später bereut hatte. »Weiß die Polizei denn schon etwas von dieser Karte?«

»Ich denke nicht. Sival hat drei bis vier Tage nichts gegessen. Sagt der Notarzt. Wenn die Polizei etwas davon gewusst hätte, wäre er nicht so lange allein gewesen.

»Und du machst eine Story daraus, oder?«

»Natürlich. Aber wie immer: Die Story wird nur gedruckt, wenn Herr Sival sie freigibt.«

Herbert Falke nickte. Das war seit jeher ihre Vorgehensweise, denn sie arbeiteten nicht für ein Boulevardblatt, bei dem man ausschließlich nach Zeilen bezahlt wurde, ohne Festgehalt.

»Hast du den Briefumschlag?«

»Ja, der hing auch am Kühlschrank«, antwortete Gianni, griff erneut in seine Jackentasche und legte den Umschlag auf den Tisch.

Herbert zögerte. »Eigentlich müsste der zuerst auf Fingerabdrücke untersucht werden, aber nachdem du und Sival ihn mehrfach angefasst habt, ist da wohl nichts mehr zu machen.«

Er nahm den Umschlag und untersuchte ihn genau von allen Seiten. »Der Brief kam nicht mit der Post«, stellte Herbert lakonisch fest. »Schau hier, keine Briefmarke, kein Poststempel!«

»Tatsächlich, Mann. Ist mir gar nicht aufgefallen. Und das heißt?«

»Der Erpresser, ich nenne ihn mal so, hat ihn persönlich eingeworfen. Man müsste mit Alfred Sival darüber sprechen, auch mit den Nachbarn.«

Gianni grinste. »Ja, mit den Nachbarn. Da habe ich einen guten Tipp. Herr Schuldt, der erzählt dir alles.«

»Gut, ich mach's«, sagte Herbert, »aber nur unter einer Bedingung!«

Gianni zog die Augenbrauen hoch.

»Du bezahlst den Kaffee!«

Gianni hob den Daumen.

»Und den Apfelstrudel!«

»Und das Eis!«, ergänzte Gianni freiwillig.

»Und die Schlagsahne!«, rief Herbert.

Gianni hob erneut den Daumen. Dann stand er auf, seinen Apfelstrudel hatte er nur zur Hälfte gegessen, ging zur Theke, um zu bezahlen. »Herbie, ich muss los. Bon di!« Damit verschwand er im Menschengetümmel auf dem Wilhelmsplatz.

*

Dr. Johannes Bester betrat einen dunklen Raum. Die Fenster waren abgeklebt, lediglich an einigen winzigen Stellen schimmerte schwach das Tageslicht hindurch. Er tastete sich an der Wand entlang. Schemenhaft konnte er eine Couch erkennen. Er setzte sich. Mit Augen und Ohren genoss er die Ruhe. Diese präzise Stille. Das verborgene Licht, das – er ahnte es – anderswo mit stechender Kraft wieder auftauchen würde. Es war interessant, dachte er, dass man etwas genießen konnte, das abwesend war. Im Erdgeschoss waren ihm noch Leute begegnet, hier im ersten Stock nicht mehr. Langsam gewöhnten sich seine Augen an das stumme Schwarz und den polierten Glanz der Vitrinen.

Das Licht sei ein Feind des Leders, hatte der Mann an

der Kasse gesagt. Deswegen war alles dunkel, und für die Besucher gab es überall Schalter, die man bei Bedarf betätigen konnte. Aber er hatte keinen Bedarf, er wollte die ledernen Kunstwerke ohne grelle Alltagseinflüsse sehen. Pur, rein, nur sich selbst überlassen. Er ging oft ins Museum, in Offenbach, Frankfurt, Darmstadt oder Hanau. Immer zu Zeiten, in denen nicht viel Betrieb war. Vorzugsweise am Freitagnachmittag, da wollten alle nach Hause, ins Wochenende, zu ihren Liebsten. Auf ihn wartete niemand, nur das leblose Bild seines Vaters an der Wand.

Er erhob sich, nach zwei Schritten stieß er gegen etwas Metallenes, eine alte Nähmaschine, mit schmerzendem Knie ging er weiter, aber was war schon ein pochendes Knie gegen Koma – wieder dieses Wort. Dann betrat er den nächsten Raum, rechts von ihm eine wandhohe Vitrine mit einem Pferd in Lebensgröße, er begann sich zu ärgern, was sollte ein Pferd im Ledermuseum, im nächsten Raum erkannte er eine Sitzgarnitur mit vielen Stühlen, wie ein Esszimmer, auch das hatte hier nichts zu suchen, voll Abscheu trat er gegen einen Stuhl, der umfiel, zu seinem Erstaunen sprang keine Alarmanlage an, er lief weiter, sollten sie die Kadaver ihrer Wichtigtuerei doch selbst aufräumen, eine plötzliche Wucht von Emotionen trieb ihn aus dem Ledermuseum, hinaus auf den Vorplatz, ins grelle Licht. Geblendet vom wahren Leben stolperte er den Weg entlang. Dann blieb er stehen und spie einen Placken grünlichen Sputums, das er unter Ächzen und Stöhnen seinem Körper entrissen hatte, aufs Pflaster.

*

Als Herbert Falke die Brasserie verließ und auf den Wilhelmsplatz hinaustrat, fing es an, leicht zu regnen. Er fuhr nach Hause und schaffte es soeben, die Vespa vor dem Haus in der Brinkstraße abzustellen, bevor das Gewitter losbrach.

Während es draußen krachte und donnerte, brühte er sich einen Kaffee. Dann nahm er seine Lesebrille und setzte sich mit der Tasse und einem Buch auf die Couch. Kaum hatte er sich an das Gefühl der Losgelöstheit gewöhnt, klingelte das Telefon. Mit einem unwirschen Grummeln stand er auf und hob ab. Es war Andreas. Und es wurde kein leichtes Gespräch.

Natürlich konnte er seinen Sohn verstehen, der sich Sorgen um Franziska machte, die den Sprung in die nächste Klassenstufe schaffen musste, dann das Abitur, G8 war eben kein Zuckerschlecken und das Leben kein Ponyhof, so die Plattitüden, mit denen sein Sohn ihn überschüttete. Herbert hätte sich von einem Deutschlehrer erlesenere Worte gewünscht, aber wie sollte er ihm das vorwerfen, ausgerechnet jetzt, als es um Franziskas Zukunft ging, nein, das konnte er nicht. Zumal Herbert selbst ein elementares Bedürfnis hatte, den Lebensweg seiner Enkelin in sichere Bahnen zu lenken.

Herbert bemerkte, dass sein Sohn langsam sprach, vorsichtig, so als wollte er mit keinem einzigen Wort Unheil anrichten. Franziska sei durch die Sache mit Alex so mitgenommen, dass sie kaum noch an etwas anderes denken könne, berichtete Andreas, er mache sich große Sorgen. Auch schwierige Themen müssten sie besprechen, erklärte er seinem Vater, Franziska brauche nun absolute Konzentration und keinerlei Ablenkungen, weder durch Vespa-Fahrten noch durch Spaghetti mit

Pesto und schon gar nicht durch irgendwelche Fälle von Kleinkriminalität, die ja sowieso Sache der Polizei seien.

Die Worte saßen wie Nadelstiche. Herbert antwortete nicht, er hörte nur noch zu. Dann verabschiedeten sie sich. Ganz zum Schluss fragte Herbert, ob Andreas etwas von Karin gehört habe. Nein, schnaubte dieser und legte auf.

Herbert Falke setzte sich wieder in den Sessel und versuchte, sein Buch weiterzulesen. Doch er sah durch die Seiten hindurch wie durch Pergament, hinter dem er krampfhaft die wahren Worte zu erkennen glaubte. War die Frage nach Karin ein kleiner Racheakt seinerseits gewesen? Wahrscheinlich. Warum musste Andreas aber auch ausgerechnet die Spaghetti mit Pesto erwähnen? Das übrig gebliebene Mahnmal seiner Kochkunst, das ein zeremonieller Bestandteil der Großvater-Enkelin-Welt war. Warum musste er ihm das nehmen? Ein Spruch von Wilhelm Busch fiel ihm ein, den er vor Kurzem im Wartezimmer seines Hausarztes gelesen hatte: ›Gar kompliziert ist diese Welt, mich wundert's, dass sie wem gefällt.‹

Und Herberts Welt wurde noch komplizierter, denn Minuten später klingelte es an der Tür: Franziska.

»Hallo, Opa!« Sie versuchte, ihre sonst übliche Fröhlichkeit zu versprühen, aber es gelang ihr nicht.

Er nahm seine Lesebrille ab und steckte sie ins Jackett. »Möchtest du etwas trinken?«, fragte er.

»Nein, danke, lieber ein Stück Schokolade.«

Herbert Falke öffnete eine Schublade, in der sich ein schier unerschöpfliches Reservoir an Süßigkeiten befand. Als Franziska noch klein war, dachte sie lange Zeit, hinten im Schrank säße jemand, der Schokolade herstellte.

»Um was geht es denn?«, fragte Herbert.

Sie sah ihn überrascht an. »Du merkst immer, wenn ich ein Problem habe. Es geht um … die Sache mit Alex.«

Herbert nickte. Und wartete.

»Er war das nicht!«, sagte sie überdeutlich.

»Das haben Gianni und ich auch sofort gesagt.«

»Ja, siehst du, bitte … hilf ihm!«

»Ich verstehe nicht, wie ich helfen soll, die Polizei ist doch dran, und Frau Heckmanns machte einen ganz vernünftigen Eindruck, oder?«

»Ja schon, aber dieser Bennert, der ist ja ein solcher Arsch, und ich glaube nicht, dass der sich immer an die Vorgaben seiner Chefin hält!«

»Hör mal zu, Franzi, ich habe einige Kleinkriminelle überführt, manchmal mit Glück und immer vor dem Hintergrund, dass die Polizei sich nicht darum gekümmert hat. Aber das hier, das ist eine andere Kategorie.«

»Ach Quatsch, es geht ja auch nur darum, den richtigen Mörder zu finden, den Rest macht natürlich die Polizei. Ich helfe dir, wir sind doch ein gutes Team. Ich habe sogar schon etwas herausgefunden …«

»Ein 17-jähriges Mädchen auf Mörderjagd, wo denkst du hin!« Er hatte sie hart unterbrochen. »Die Kripo ist dran, die werden den richtigen Mörder schon finden, da bin ich sicher.«

»Aber Opa, wie redest du denn? Sonst waren die Polizisten immer die Schlafmützen im Blaumann, was ist denn los?«

»Nichts ist los, Franzi, ein Mord – das geht nicht, ich kann so etwas nicht.«

»Wie, du *kannst* nicht? Hindert dich jemand daran oder weißt du nicht, wie du Nachforschungen anstellen sollst?«

Herbert zögerte. »Ich weiß nicht, wie man Mörder fängt, bin ja schließlich kein Superman.«

Franziska stand auf und lief unruhig im Zimmer umher. »Du warst aber bisher immer mein Superman, Opa!«

Er wandte sich ab und starrte auf das Bild seiner Frau. »Dann bin ich es jetzt eben nicht mehr«, presste er hervor. »Tut mir leid.«

Er hörte sich entfernende Schritte in seinem Rücken. »Echt krass, Opa!« Damit fiel die Tür ins Schloss.

Herbert setzte die Brille wieder auf und betrachtete Christels Bild.

*

Jemand machte sich an seinem Arm zu schaffen. Es tat weh. Er öffnete die Augen.

»Guten Abend, Herr Sival«, sagte eine Frauenstimme, »schön, dass Sie wieder bei uns sind!«

Er wollte den Arm wegziehen, doch es gelang ihm nicht. Nur sehr langsam konnte er seinen Kopf anheben und an sich herabsehen. Mehrere Gurte waren quer über sein Bett geschnallt, hielten ihn fest auf der Matratze. Er spürte einen Stich im Arm, zuckte zusammen.

»Tut mir leid, Herr Sival«, sagte die Frauenstimme ruhig. »Ich muss Ihnen eine Kanüle legen, es ist gleich vorbei.«

Er sah sie an.

»Ich bin Ihre Stationsärztin. Sie sind im Klinikum Offenbach, wir kümmern uns um Sie, es wird alles gut!«

Erst jetzt bemerkte er die kalte, weiße Krankenhauslandschaft. Er hörte das Geräusch von sich öffnenden Klettverschlüssen.

»Wir mussten Sie anschnallen, weil Sie sich ständig die Kanüle aus dem Arm gezogen haben. Aber das ist nun vorbei, ich befreie Sie!«

Wieder das klettlösende Geräusch.

»Ihr linker Arm ist eingegipst, den sollten Sie möglichst wenig bewegen.«

Er war müde und wollte nicht sprechen. Er hatte Sehnsucht nach der Stille, die er am Fuß der Treppe verspürt hatte. Die Treppe … Er war gestürzt, warum? Ein Zeitungsbild und ein schwarz umrandeter Brief tanzten vor seinen Augen. Er wagte kaum, seine Erinnerung ans Licht zu holen.

»So, das war's«, sagte die Ärztin, »ich lasse Sie jetzt schlafen!«

Er wartete auf das Geräusch der sich schließenden Tür, bevor er in den herbeigesehnten Dämmerschlaf glitt.

SAMSTAG, 6. MAI

Es war dunkel, als Franziska aufwachte. Sie schob den Vorhang beiseite. Das Gewitter hatte sich verzogen und einen sternenklaren Himmel freigegeben. Franziska öffnete das Fenster und sog die kühle Nachtluft ein, so wie die Nikotinsüchtigen den Rauch einsogen. Der Wecker zeigte 2.14 Uhr. Sie ging hinaus auf den Flur.

Unter der Küchentür schimmerte Licht hindurch. Sie klopfte.

»Ja?«

Sie öffnete die Tür. »Hallo, Papa, was machst du denn hier, mitten in der Nacht?«

»Konnte nicht schlafen«, antwortete Andreas Falke. »Und du?«

»Ebenso, ich wollte was trinken.« Erst jetzt sah sie, dass er ein Glas Whisky vor sich stehen hatte. Seltsam, dachte sie, ihr Vater trank zwar gerne Bier, aber harte Spirituosen – sehr selten. Ohne zu wissen, was sie dazu trieb, fragte sie: »Kann ich auch einen haben?«

Er sah sie erstaunt an. In diesem Blick lag Traurigkeit, sehr viel Traurigkeit. Und sie bemerkte, dass er Tränen vergossen hatte. Noch nie hatte Franziska ihren Vater weinen sehen. »Was ist los, Papa?«

Er verdeckte seine Augen mit der Hand. »Ach, ich weiß nicht, ob ich es dir sagen soll …«

Sie setzte sich und goss sich einen Whisky ein. »Prost!«

Er nickte. »Prost!«

»Du kannst es mir ruhig sagen.«

»Na ja, heute Mittag in der Frankfurter Innenstadt ...«

»Du warst in Frankfurt?«

»Ja, wir waren mit Schülern im Städel, danach, ich meine ... Ich habe Karin gesehen.«

Der Whisky brannte auf ihrer Zunge. »Bist du sicher?«, fragte sie mit einer Stimme, die ihr selbst fremd vorkam.

»Nein, bin ich nicht, aber ... die Frau sah ihr so verdammt ähnlich, weißt du, die gleiche Figur wie du, so groß und schlank. Und diese goldblonden Haare.«

»Ja.«

»Entschuldige, wir hatten eigentlich vereinbart, dass ich dir so etwas nicht mehr erzähle, aber ...«

»Schon gut. Mehr kann ich aber nicht dazu sagen, meine Muttersperre gilt immer noch.«

»Ich weiß. Warum bist du aufgewacht?«

»Ich hatte Streit mit Opa.«

»Aha.«

»Zum ersten Mal. Ziemlich schlimm.« Sie nahm erneut einen Schluck Whisky und schüttelte sich.

»Um was geht es denn, kann ich helfen?«

»Tut mir leid, Papa, aber das kann ich dir nicht sagen.«

»Warum? Hast du Geheimnisse vor mir?«, fragte er.

»Nein, aber ... diesmal geht es wirklich nicht.«

Sie überlegten beide stumm.

»Weißt du noch damals im Frankreich-Urlaub?«, fragte sie. »Da hast du mir auch nicht die Wahrheit sagen können, und später hast du gemeint, eine kleine Notlüge sei schon mal erlaubt. Bei mir ist es diesmal so ähnlich.«

»Eine Art Notgeheimnis?«

Sie lächelte. »Genau.«

Danach tat sie etwas, was sie noch nie getan hatte, seit ihre Mutter verschwunden war: Sie legte sich mit ins Ehebett, auf die Seite ihrer Mutter, zog die Decke bis ans Kinn hoch und schlief ein.

*

Gianni Mussner hatte Herbert frühmorgens eine E-Mail geschickt. Um 11 Uhr konnten sie sich mit Alfred Sival treffen. Als sie im Foyer des Klinikums standen, überlegten sie, ob sie Blumen kaufen sollten oder Kekse, entschieden sich aber dagegen. Es war mehr ein Arbeitstreffen als ein Krankenbesuch.

Alfred Sival hatte tief liegende Augenhöhlen, eine spitze Nase und ein Doppelkinn. Sein linker Arm lag in Gips.

»Bon di, Herr Sival. Mein Name ist Gianni Mussner. Ich habe Sie gestern gefunden.«

Sival streckte ihm seine rechte Hand entgegen. »Ich danke Ihnen, Herr …«

»Mussner!«

»Ja, Herr Mussner, entschuldigen Sie, ich bin noch etwas durcheinander. Hoffentlich hatten Sie keine Unannehmlichkeiten.«

»Nein, nein«, sagte Gianni.

Herbert dachte an den desolaten Zustand, in dem Alfred Sival sich nach seinem Sturz befunden haben musste. Mit »Unannehmlichkeiten« ließ sich Giannis damalige Situation sicher nicht ausreichend beschrieben. Anderseits befand sich Sival unter starkem psychischem Druck. Herbert überlegte, wie er selbst auf eine Trauerkarte mit seinem eigenen Namen und einem Todesdatum reagiert hätte.

»Das ist mein Freund Herbert Falke«, sagte Gianni. »Wir möchten Ihnen einen Vorschlag machen.«

Alfred Sival sah Gianni erstaunt an.

Herbert holte zwei Stühle. Zum Glück lag Sival in einem Einzelzimmer.

»Wir möchten Ihnen helfen. Wegen der Sache mit der Traueranzeige, die ihren eigenen Namen trägt.«

Alfred Sival wurde noch blasser, als er sowieso schon war. »Sie, äh, Sie wissen davon?«

Gianni zog die Trauerkarte hervor. »Die habe ich in Ihrer Küche gefunden. Habe nach Medikamenten gesucht.«

Alfred Sival ließ sich in sein Kissen zurückfallen und sah zur Decke. »Es ist so demütigend!«, presste er hervor.

»Das kann ich mir vorstellen«, sagte Herbert. »Aber ich denke, nichts zu tun, hilft hier nicht weiter. Eine bekannte Lyrikerin hat einmal geschrieben: ›Die Flucht vor der Wahrheit rächt sich durch Tatenlosigkeit.‹ Und es sind nur noch acht Tage bis zu diesem … Termin.«

Sival sah ihn an. »Was meinen Sie denn, was ich tun soll?«

»Sie selbst können derzeit nichts tun, Sie müssen erst wieder fit werden. Aber *ich* könnte etwas tun.«

»Herbert ist Privatdetektiv. Ein erstklassiger!«, fiel Gianni ihm ins Wort. »Er wird den Erpresser finden. Ganz sicher!«

Herbert schnappte nach Luft. »Ich kann es jedenfalls versuchen. Sie können natürlich auch die Polizei einschalten.«

»Nein. Auf keinen Fall«, sagte Sival. »Mit denen will ich nichts zu tun haben.« Sivals Stimme hatte plötzlich wieder mehr Kraft gefunden. Die Klarheit seiner Aussage ließ keine Nachfrage zu. »Haben Sie schon ähnliche Fälle bearbeitet?«, fragte er.

»Natürlich!«, antwortete Gianni. »Unsere Zeitung hat darüber berichtet.«

Herbert sah Gianni entsetzt an.

»Und Sie meinen, dieser … Mensch will mich erpressen?«

»Möglich«, antwortete Herbert, »jedenfalls will er Sie unter Druck setzen. Haben Sie irgendeine Ahnung, was er von Ihnen will?«

»Nein, überhaupt nicht. Ich habe mir schon den Kopf zerbrochen, bin aber zu keinem Ergebnis gekommen. Wie hoch ist eigentlich Ihr Honorar?«

»200 am Tag«, antwortete Gianni lässig. »Plus Spesen.«

»Das geht in Ordnung«, sagte Alfred Sival. »Sie haben sicher eine Menge Fragen, Herr Falke. Bitte kommen Sie um 15 Uhr wieder, dann trinken wir einen Kaffee zusammen. Ich brauche noch etwas Zeit, um … na ja, um mich an alles zu erinnern.«

»Ist gut, Herr Sival, bis später.«

»Bon di, Herr Sival!«

Samstag, der 6. Mai, war der Tag, an dem Herbert Falke von seinem Freund Gianni Mussner offiziell zum inoffiziellen Privatdetektiv ernannt wurde. Die Diskussion, die daraufhin zwischen den beiden folgte, war nichts – aber auch gar nichts – im Vergleich zu der Diskussion über die rosa Vespa.

*

Franziska und Jacky hatten sich für Samstag zum Frühstück verabredet, um mal wieder richtig zu quatschen.

Jackys Eltern waren an der Côte d'Azur. Ihre Oma hatte ein wunderbares Frühstück bereitet mit Joghurt, Früchten, Brötchen, Schinken und Eiern. Es hatte fast zehn Minuten gedauert, bis Franziska sie davon überzeugt hatte, dass sie morgens noch nichts essen konnte. Dafür bekam sie einen riesengroßen Milchkaffee mit herrlichem Milchschaum, genau so, wie sie es liebte.

Die Assoziation mit dem Grande-Cappuccino im KOMM war unvermeidbar. »Was macht eigentlich das rosa Perlhuhn aus deiner Nachbarschaft?«, fragte Franziska.

Jacky lächelte. »Melissa? Hat sich verdünnisiert. Bin ihr seitdem nicht mehr begegnet und habe auch keine Sehnsucht danach. Habe nur gehört, dass sie einen neuen Lover haben soll.«

»Der Arme!« Sie lachten beide. Franziska nahm einen Schluck Milchkaffee.

»Dir geht's nicht gut, oder?«, fragte Jacky unvermittelt.

Franziska nickte.

»Wegen Alex?«

Sie nickte erneut.

»Na komm, nun erzähl schon, wozu hat man sonst 'ne Freundin?«

Franziska lächelte dankbar und begann zu berichten, von dem Besuch der beiden Kripo-Beamten, von ihrem Gespräch mit Alex beim Eisessen, dem Streit mit ihrem Großvater und dem nächtlichen Treffen mit ihrem Vater in der Küche. Als sie erst einmal angefangen hatte, redete sie sich alles von der Seele, bei Jacky war sie sicher, dass ihre Offenheit nie missbraucht würde. Und umgekehrt war es natürlich ebenso.

»Mann, da hast du ja im Moment echt die Arschkarte gezogen!«, sagte Jacky.

»Allerdings.«

»Ich habe übrigens nicht mit diesem komischen Bennert sprechen müssen«, sagte Jacky. »Mein Vater hat ihn abgewimmelt, so was kann er ja.«

»Glück gehabt.«

»Und wie geht's weiter mit Alex?«

»Das entscheidet der Richter. Jeder Hinweis kann helfen. Kannst du dir vorstellen, wer aus unserem Deutschkurs etwas gegen Alex hat und so eine krasse Sache mit ihm abzieht?«

Jacky überlegte. »Wenn überhaupt, dann die drei aus der letzten Reihe, du weißt schon, wen ich meine …«

»Unsere Möchtegern-Rocker.«

»Die klopfen ja manchmal so abgefahrene rechte Sprüche, dass man nicht mehr weiß, ob das ernst gemeint ist oder nicht.«

»Und?«

»Na ja, weil Alex ein Migrant ist, noch dazu Muslim, wär ja möglich.«

An einen ausländerfeindlichen Hintergrund hatte Franziska gar nicht gedacht. Sie war sich auch nicht sicher, ob sich dadurch seine Situation ändern würde. »So einen vagen Verdacht können wir doch nicht der Polizei mitteilen, oder?«

»Nein, auf keinen Fall«, antwortete Jacky.

»Opa hätte ich das sagen können, der wüsste es einzuordnen, aber … na ja.«

»Ansonsten fällt mir niemand ein, der Alex wirklich etwas Schlechtes an den Hals wünscht. Bei den Mädels ist er ja sowieso beliebt, ist ja auch echt ein süßer Typ …«

Franziska lächelte.

»Besonders unsere beiden Blondies mögen seine schwarzen Locken!«

»Gut, dass ich nicht blond bin.«

»Hättest du ja durchaus erben können von deiner …«

Franziska hob den Kopf.

»Äh, vom weiblichen Teil deiner Erzeugerfraktion!«, ergänzte Jacky.

»Danke!«

»Meinst du denn, dein Opa hat das wirklich ernst gemeint, sonst war er doch wie wild hinter den Fahrraddieben und solchen Leuten her, und jetzt, wo er einem unserer Freunde helfen kann, da streicht er die Segel?«

»Ja, so dachte ich auch, aber als er das gesagt hat, war es ihm ernst, da bin ich sicher. Er hat mir dabei noch nicht einmal in die Augen gesehen, hat sich einfach rumgedreht und mich abblitzen lassen.«

»Mit welchem Argument?«

»Er sagt, das sei eine Nummer zu groß für ihn, er schaffe das nicht.«

Jacky schüttelte ihren roten Haarschopf. »Komisch, das klingt so gar nicht nach ihm, ich hatte immer den Eindruck, dass er sich eher überschätzt als unterschätzt.«

»Stimmt.«

»Da muss etwas anderes dahinterstecken.« Jacky sah nachdenklich aus dem Fenster. »Aber mit deinem Vater kommst du klar, oder?«

»Ja, er ist zwar selbst ziemlich depri wegen der Sache mit der fremden Frau in Frankfurt, aber sonst verstehen wir uns gut. Klar, manchmal nervt er etwas wegen der Schule, aber das nehme ich ihm nicht übel. Er ist Lehrer durch und durch und schiebt als Alleinerziehender immer etwas Panik, meint wohl, er müsste sich mehr um mich kümmern.«

»Du bist 17, also ehrlich … 17! Um was muss er sich da noch groß kümmern?«

»Weiß ich auch nicht. Ach lass nur, da ist er etwas speziell.«

»Aber bei der Sache mit Alex kann er auch nicht helfen.«

»Nein, sicher nicht. Apropos: Was ist mit deinem Vater, kann der nicht was für Alex tun?«

Jacky sah sie überrascht an. »Ich dachte, Alex hat bereits einen Verteidiger?«

»Ja schon, er ist zufrieden mit dem, aber Alex kennt sich nicht aus, er hat keinen Vergleich, dein Vater ist doch ein Spezialist in Strafverteidigung, der kann das bestimmt viel besser!«

»Ehrlich gesagt, Franzi, zwischen mir und meinem Vater herrscht derzeit Funkstille. Ich habe ihm mal wieder vorgeworfen, dass er für seinen Scheiß-Beruf zu viel Zeit aufwendet und kaum zu Hause ist. So ist es ja auch, ich hab gar nichts mehr von ihm. Und dann muss er auch noch unbedingt ein Wochenende an die Côte d'Azur. Hab ihm gesagt, dass er familiär ein Loser ist.«

»Oh, der saß aber!«

Jacky schob die Lippen vor und nickte.

»Und jetzt?«, fragte Franziska.

»Na ja, wie gesagt: Funkstille. Ich warte mal ab, was passiert, wenn sie morgen Abend zurückkommen. Aber ich glaube, daraus wird nichts, gerade weil ich auf seinen Beruf geschimpft habe, soll er uns ausgerechnet auf dem Gebiet helfen, nee, nee, das wird nichts.«

»Probierst du's trotzdem? Bitte! Mir zuliebe.«

Sie umarmten sich zum Abschied.

»Ich versuch's.«

Franziska war schon am Fuß der großen Eingangstreppe angekommen, da rief Jacky ihr hinterher: »Ach übrigens, gestern wurde unser Nachbar gegenüber mit dem Notarztwagen abgeholt, kurz davor habe ich so einen großen, breiten Typ an der Haustür gesehen, sah aus wie der Freund deines Opas, wie heißt der noch?«

»Gianni? Gianni Mussner?«

»Ja, genau, so sah der aus, bin aber nicht sicher. Mach's gut!«

Franziska winkte ihr nachdenklich zu und trat auf die Straße. Bevor sie den Heimweg vom oberen in den unteren Buchrainweg einschlug, ging sie an der gegenüberliegenden Villa vorbei. Ein Granitsteinweg führte vom Gartentor zum Hauseingang, gesäumt von Buchsbaumhecken und blühenden Rhododendren. Am Briefkasten stand der Name des Hausbewohners: Alfred Sival.

*

Aus seiner Zeit als Zeitungsreporter war Herbert es gewohnt, genau hinzusehen und Details wahrzunehmen. Sival sah vitaler aus als am Vormittag, auch saß er aufrecht im Bett. Er hatte sich in einem kleinen Heft Notizen gemacht.

»Wie geht es Ihnen, Herr Sival?«, fragte Herbert, hängte sein kariertes Jackett über die Stuhllehne und setzte sich.

»Danke, besser. Ich habe gut zu Mittag gegessen und fühle mich kräftiger als heute Morgen.«

»Ich sehe, Sie haben einiges notiert, das ist gut.«

»Ja, so langsam kommt die Erinnerung wieder. Zum Glück ist mein linker Arm eingegipst und nicht der rechte, sodass ich schreiben kann.«

»Ist es in Ordnung, wenn ich Ihnen ein paar Fragen stelle?«

»Natürlich.«

»Okay. Sind oder waren Sie verheiratet?«

»Nein, weder noch.«

»Und Sie wohnen allein im Haus?«

»Ja, nur meine Haushaltshilfe kommt ab und zu.«

»Sonstige Familienmitglieder?«

»Nein, meine Eltern sind tot, keine Onkel oder Tanten, eigentlich niemand …«

»Ach, wirklich *niemand*?«

»Moment, meinen Bruder gibt es noch, wir sind zerstritten und haben uns seit über 20 Jahren nicht mehr gesehen. Er hat sich damals total hängen lassen, hat sogar mal eine Weile auf der Straße gelebt. Schrecklicher Mensch.«

»Wissen Sie, wo er wohnt?«

»Nein. Er war mal hier in Offenbach, vermutlich ist er nach Düsseldorf zurückgegangen, dort haben wir unsere Jugend verbracht.«

»Können Sie sich vorstellen, wer Ihnen das angetan hat? Ich meine, gibt es jemanden, der Sie so sehr hasst, dass er Ihnen eine solche Karte schickt?«

Alfred Sival sah ihn ernst an. »Sie können mir glauben, Herr Falke, darüber habe ich wieder und wieder nachgedacht, seit Monaten, ich habe keine Ahnung.«

»Seit Monaten? Ich dachte, der Brief ist erst ein paar Tage alt.«

»Ja, aber davor gab es schon ungefähr zehn ähnliche Briefe.«

Herbert hob die Augenbrauen. »Aber, Herr Sival, wenn ich mal so offen fragen darf, warum haben Sie dann nicht sofort die Polizei eingeschaltet?«

Sival sah ihn irritiert an. »Erstens mag ich die Polizei nicht, und zweitens habe ich das zunächst nicht ernst genommen, dachte, das ist ein Spinner, der schon wieder aufhören wird, was ja vor drei Monaten auch der Fall war. Aber dann ging's mit diesem Brief weiter. So als hätte der Kerl absichtlich eine Pause eingelegt, um dann noch heftiger zuzuschlagen. Denn diesmal stand mein Todesdatum in der Nachricht.«

»Das war also zuvor nicht der Fall?«

»Nein. Vorher stand nur mein Name drauf.«

Herbert merkte, dass Sival inzwischen wesentlich sachlicher und distanzierter mit dem Thema umging. Die Schwester kam herein und brachte Sival eine Tasse Kaffee und ein Stück Kuchen.

»Würden Sie meinem Besuch bitte auch einen Kaffee bringen?«, fragte Sival.

»Gerne, auch ein Stück Apfelkuchen?«

»Da kann ich nicht widerstehen«, antwortete Herbert und wunderte sich über den netten Service im Krankenhaus. Dann sagte er zu Sival gewandt: »Sie waren Inhaber einer großen Firma, da gab es doch bestimmt auch mal Ärger, sehen Sie da vielleicht einen Zusammenhang?«

Er schüttelte den Kopf. »Nein, auch darüber habe ich schon nachgedacht, es ist mir nichts eingefallen.«

»Entlassene Arbeiter?«

»Für alle wurde ein Sozialplan aufgestellt, es sind mir keinerlei besondere Vorfälle bekannt.«

»Ich habe ausführliche Unterlagen zur Sival GmbH von Herrn Mussner bekommen, er wollte ja einen Artikel über Sie schreiben. Ihre Firma wurde dann verkauft und später sogar umgesiedelt und geschlossen. Auch dabei gab es keine Probleme?«

»Falls es welche gab, habe ich die nicht mehr mitbekommen. Nach dem Verkauf an die Holzer AG wurde ich als Geschäftsführer sofort abgelöst. Heute steht auf dem Gelände ein großes Einkaufszentrum. Immer wenn ich daran vorbeifahre … na ja, was soll's!«

»Immer wenn Sie daran vorbeifahren, bekommen Sie Magenschmerzen?«

Sival sah ihn mit großen Augen an, als fühlte er sich ertappt.

»So geht es mir jedenfalls, wenn ich an den Tag denke, an dem meine Frau verstarb«, sagte Herbert. »Darf ich Sie anrufen, wenn mir noch etwas einfällt?«

»Natürlich, hier ist meine Telefonnummer.« Er reichte Herbert einen handbeschriebenen Zettel.

»Warum sind Sie die Treppe hinuntergefallen? Einfach nur ausgerutscht oder gab es einen anderen Grund?«

»Ja, ausgerutscht. Aber nicht einfach nur so, ich stand unter Schock. In der Zeitung war ein Foto … also … nein, ich habe mir das sicher nur eingebildet.«

»Was meinen Sie damit?«

»Ich hatte wahrscheinlich Halluzinationen, die ganze Situation, zu viel Alkohol, nichts gegessen und so weiter …«

Herbert wollte Sival nicht überfordern und beschloss,

zunächst das Thema zu wechseln. »Im Leonhard-Eißnert-Park in der Nähe des Stadions gibt es einen Kletterparcours, waren Sie da schon einmal?«

»Kletterparcours? Was soll das sein?«

»Okay, andere Frage: Kennen Sie einen gewissen Herr Nowak, Betreiber der Trinkhalle an der Senefelder Straße?«

»Nein, nie gehört.«

»Er wurde in der Nacht zum Donnerstag ermordet aufgefunden.«

»Wie, das verstehe ich jetzt nicht …«

»Okay, dann sprechen wir noch mal von dem Brief. Wann und wie haben Sie den bekommen?«

»Am Montag gegen 9 Uhr morgens habe ich ihn aus dem Briefkasten geholt. Um diese Zeit kommt immer der Briefträger.«

Herbert zog den Briefumschlag aus der Innentasche seines Jacketts. »Schauen Sie mal hier: keine Briefmarke. Der kann nicht mit der Post gekommen sein.«

Alfred Sival sah ihn konsterniert an. »Wie …? Was heißt das?«

»Das heißt, der Erpresser – ich bleibe mal bei diesem Ausdruck – hat den Brief selbst eingeworfen.«

»Sind Sie sicher?«

»Ganz sicher. Zumal am Montag der 1. Mai war, da kommt kein Briefträger.«

Alfred Sival begann zu zittern. »Können Sie mir bitte etwas Wasser eingießen?«

»Natürlich!« Herbert schenkte ihm zweimal nach, er trank alles aus wie ein Wassersüchtiger.

»Sollen wir lieber morgen weitermachen?«, fragte Herbert.

»Nein, danke, ich war nur eben etwas durcheinander.«

»Weil Ihnen plötzlich klar wurde, wie nah er Ihnen bereits gekommen ist?«

Er nickte krampfhaft. »Ich glaube, die anderen Briefe waren auch nicht frankiert, ich bin nicht sicher, aber … wahrscheinlich haben Sie recht.« Er schüttete den restlichen Kaffee in sich hinein und biss so hektisch in den Kuchen, dass er sich fast daran verschluckte.

Herbert bekam einen Eindruck von dem psychischen Druck, unter dem Sival gestanden haben musste, als er sich allein in seinem Haus verschanzt hatte. Ein selbstgewähltes Verlies ohne Gitter und Schranken.

»Herr Sival, bei der damaligen Briefserie, vor drei Monaten, in welchem Abstand kamen die Briefe?«

»Ziemlich regelmäßig, einer pro Woche.«

»Gut, dann bin ich relativ sicher, dass er vor dem 14. Mai noch ein oder zwei Briefe einwerfen wird. Er will Sie weiter unter Druck setzen. Sie haben Glück, dass Gianni Mussner Sie gefunden hat, sonst wären Sie vielleicht nicht mehr am Leben.«

»Sie meinen, er will mich töten?«

Herbert wiegte den Kopf hin und her. »Das ist zumindest nicht auszuschließen.«

»Oh Gott!« Sival zog die Decke hoch bis unters Kinn, als könnte er sich damit schützen.

Er sah sehr alt und verletzlich aus in diesem Moment, fand Herbert, ein bisschen wie der alternde Maximilian Schell in seinem letzten Film.

»Deswegen mein Vorschlag«, sagte Herbert Falke, »ich werde die nächsten Tage und Nächte in ihrem Haus verbringen und auf ihn warten. Ab heute Abend. Am Briefkasten bringe ich eine Lichtschranke an, die Alarm gibt, sobald jemand etwas einwirft. Ich werde ihm folgen und seine Identität feststellen, dann kann ihn die Polizei festnehmen.«

Alfred Sival sah ihn an, als sei Herbert eine Mischung aus Sherlock Holmes und Watson.

»Sie sind hier in Sicherheit«, fuhr Herbert fort, »zumal ich den Eindruck erwecken werde, als seien Sie zu Hause. Einverstanden?«

»Ja, ja, selbstverständlich.«

»Gut, dann gehe ich jetzt, ich habe noch einiges vorzubereiten. Übrigens, können Sie Ihrer Haushaltshilfe bitte Bescheid sagen, dass sie etwas sauber machen soll bis heute Abend? Ich werde gegen 20 Uhr dort sein.«

»Natürlich, vielen Dank, Herr Falke. Hier ist mein Hausschlüssel. Was machen wir mit Ihrer Bezahlung?«

»Das regeln wir hinterher, wenn der Fall gelöst ist. Ich schreibe alles auf. Hier noch meine Handynummer.« Herbert gab ihm seine Karte.

»Gut, gut, viel Glück!«

Herbert stand auf und wandte sich zur Tür.

»Herr Falke!«

»Ja?«

»Wissen Sie, wie alt ein durchschnittlicher deutscher Mann wird?«

»Ich denke, so Ende 70.«

»Ja, das stimmt, 78. Ich hätte noch acht Jahre bis dahin zu leben. Vielleicht können Sie mir diese paar Jahre retten.«

»Ich versuche es, Herr Sival. Auf Wiedersehen!«

*

Herbert Falke war Stammkunde im Elektronikshop in der Mittelseestraße, Sebastian kannte seine Wünsche und Gepflogenheiten. PC-Teile, Messgeräte, spezielle Batterien, Kabel und Stecker jeder Art – all das gab es in ›Basti's E-Shop‹.

Herbert sammelte verschiedene Kabel, Steckkontakte und einen neuen Lötkolben ein. Basti suchte ihm eine geeignete Lichtschranke, die bei Unterbrechung des Lichtstrahls nicht nur eine LED-Leuchte auslöste, sondern über einen entsprechenden Verstärker auch ein akustisches Signal gab.

Zu Hause angekommen, holte er die beiden Piezomatten aus dem Keller, die er vor einigen Jahren im Haus auf der Rosenhöhe als Einbrecherschutz verwendet hatte. Christel hatte darauf bestanden, nachdem im Urlaub jemand in den Keller eingebrochen war. Er hatte sie an der Eingangstür und an der Hintertür unter die Fußmatte gelegt, kaum sichtbar, aber effektiv. Wenn jemand auf die Matte trat, wurde, selbst bei kleinem Druck, ein Alarmsignal ausgelöst.

Er überprüfte seine Kameraausrüstung, die er sich während seiner Berufstätigkeit zugelegt hatte, eine professionelle Spiegelreflexkamera mit Digitalrückteil und Teleobjektiv.

Zum Schluss packte er vier Dosen Gulaschsuppe ein und verstaute alles im Kofferfach seiner Vespa. Die Wohnung sicherte er so, dass er mehrere Tage fortbleiben konnte. Seiner Nachbarin erklärte er, dass er ein paar Tage Urlaub mache, und bat sie, die Blumen zu gießen.

Fast hätte er seinen Computer vergessen, den würde er brauchen, um recherchieren zu können. Er schwang sich die Laptop-Tasche über die Schulter, setzte den Helm auf und brauste los.

Im Buchrainweg parkte er die Vespa auf der gegenüberliegenden Straßenseite, damit der Erpresser nicht misstrauisch wurde. So konnte er jederzeit losfahren und die Verfolgung aufnehmen.

Er entschloss sich, als Erstes Herrn Schuldt zu informieren, damit dieser sich nicht über den neuen Nachbarn wunderte. Ihm fiel ein, dass Gianni ihn vor dessen wortreichen Überfällen gewarnt hatte, also rief er ihn an und teilte ihm mit, dass er Sivals Haus hüte, solange dieser im Krankenhaus war. Da im Hintergrund Schuldts Fernseher in einer mehr als penetranten Lautstärke lief, kam Herbert die Idee, sich als Stubenhocker auszugeben, der viel vor dem Fernseher saß und insofern nicht damit zu rechnen sei, dass sie sich persönlich begegneten. Schuldt nutzte das Stichwort, um lebhaft über das Fernsehprogramm herzuziehen, was Herbert nur unterbrechen konnte, indem er behauptete, die Verbindung sei schlecht, und auflegte.

Zunächst musste er sich einen Überblick über Sivals Villa verschaffen. Vom Flur ging links die Küche ab, das Fenster zeigte auf den Buchrainweg. Es gab einen Kühlschrank, einen Gasherd, eine Kaffeemaschine und eine durch einen Vorhang abgetrennte Kammer, in der sich die Putzutensilien befanden. Gegenüber lag das Wohnzimmer, das mindestens 50 Quadratmeter maß. Das große Fenster zur Straße hin hatte – wie er sofort bemerkte – einen langen Riss, von der Mitte bis zum Fensterrahmen. Er würde Sival fragen, was das zu bedeuten hatte. Hinten führte eine Tür auf die Terrasse. Herbert beschloss, diese nicht abzuschließen, sodass er sie jederzeit schnell aufziehen konnte, um, für den ›Postboten‹ unbemerkt, zur Straße zu gelangen und ihn zu verfolgen. Das war jedenfalls besser, als mit Getöse die Haustür zu öffnen. Bad und Gästetoilette zeigten außer einem gediegenen 70er-Jahre-Charme mit braunen Kacheln und Handtuchhaltern aus Holz nichts Besonderes. Eine Tür führte in die Garage, er sah kurz hinein, ein alter schwarzer Mercedes stand darin. Sorgsam verschloss er die Verbindungstür. Ein schmales Arbeitszimmer komplettierte das Erdgeschoss. Auf dem Schreibtisch stand ein Laptop, das WLAN-Passwort hing an der Pinnwand. Den Tintenstrahldrucker nahm er mit ins Wohnzimmer. Das Obergeschoss brauchte er nicht zu betreten, zumal er Alfred Sivals Intimität nicht unnötig verletzen wollte. Aber den Keller musste er sich ansehen. Auf der Treppe roch es frisch nach Zitronenreiniger. So wie er Giannis Bericht verstanden hatte, musste die Haushaltshilfe hier ganze Arbeit geleistet haben. Die Kellertür nach hinten besaß ein kleines, rautenförmiges Fenster und war mit einem massiven Querriegel gut gesichert. In der Waschküche fand er jede Menge Glassplitter und ein zertrümmertes Fenster, hier musste Gianni eingestiegen sein. Ihn wunderte, dass das Gesamtvolumen seines Freundes durch die Öffnung gepasst hatte. Er zog die Tür hinter sich zu und verschloss auch sie. Im Vorratsraum entdeckte er ein gut gefülltes Regal mit Champignons und Erbsen, Tomatensuppe und Ravioli. Verhungern würde er also nicht. Daneben standen je eine Flasche Jägermeister und Marillenlikör, von Whisky war nichts zu sehen, den musste Sival komplett geleert haben. Er öffnete die Stahltür zum Heizungskeller und warf einen kurzen Kontrollblick hinein. Im letzten Kellerraum stieß er auf eine Werkbank mit allem nur erdenklichen Werkzeug, was ihm sehr zupasskam.

Er breitete seine Einkäufe aus und begann zu messen, zu schneiden, zu löten und zu hämmern. Etwa eine Stunde später hatte er sein Werk vollendet. Er zog sich einen Mantel von Alfred Sival an, der an der Garderobe hing, setzte einen altmodischen Humphrey-Bogart-Hut auf und trat vors Haus. Die Lichtschranke befestigt er von innen im Briefkasten, sodass jeder Gegenstand, der durch den Schlitz fiel, den Lichtstrahl kurzzeitig unterbrach und ein Signal auslöste. Von außen war nichts zu erkennen. Zur Sicherheit installierte er direkt vor dem Briefkasten eine Piezomatte. Redundante Alarmtechnik brachte volle Sicherheit. Für den Fall, dass der Überbringer der Karte sich diesmal anders entscheiden sollte und den Brief unter der Haustür durchschob, legte er die zweite Piezomatte direkt vor der Haustür unter die Fußmatte. Sein Überwachungszentrum befand sich im Wohnzimmer. Hier konnte er auf der Couch sitzen, fernsehen und lesen und hatte durch das große Panoramafenster die Straße und den Briefkasten im Blickfeld. Lediglich eine schmale, hohe Thuja stand im Weg. Er holte eine Baumsäge aus dem Werkraum, kleidete sich erneut in Alfred Sivals Sachen, ging in den Vorgarten und sägte die Thuja ab. Nach kaum zehn Minuten war der Blick frei. Anschließend legte er die LED-Kette und den Alarmsummer so auf die Couchlehne, dass er das Alarmsignal nicht übersehen oder überhören konnte, selbst wenn er einschlief. Auf dem Esstisch baute er seinen Laptop auf, erstellte eine WLAN-Verbindung und schloss den Drucker an. Dann schickte er Gianni eine E-Mail mit der Bitte, ihm morgen in der Redaktion das

Bild des Toten aus der Donnerstagausgabe zu schicken. Seine eigene Zeitung von diesem Tag lag bereits im Müllcontainer. Auch bat er ihn, eine Zusammenfassung der Recherchen zur Sival GmbH zu erstellen. Als er fertig war, schaltete er den Fernseher ein. Von der Straße aus konnte man denken, Alfred Sival saß vor dem Bildschirm. Über die Gefahr, in die er sich damit brachte, machte er sich keinerlei Gedanken. Über so etwas hatte er – wenn es nur um ihn selbst ging – noch nie nachgedacht. Damit begann das große Warten.

SONNTAG, 7. MAI

Es war ein langweiliger Regensonntag. Franziska lag auf ihrem Bett und dachte über den toten Trinkhallenbesitzer nach. Wie alt er wohl gewesen sein mochte? Wo er jetzt war? Nun, auch sie selbst musste irgendwann einmal sterben, dann würde sie es erfahren. Normalerweise machten sich 17-Jährige keine Gedanken über den Tod, das war ihr bewusst. Mädchen wie Melissa oder die drei Jungs aus der letzten Reihe, die waren solche Todverleugner. Aber Jacky und sie hatten schon oft darüber gesprochen. Auch hatten sie die Frage diskutiert, ob ein ewiges Leben erstrebenswert sei. Sie waren sich schnell einig geworden: Nein, ein ewiges Leben war *nicht* erstrebenswert. Man hätte nichts mehr zu versäumen, nichts zu bereuen und nichts zu bedauern, denn alles könnte irgendwann nachgeholt werden. Irgendwann. In 100 oder 200 Jahren, was soll's. Und niemand hätte die Chance, so zu leben, wie er, wenn er sterben könnte, sich wünschen würde, gelebt zu haben. So sagte es René Descartes, den fand sie gut. Und auch Dr. Bester fand sie gut, denn er hatte ihr im Unterricht die wichtigsten Thesen des französischen Philosophen nahegebracht.

*

Herbert saß auf der Couch in Sivals Wohnzimmer, sah durch das Fenster dem gleichmäßigen Regen zu und wartete. In der Nacht war nichts passiert. Im Morgengrauen hatte er zwei Stunden geschlafen und sich dann einen starken Kaffee gebrüht. Wie er befürchtet hatte, schlug ihm das Warten gehörig aufs Gemüt. Er beschloss, seine Gedanken nicht einfach schweifen zu lassen, sondern in eine bestimmte Richtung zu lenken: Andreas. Damals, auf der Rosenhöhe. Sie hätten gerne noch ein zweites Kind gehabt, aber nach drei Fehlgeburten meinte Christel, sie sollten es als Gottes Willen betrachten, kein weiteres Kind zu bekommen. Ja, Christel hatte es damit leichter gehabt, sie hatte an Gott geglaubt und dadurch so manches erklären und ertragen können. Herbert selbst weigerte sich, auch heute mit 66 Jahren, an jemanden zu glauben, der ihm alles Unerträgliche dieser Erde abnahm, an den man einfach alle Sorgen übergeben konnte. Ja, schön wäre das, sicher, aber war das nicht irgendwie kindisch? So als glaubte man noch an den Weihnachtsmann? Er konnte das nicht. Sein Herz war gefüllt mit väterlicher Zuneigung, mit Freude und Zukunftsplänen, mit der Hoffnung, einen Teil seiner selbst unsterblich werden zu lassen. Und all das projizierte er auf Andreas. War das zu viel? All das fragte er sich, während er in Sivals Wohnzimmer auf der großen Couch saß und auf den Erpresser wartete. Zeit zum Nachdenken hatte er genug.

*

Kriminalhauptkommissarin Nina Heckmanns schwitzte eine langweilige Stunde lang auf dem Laufband im Fitnessstudio am Kaiserlei-Kreisel. Viel lieber hätte sie einen Fahrradtrip gemacht, zur Käsmühle, weiter nach Seligenstadt und am Mainufer wieder zurück nach Offenbach. Aber bei Regen machte das keinen Spaß. Damit es nicht *zu* langweilig wurde, dachte sie über Franziska nach. Ja, ein nettes, selbstbewusstes Mädel, sie hatten sich gleich gut verstanden. Aber als Kriminalbeamtin musste sie neutral bleiben und alle Möglichkeiten in Betracht ziehen. Auch die Möglichkeit, dass Skander Halima tatsächlich der Mörder von Schlunz war, selbst wenn sie das für unwahrscheinlich hielt. Nina mochte auch Herbert Falke. Dass sich jemand so intensiv für die Sicherheit seiner Mitmenschen einsetzte, beeindruckte sie. Schließlich war sie aus diesem Grund zur Polizei gegangen. Herbert Falke und Franziska waren sich sehr nahe, und sie waren ein gutes Team, das hatte sie bei der Befragung gemerkt. Und für seine Enkelin konnte man schon mal die üblichen Regeln vergessen und einen anonymen Anruf bei der Polizei tätigen, nur mal so, um den Verdacht auf eine andere Person zu lenken. Je länger sie darüber nachdachte, desto sicherer wurde sie, dass Franziska etwas damit zu tun hatte. Dann baute sich ein Bild in ihrem Innern auf: Sie sah sich den Rest des Sonntags mit einem leckeren Chai-Tee, Dürrenmatt lesend, in ihrem Lieblingssessel sitzen. Vielleicht kam sie auf diese Weise weiter. Sie sah auf die Uhr, die Stunde war vorbei. Schneller als gedacht.

*

Gianni saß mit einer Tasse Kaffee in seiner Küche. Eva war bei ihrer Mutter in Mühlheim, sie war sehr krank. Er versuchte, an etwas Bestimmtes zu denken. Herbie konnte das, er selbst nicht, er brauchte immer Impulse von außen, um gezielt an etwas zu denken. Wenn man ihn zum Beispiel fragte, ob es Eva gut ging, fing er just in diesem Moment an, darüber nachzudenken. Wenn der Nachbar grillte, bekam er Hunger, wenn er Wasser plätschern hörte, wurde er durstig, und wenn er den Auftrag bekam, einen Artikel über künstliche Befruchtung zu schreiben, dann merkte er, dass er noch nie zuvor über das Thema ernsthaft nachgedacht hatte. Aber *wenn* er anfing, darüber nachzudenken, dann stieg er tief in die Materie ein. Wie ein echter Journalist eben. Er nahm sich vor, an seine Familie im Grödnertal zu denken, die er schon seit zwei Jahren nicht mehr gesehen hatte. Der Hof tauchte vor seinem geistigen Auge auf, sein Vater, der die Hunde fütterte … Er schoss hoch. Meine Güte – der Viringo! Er musste Herbie warnen. Er griff zum Handy. Wieder war es ihm nicht gelungen, seine Gedanken planmäßig in eine Richtung zu lenken. Er war eben ein Querdenker.

*

Andreas hatte Franziska gesagt, er wolle einen Freund in Hanau besuchen. Ihr schien es recht zu sein, denn sie musste lernen. Doch sein Auto wollte nicht nach Hanau, nein, es zog ihn genau in die entgegengesetzte Richtung: nach Frankfurt. Wie von selbst führte es ihn in die Innenstadt und ehe er sich versah, stand er vor der Liebfrauenkirche. Hier, neben einer Buchhandlung, hatte er vorgestern die Frau mit den goldblonden Haaren verschwinden sehen. Es wunderte ihn nicht, dass ihm die weibliche Fata Morgana ausgerechnet in Frankfurt begegnet war. Karin hatte diese Stadt geliebt. Sie war zunächst enttäuscht gewesen, als sie, von Berlin kommend, zu ihm nach Mühlheim gezogen war. Ein Dorf, ein Provinznest, wie sie sich auszudrücken pflegte. Ihr zuliebe hatten sie die Wohnung im Offenbacher Buchrainweg gemietet. Es war eine Verbesserung, aber immer noch fehlte das weltstädtische Flair, der Atem des internationalen Business. Er sah sich um. Ein Mann mit einem großen Schirm ging gezielt dorthin, wo die Goldblonde vorgestern verschwunden war. Andreas folgte ihm. Aha – ein Durchgang, seitlich, von der Straße aus schwer zu erkennen. Sie kamen in einen Innenhof. Leise ging es hier zu, respektvoll und ehrfürchtig. Fast meinte man, sich in einem anderen Universum zu befinden. Durch große Baumkronen vor dem Regen geschützt konnte man sich auf Bänken niederlassen, sich sammeln. Gegenüber, unter Arkaden, befand sich eine Freiluftkapelle, vor der sich Menschen aus aller Welt einfanden, innehielten, nachdachten, beteten. Hunderte von Opferkerzen verbreiteten eine wunderbar vertrauensvolle Stimmung. Andreas kannte die Opferkerzen von seiner Mutter, die sehr gläubig gewesen war. Sein Vater hatte sich immer gesträubt, so wie Andreas selbst. Da stand er nun und überlegte. Lange stand er da. Endlich ging er unter die Arkaden und zündete eine Kerze an. Für Karin.

*

Alfred Sival lag im Krankenbett auf der Station 7a und dachte an seinen Peiniger. Wenn sich jemand so lange mit ihm auseinandersetzte, musste es sich um etwas Wichtiges handeln. Hatte er jemanden ungerecht behandelt? Eine unvermeidliche, aber aus Sicht des Betreffenden ungerechte Entlassung? Ein schlechtes Arbeitszeugnis?

Oder ging es sogar um etwas Privates? Er nahm sich vor, in Gedanken alle Menschen durchzugehen, denen er möglicherweise Magengeschwüre bereitet hatte. Aber sein Kopf war leer wie ein Tanzsaal am Morgen.

*

Dr. Johannes Bester brauchte frische Luft. Er zog sich die Regenjacke an und trottete durch Obertshausen, den Blick auf den Boden gerichtet. Er passierte einige Villen, ging durch die Unterführung am Bahnhof, dachte über seinen Vater nach, kam an seiner Lieblingsbäckerei vorbei und trabte durch die Beethovenstraße, ohne wirklich wahrzunehmen, wo er sich befand. Karl Bester stammte aus einer Handwerkerfamilie, er selbst war Bauschlosser gewesen. Nach rechts abbiegend durchquerte er den Ortskern und passierte die große Maschinenfabrik. Schon als Johannes das Abitur geschafft hatte, war er als bücherfressender Nestbeschmutzer gefeiert worden. Als er bekundet hatte, studieren zu wollen, hatten ihn seine Verwandten wie einen Emporkömmling angesehen. Selbst seine Mutter hatte ähnliche Bemerkungen gemacht. Plötzlich merkte er, dass er wieder mitten in seiner Wohnung stand, im Flur, mit triefend nasser Jacke. Sein Blick ruhte auf dem Bild des Vaters. Er war der Einzige, der uneingeschränkt zu ihm gehalten hatte. Johannes liebte ihn noch immer dafür.

MONTAG, 8. MAI

Die nächste Deutschstunde verlief zunächst völlig normal. Außer dass Alex nicht erschienen war. Dr. Bester tat einfach so, als wäre dies selbstverständlich, und alle anderen fügten sich dem, wohl aus Bequemlichkeit. Franziska konnte es kaum ertragen und sie merkte, dass es Jacky ebenso ging. Dr. Bester textete sie zu mit einem zehnminütigen Monolog über die Theorie der Erzählperspektiven, mit jeder Menge Beispielen aus berühmten Romanen. Als irgendwann das Stichwort ›Dürrenmatt‹ fiel, sprang Franziska hoch. »Was ist hier eigentlich los?«, schrie sie in den Raum hinein. »Jemand will Alex einen Mord anhängen, und ihr tut so, als sei nichts passiert, was seid ihr denn für Spackos?«

»Franzi!«, ging Dr. Bester dazwischen. Das hatte er in der Schule noch nie gesagt, er redete sie sonst immer mit vollem Namen an.

»Moment mal«, rief Franziska, sie war jetzt so richtig in Fahrt, »es kommt ja noch viel besser. Der anonyme Anrufer hatte Detailwissen aus unserer letzten Deutschstunde, das heißt, er muss hier aus diesem Raum kommen!«

Augenblicklich herrschte Totenstille. Einige sahen betreten in ihr Heft. Andere blickten sie mit großen Augen an.

»Na also, wer von euch ist der Verräter, der Denunziant?« Franziska war jetzt völlig aufgebracht. »Der oder die sollte jetzt wenigstens so viel Mut haben, sich zu melden, dann ist das zwar scheiße gelaufen, aber erledigt und vergessen, und Alex ist entlastet!« Sie sah sich im Raum um.

Langsam erhob sich der mittlere der drei Möchtegern-Rocker. Er trug für seine 18 Jahre schon einen stattlichen Bierbauch. »Pass mal auf, Hackfresse, du beschuldigst uns hier einfach alle, ohne irgendwelche Beweise zu haben. Mach keinen Zickenterror und stör nicht den Unterricht, klaro!«

»Ha«, schrie Franziska, »der größte anzunehmende Störfaktor dieser Schule meint, ich soll nicht stören, da kommen mir ja die Tränen, du hast doch überhaupt keinen Plan!«

Die fast zwei Zentner schwere Verkörperung ihrer Abscheu rollte auf Franziska zu. Dicht vor ihr blieb der Kerl stehen. Beide waren ungefähr gleich groß, sahen sich in die Augen.

Franziska wunderte sich selbst, dass sie keine Angst hatte. »Und?«, fragte sie.

Für einen Moment schien es dem Rocker die Sprache verschlagen zu haben. Dann hatte er sich wieder gefangen. »Nur weil du bei Alex eingeparkt hast, müssen wir uns doch jetzt nicht alle um deinen Lover kümmern!«

Franziska schluckte schwer. Dann erinnerte sie sich an Melissa im KOMM und an Kriminaloberkommissar Bennert. »Erstens ist Alex nicht mein *Lover*, außerdem geht es darum, dass einer aus diesem Kurs der anonyme Anrufer ist. Wenn *du* unter Verdacht stündest, einen Mord begangen zu haben, würdest du sicher nicht einfach sagen: scheiß drauf. Oder?«

»Pah, um den isses eh nicht schade. So 'n Penner!«

Franziska schnappte nach Luft. Ein allgemeines Gemurmel erfüllte den Raum.

Plötzlich stand Jacky neben dem Bierbäuchling. »Gut, Junge«, sagte sie. »Auf deinem Grabstein steht dann später mal: ›Hier ruht ein Möchtegernrocker. Um den war's nicht schade.‹«

Damit nahm sie Franziska am Arm und zog sie nach draußen. Ehe irgendjemand etwas sagen oder tun konnte, waren die beiden verschwunden.

Ihr Lehrer sagte zu alldem nichts. Franziska ahnte nicht, dass er gute Gründe dafür hatte.

*

Dr. Johannes Bester war gerade dabei, Deutschaufsätze zu korrigieren, als es an seiner Wohnungstür klingelte. Es fiel ihm schwer, seine Überraschung zu verbergen, als er die beiden Kriminalbeamten vor der Tür stehen sah. Er versuchte, sich an die Namen zu erinnern. Herr Bennert und Frau …

»Hallo, Herr Dr. Bester, wir müssten noch einmal mit Ihnen reden, nur ein paar kurze Fragen«, sagte die Kriminalhauptkommissarin.

»Äh ja, also, Frau …«

»Heckmanns!«

»Ach ja, Frau Heckmanns … Wollen Sie reinkommen?«

»Wäre schon besser«, sagte Bennert, »dann müssen nicht alle Nachbarn mithören.« Er trug einen blauen Anzug, ein blau kariertes Hemd und eine rote Krawatte.

Dr. Bester nickte und gab widerwillig den Weg frei. Frau Heckmanns studierte sofort die Bilder im Flur. »Ihr Vater?«, fragte sie.

»Ja.«

Zum Glück bohrte sie nicht weiter, er war nicht sicher, ob er das ausgehalten hätte.

»Wohnen Sie hier allein?«, fragte Bennert.

»Ja. Sind Sie gekommen, um mich das zu fragen?«

»Nein«, sagte seine Kollegin, »das war nur der Versuch einer netten Gesprächseinleitung.«

»Natürlich, Entschuldigung, bitte nehmen Sie Platz!« Er musste sich zusammennehmen.

»Danke.«

»Herr Dr. Bester …«, begann Bennert.

»Den Doktor können Sie weglassen.« Er hasste es, dauernd mit seinem Titel angesprochen zu werden. Das klang so, als wäre er Arzt, und auf Ärzte war er seit acht Jahren nicht mehr gut zu sprechen.

»Gut, Herr Bester, hier ist das Protokoll des ersten anonymen Anrufs.« Er gab ihm ein Blatt Papier.

Bester glaubte zunächst, sich verhört zu haben. »Wieso sprechen Sie vom *ersten* anonymen Anruf, gab es denn noch einen?«

»Allerdings. Am Samstagnachmittag.«

Johannes Bester faltete seine Hände, um nicht zu zittern. »Das … also … das ist doch nicht möglich, also, ich meine, war es denn derselbe Anrufer?«

»Nein. Wir haben festgestellt, dass es zwei verschiedene Anrufer waren«, sagte Bennert.

»Aha.« Bester studierte das Telefonprotokoll. »Und – was soll ich damit?«

Bennert legte die Stirn in Falten. »Wir möchten wissen, ob das, was Skander Halima laut Aussage des Anrufers über den perfekten Mord gesagt haben soll, tatsächlich stimmt.«

»Ja, natürlich stimmt das.«

Frau Heckmanns schaltete sich wieder ein. »Wollen Sie das Protokoll nicht noch einmal genau lesen?«

»Nein. Das stimmt alles.« Er hatte keine Lust, länger über seinen eigenen Anruf zu diskutieren. Er hatte sich genau aufgeschrieben, was er sagen wollte. Der gleiche Text lag in seiner Schreibtischschublade, er hätte ihn herausziehen können, um die beiden Versionen zu vergleichen.

»Wortwörtlich?«

»Ja, wortwörtlich.« Er gab Bennert den Zettel zurück.

»Das heißt für uns, dass der Anrufer einer ihrer Schüler gewesen sein muss, denn er hat die Worte von Skander Halima aus dem Unterricht detailliert wiedergegeben, das kann nur jemand wissen, der persönlich dabei war.«

Bester nickte. »Ja, sehr wahrscheinlich.« Er musste auf der Hut sein.

»Wir würden gern wissen, ob es Probleme zwischen Halima und anderen Schülern gab, um herauszufinden, ob er vielleicht zu Unrecht beschuldigt wird.«

»Nicht dass ich wüsste.«

»Und was ist mit den drei Junior-Rockern von der letzten Bank?«

»Die sind zwar schwierig, aber einen offenen Konflikt habe ich bisher nicht erlebt. Was außerhalb der Schule passiert, weiß ich natürlich nicht.« Innerlich beglückwünschte er sich zu diesem Argument, es verschaffte ihm einen gewissen Spielraum. Und er wurde mutiger. »Haben Sie denn sonst keine Hinweise auf den Mörder, DNA-Spuren oder so etwas?«, fragte er Bennert.

»Nein. Haben wir nicht«, antwortete dieser.

Für einen Moment herrschte unverbindliches Schweigen.

Dann sagte Bennert: »Herr Bester, ich möchte Sie etwas fragen, das unter uns bleiben muss, ich frage Sie das nur, weil Sie der Lehrer sind und wir den Eindruck haben, dass Sie eine besondere Vertrauensstellung bei den Schülern genießen.«

»Sie können sich auf mich verlassen.« Er schluckte den dicken Kloß in seinem Hals herunter, der sich als wärmendes Triumphgefühl in seinem Bauch ausbreitete.

»Der zweite Anrufer hat von einem möglichen rechtsradikalen Hintergrund der drei besagten Schüler gesprochen. Ist Ihnen da irgendetwas bekannt?«

Er begriff sofort: Jemand wollte von Alex Halima ablenken. Das musste er verhindern. Später würde er sich Gedanken machen, wer der zweite Anrufer sein konnte. »Ehrlich gesagt: Das halte ich für Hirngespinste. Die drei sind zwar keine sonderlich guten Schüler, aber sie kommen voran, der eine hat gerade in der letzten Deutschstunde eine gute Entwicklung genommen. Und ihr Äußeres ist eher der Ausdruck einer pubertären Häutung. Die Mutter des einen Schülers kenne ich persönlich, sehr gute Familie.«

Er gab Bennert auf seine Frage hin die Adresse der Mutter.

Als die beiden Kriminalbeamten seine Wohnung verlassen hatten, stand er im Flur vor dem Bild seines Vaters. Dieses Bild mit dem Schutzhelm auf der Baustelle. Fast meinte er, eine Art zustimmendes Nicken erkannt zu haben. Ja, er wusste, dass sein Vater immer zu ihm hielt.

*

Manchmal, wenn Alex ruhig auf seinem Bett lag, rauschten die Ereignisse der letzten Tage durch seinen Kopf. Vielleicht sogar durch seinen ganzen Körper. Ab und zu hatte er von Mördern gelesen, die behaupteten, unschuldig zu sein. Na ja, hatte er dabei immer gedacht, das sagten wohl die meisten Mörder. Bei diesem perfekten, demokratischen Rechtssystem in Deutschland würde ja wohl kein Unschuldiger wegen eines Kapitaldelikts hinter Gitter kommen. Inzwischen war er sich da nicht mehr so sicher.

Wer hielt eigentlich zu ihm? Sein Anwalt – klar, das war sein Job. Er war quasi ein professioneller Unterstützer. Seine Familie – natürlich. Und sonst? Seine Freunde, Schulkameraden, Sportkumpel? Niemand – *fast* niemand. Nur Franziska blieb übrig von all denen, die sich Freunde nannten. Nur eine Einzige.

Zumindest hatte die Hausdurchsuchung keinen Hinweis auf seine Täterschaft ergeben. Für Alex' Mutter war allein die Tatsache, dass ihre Wohnung durchsucht wurde, ein Desaster. Sie fühlte sich sofort an ihre Zeit in Tunesien unter Ben Ali erinnert, an die erfundenen Beschuldigungen, die zahlreichen unangekündigten Hausdurchsuchungen und sonstigen Repressalien. Da half es auch nichts, dass Alex' Vater ihr in Ruhe erklärte, dass alles nach Recht und Gesetz zuging, dass ein Richter zugestimmt hatte und ein offizielles Papier vorlag. Nein, das alles half nichts, seine Mutter erlitt einen Schock und musste ins Offenbacher Klinikum gebracht werden. Der einzige positive Aspekt dabei war, dass sie den Beamten nicht zusehen musste, wie sie die gesamte Wohnung durchwühlten.

Erst während der Durchsuchung erfuhr Alex, was sie eigentlich zu finden gedachten: Benzodiazepine, Chloralhydrat, Barbiturate und Liquid Ecstacy. Als wenn er irgendetwas mit Partydrogen zu tun hätte. Erst auf Nachfrage seines Anwalts, der bei der Hausdurchsuchung anwesend war, erfuhr Alex, dass es sich hierbei um die Hauptbestandteile von K.-o.-Tropfen handelte. Damit war der Kioskbesitzer außer Gefecht gesetzt worden, bevor ihn sein Mörder von der Kletterplattform gestoßen hatte. Die Polizisten fanden weder die beschriebenen Substanzen noch einen K.-o.-Tropfen-Chemiebaukasten oder sonstige belastende Hinweise. Kriminaloberkommissar Bennert verließ die Wohnung der Halimas sichtlich schlecht gelaunt. Alex brauchte einen ganzen Vormittag, um alle Zimmer wieder in ihren ursprünglichen Zustand zu versetzen. Erst dann holte er seine Mutter aus dem Krankenhaus.

Das Bild der Kriminaltechniker in ihren weißen Ganzkörperanzügen, mit Pinseln und Kameras durch die Wohnung marodierend, dieses Bild hatte sich in seine Netzhaut eingebrannt. Und das Bild von Dieter, Pepi und Karli in Jägermeisterhemden mit einem schwarzen Kreuz – das hatte sich in sein Herz eingebrannt. Irgendwann würde er den Mut aufbringen, mit den drei Rittern von der traurigen Gestalt zu reden und seine Unschuld so selbstverständlich darzustellen, dass kein noch so winziger Bodensatz der Unsicherheit zurückblieb.

*

Franziska saß gerade an einer schwierigen Mathematikaufgabe, als es klingelte. In gewisser Weise kam ihr die Ablenkung gelegen. Vor der Tür stand Nina Heckmanns. Mit einer Mischung aus Neugier und Misstrauen bat sie die Hauptkommissarin herein. Da Franziskas Vater nicht zu Hause war, wollte die Polizistin nicht mit der Befragung beginnen. Damit riskiere sie die Verwendung der Aussagen vor Gericht, meinte sie.

Franziska verspürte die heißen Nadelstiche der Panik. Sie sah sich schon vor Gericht stehen und fragte sich, ob sie solch einer Situation gewachsen war. Während Nina Heckmanns mit Andreas Falke telefonierte und eine SMS zur Bestätigung seiner Zustimmung anforderte, versuchte Franziska sich abzulenken, indem sie Tee zubereitete. Sie hoffte, dass die Hauptkommissarin Chai-Tee mochte. Endlich ließ deren Handy einen Signalton vernehmen, der das Eintreffen der SMS anzeigte.

»Gut, dann wollen wir mal. Franziska, im Fall Nowak hat sich etwas Neues ergeben. Wir haben einen zweiten anonymen Anruf bekommen.«

»Ach …«

»Dabei wurden die drei Jungs von der letzten Bank beschuldigt, Sie wissen schon …«

»Ja, ich weiß, wen Sie meinen. Also, die sind zwar voll die Nullchecker, aber jemanden umbringen, nee, das glaub ich nicht.«

»Wir würden gern erst einmal wissen, wer angerufen hat.«

Franziska goss Tee ein. »Na ja, wenn es eine Männerstimme war, kann ich es ja nicht gewesen sein.«

Nina Heckmanns lächelte zurück. »Das stimmt, wir dachten auch eher an Ihren Großvater.«

»Was?

»Es ist ja nur ein Verdacht, wir wollen das prüfen, er ist aber nicht zu Hause, wissen Sie, wo er ist?«

»Keine Ahnung, er ist viel unterwegs.«

»Haben Sie seine Mobilnummer?«

»Ja, schon, aber … Ehrlich gesagt, die möchte ich nicht einfach so herausgeben, ohne ihn zu fragen.«

»Verstehe ich, können Sie ihn bitte anrufen?«

»Nein, wir reden derzeit nicht miteinander.«

»Ach, wie kommt das?«

»Sorry, aber darüber möchte ich nicht sprechen.«

»Hmm, schade.«

»Er ist eigentlich nie lange von zu Hause weg.«

»Seine Nachbarin sagt, er ist im Urlaub.«

»Im Urlaub?« Franziska fand das sehr seltsam. Seit dem Tod ihrer Oma war er noch nie im Urlaub gewesen. Das wollte sie der Polizistin allerdings nicht sagen. »Tut mir leid, ich kann Ihnen nicht weiterhelfen«, sagte sie achselzuckend.

Nina Heckmanns war sichtlich enttäuscht. Sie trank ihren Chai-Tee aus, er schien ihr zu schmecken. »Gut, vielen Dank, dann … auf Wiedersehen!«

An Matheaufgaben war überhaupt nicht mehr zu denken. Franziska versuchte, ihren Großvater anzurufen. Sie musste ja nicht mit ihm reden, nur mal hören, ob er da war und ob es ihm gut ging. Sie ließ es fünfmal klingeln, zehnmal – keine Reaktion. In Windeseile schwang sie sich aufs Fahrrad und fuhr in die Brinkstraße. Sie klingelte, fünfmal, zehnmal – nichts. Franziska konnte sich schon denken, welche Nachbarin die Polizistin gemeint hatte, Frau Rauscher, direkt nebenan auf dem gleichen Flur, die kümmerte sich manchmal um Opas Blumen. Sie klingelte.

»Ei, die Franzi, hallösche, ja weisde, dein Obba, der is im Urlaub, die ganz Woch, er hat misch nämmich gefracht, ob isch ihm sei Blumme gieße du, na klar, habbisch gesacht, des machisch doch gern, auch wenn der so 'n hohe Ben Amini da stehe hat, der schluckt so viel Wasser wie 'n Wüstebaum.« Frau Rauscher grinste.

Franziska verabschiedete sich so galant wie möglich. Tatsächlich, dachte sie, kaum stritten sie sich, schon haute er ab. Sie radelte langsam nach Hause. Ihre Hirnwindungen arbeiteten auf Hochtouren. Plötzlich, auf Höhe der Bäckerei Kress, bemerkte sie, dass sie einen großen Fehler gemacht hatte. Heiß stieg die Erkenntnis aus ihren Eingeweiden hoch. Die Hauptkommissarin hatte lediglich gesagt: »Wir haben einen zweiten anonymen Anruf bekommen.« Und: »Wir würden gern wissen, wer angerufen hat.« Ohne zu erwähnen, dass es ein *männlicher* Anrufer gewesen war! Und sie selbst hatte geantwortet: »Wenn es eine Männerstimme war, kann ich es ja nicht gewesen sein.« Welch ein Fauxpas! Wütend warf sie ihr Fahrrad gegen die Kellerwand, vergaß sogar, es abzuschließen, ging nach oben, schlug die Zimmertür hinter sich zu und drehte ihre Lieblings-CD auf volle Lautstärke: ›Himmel auf!‹ Vielleicht hatte Frau Heckmanns ihren Fehler gar nicht bemerkt. Doch so wie sie Nina Heckmanns einschätzte, war das sehr unwahrscheinlich. Derzeit leuchtete für sie kein silberner, sondern eher ein schwarzer Mond.

*

»Brrrrr!« Ein hässlicher Summton ließ Herbert aus dem Halbschlaf hochschrecken. Alarm. Im Fernseher lief das ›heute journal‹ mit Claus Kleber und Gundula Gause. Draußen hatte die Dämmerung eingesetzt. Er warf einen

Blick aus dem Fenster, kein Mensch war in der Nähe des Briefkastens zu erkennen. Er stand auf. Dann sah er ihn. Den Hund. Gianni hatte ihn vorgewarnt. Berti, er habe hier sein Revier, Herbert solle vorsichtig sein. Der Hund stand auf der Piezomatte, direkt vor dem Briefkasten. Der Summton erklang immer noch. Dann lief Berti links um das Haus herum. Herbert ahnte, dass er in wenigen Sekunden vor der nicht abgeschlossenen Terrassentür auftauchen würde. Er rannte hinüber, doch da stand er bereits vor der Scheibe. Er konnte die Tür jederzeit mit der Schnauze aufstoßen. Herbert hatte keine große Erfahrung mit Hunden, hoffte jedoch, dass Berti das Wohnzimmer von Alfred Sival nicht als sein Revier betrachtete. Vielleicht war er nur neugierig. Egal wie – er musste sich irgendwie mit dem Tier arrangieren.

Langsam ging er in die Küche. Sein Herz pumpte schnell und kräftig. Auf dem Herd stand der Rest seiner Gulaschsuppe vom Mittag. Er ging mit dem Topf in den Keller, schloss die Waschküchentür auf und schob den Topf vor das zersplitterte Fenster. Schnell verließ er die Waschküche und zog die Stahltür zu. Sein Herz arbeitete noch schneller. Er wartete einen Moment, da Berti Witterung aufnehmen musste. Dann erklomm er langsam die Kellertreppe und schaute vorsichtig ins Wohnzimmer. Der Hund stand nicht mehr vor der Terrassentür.

Er setzte sich und wartete. Zwei Minuten später erschien das Tier wieder, leckte sich mit der Zunge um die Schnauze. Herbert meinte sogar, eine Art Lächeln in dem Hundegesicht erkannt zu haben. Nein, dachte er, Hunde können nicht lächeln. Gulaschsuppe hatte er jedenfalls genug, die reichte für zwei.

DIENSTAG, 9. MAI

Was war nur mit ihrem Opa los? Musste sie sich Sorgen machen? Nein, er war erfahren genug, um selbst auf sich aufzupassen, das hatte er ja vor dem Stadion bewiesen. Und er wollte sie nicht mehr an seinen Fällen beteiligen. Dann eben nicht.

Mit diesem Gedanken schlenderte Franziska zur Cafeteria der Leibnizschule. Dort saßen Jacky und Mia-Sophie, je eine Bionade vor sich. Franziska holte sich einen Milchkaffee und nahm Platz. Sie band ihre langen dunklen Haare am Hinterkopf zusammen, damit sie nicht in den Kaffee fielen.

Nach einigen Minuten, in denen es um die belanglosen Gute-Laune-Details des Lebens ging, kamen die drei Freundinnen auf die letzte Deutschstunde bei Dr. Bester zu sprechen. Franziskas Wutausbruch hatte bereits die Runde durch die gesamte Schule gemacht, sogar der Direktor hatte sie darauf angesprochen. Und Mia-Sophie, die einen anderen Deutschkurs belegt hatte, wollte alles genau wissen. Während Jacky den größten Teil des Berichts übernahm, wunderte sich Franziska, dass ihr »Auftritt«, wie der Direktor sich ausgedrückt hatte, solch eine Aufregung verursachte. Ihr ging es um Alex. Und um Gerechtigkeit. Fast schon – so hatte sie den Eindruck – wurde ihr unterstellt, sich damit selbst in Szene setzen zu wollen. Die drei von der letzten Bank – natürlich, die sorgten wohl dafür, dass diese Version der Deutschstunde verbreitet wurde.

Mia-Sophie kannte die drei Möchtegern-Rocker auch, nahezu jeder in der Schule kannte sie, und sie wusste einiges über die drei zu erzählen. Der Dünnere wurde meistens »Kläffer« genannt, weil er in einem entsprechenden Hundeton ständig leicht verderbliche Witze von sich gab. Der Mittlere hieß allgemein »Schweinebacke«, was lautmalerisch gut zu seinem fleischigen Gesichtsausdruck, seiner an eine Steckdose erinnernde Nase und seinem Bierbauch passte. Der Kleinste der drei hatte das Prädikat »Läufer« erhalten, da er sehr wenig sprach, dafür ständig unterwegs war, um Bier und Zigaretten für die drei zu organisieren. Franziska und Jacky mussten herzhaft lachen.

Am Ende waren sie sich einig, was das Verhalten von Schweinebacke in der Deutschstunde betraf: So etwas ging gar nicht. Und Mia-Sophie brachte einen Aspekt ein, der Franziska und Jacky bislang nicht aufgefallen war: Warum hatte sich Dr. Bester aus der Diskussion eigentlich vollkommen rausgehalten? Gute Frage, dachte Franziska.

Mia-Sophie sah auf die Uhr. »Ich muss los, hab gleich Sport. Der Bester wird uns wieder schön über den Platz jagen, Training für den 1.000-Meter-Lauf nächste Woche.«

»Oh, gut, dass ich da nicht mitmachen muss«, meinte Franziska erleichtert, während Mia-Sophie heftig winkend verschwand.

»Hast du dich eigentlich wieder mit deinem Opa versöhnt?«, fragte Jacky.

»Nein, er ist abgetaucht, im Urlaub.«

»Ach so, ich dachte schon, der rosa Motorroller, der seit ein paar Tagen vor unserem Nachbarhaus steht, wäre seiner. Na ja, vielleicht fährt noch jemand in Offenbach so 'n Ding.«

Franziska sah sie irritiert an. »Ja, wahrscheinlich …«, stammelte sie.

*

Herbert Falke saß am Laptop und wühlte sich durch die mehr als 100 Seiten Recherche zur Sival GmbH, die Gianni ihm geschickt hatte. Bereits seit zwei Stunden war er damit beschäftigt, mehrmals unterbrochen von einem Gang zur Kaffeemaschine oder zur Toilette. Als er sich in der Küche gerade die dritte Tasse Kaffee eingoss, gab es Alarm. Fast gleichzeitig steckte jemand den Schlüssel in die Haustür. Er stellte hastig seine Tasse auf den Küchentisch, ein Teil des Inhalts schwappte dabei über, dann verschwand er hinter einem Vorhang zwischen Besen und Schrubbern. Etwas Besseres war ihm in der Schnelle nicht eingefallen.

Eine hemdsärmlig anmutende Frau rauschte in die Küche, sah sich erstaunt um, betrachtete die Kaffeemaschine, schaltete sie kopfschüttelnd aus, wunderte sich über die Tasse auf dem Tisch mit zahlreichen Flecken rundherum, schüttete den Kaffee ins Spülbecken und säuberte den Tisch mit geübten Handbewegungen. In diesem Moment fiel Herbert ein, dass Sivals Haushaltshilfe einen Schlüssel besaß und von Zeit zu Zeit zum Arbeiten kam. Zu spät. Sie zog den Vorhang beiseite.

»Haaaaaa, Hilfe, Hilfe!«

»Moment, ich bin im Auftrag von …«, rief Herbert ihr hinterher. Doch es war zu spät. So schnell wie die Frau in die Küche eingefallen war, so schnell war sie auch wieder verschwunden. Mit einem Knall fiel die Haustür ins Schloss. Möglicherweise musste sich Sival eine neue Angestellte suchen. Herbert schmunzelte über die Situation. Wahrscheinlich wäre jede Frau davongelaufen, die einen Vorhang öffnete, hinter dem sie ihr Arbeitszeug vermutete, stattdessen aber einen grauhaarigen, ungekämmten, von drei halbdurchwachten Nächten gezeichneten Mann in einem Peter-Frankenfeld-Sakko vorfand. Er schaltete die Kaffeemaschine wieder ein und holte eine saubere Tasse aus dem Schrank. Inzwischen kannte er sich gut aus in Sivals Villa.

Bei der Suche in Giannis Material ging es um Hinweise auf eine – möglicherweise unbewusste – Verfehlung von Alfred Sival oder seinen leitenden Angestellten. Er startete seine Recherche mit dem Datum der endgültigen Liquidierung der Sival GmbH und bewegte sich von dort aus in die Vergangenheit. Nach einer knappen Stunde hatte er zwei Vorgänge gefunden, die im weitesten Sinne seinen Suchkriterien entsprachen: Der eine Vorfall lag etwa neun Jahre zurück und betraf einen kleinen Metallbaubetrieb in Wächtersbach, dem die Sival GmbH angeblich noch Geld geschuldet hatte. Die durchgeführten Arbeiten der Wächtersbacher waren nach Alfred Sivals Meinung jedoch mangelhaft gewesen, was deren Geschäftsführer Michael S. natürlich bestritten hatte. Man hatte sich in einem außergerichtlich herbeigeführten Vergleich geeinigt. Der zweite Fall betraf einen Angestellten der Sival GmbH, der in dem Artikel als Karl B. bezeichnet wurde. Vor etwa neun Jahren war er vom Gerüst gestürzt und hatte ein Jahr im Koma gelegen, bevor sein Beatmungsgerät abgestellt worden war, woraufhin er verstarb. Sein Sohn Johannes B. hatte wegen der aus seiner Sicht unzureichenden Sicherheitsvorkehrungen zunächst gegen Sival klagen wollen, zu einem Prozess war es jedoch nie gekommen.

Er schickte Gianni eine E-Mail mit der Bitte, die Klarnamen von Michael S. und Karl B. zu besorgen sowie weitere Details zu beiden Fällen.

*

›In die Ecke, Besen! Besen! Seid's gewesen!‹ Diese Goethe-Worte gingen Dr. Bester durch den Kopf. Er hatte nicht damit gerechnet, dass sein privater Feldzug die Gruppendynamik des Deutschkurses so stark beeinflussen würde. Wie dumm von ihm! Er zögerte für einen Moment. Konnte er noch zurück? Nein, der Umkehrpunkt war längst überschritten. Spätestens seit er Berthold Nowak umgebracht hatte. Also verscheuchte er den Zauberlehrling aus seinen Gehirnwindungen und setzte sich an den Schreibtisch. Jetzt gab es nur noch eine Möglichkeit: Alle Fragmente seines Hasses zu sammeln und das Werk zu beenden. Sein Vater war vom Gerüst gestürzt und er – sein Sohn –, er würde dafür sorgen, dass der Schuldige diesen Sturz nacherleben konnte.

Und der Schuldige hieß Alfred Sival.

Er lächelte. Denn dieses ›Nacherleben‹ würde nur wenige Sekunden dauern. Er überlegte, wie viele Sekunden ein Körper brauchen würde, um von der Canyon-Brücke über den Dietesheimer Steinbrüchen in den See zu fallen. Drei bis vier Sekunden? Ja, das konnte stimmen. Doch zuvor musste er ihm noch klarmachen, wie es war, zu leiden. Sival sollte mittlerweile dem Zusammenbruch nahe sein, er würde ihm in Kürze den psychischen K.-o.-Schlag versetzen. Erst dann durfte Sival die Erlösung des Todes genießen.

Im Schmerz kniend spürte Dr. Johannes Bester nicht das Höllenfeuer, auf dem seine Gedanken ritten. »Odio ergo sum!«, murmelte er vor sich hin.

*

Das Bild der rosa Vespa vor Jackys Haus ließ Franziska den Rest des Tages nicht los. Beim Abendessen war sie so unruhig, dass ihr Vater fragte, ob sie krank sei. Nein, nein, alles in Ordnung, versicherte sie ihm, sie habe bloß keinen Hunger. Gleichzeitig ärgerte sie sich darüber, dass sie überhaupt in Erwägung gezogen hatte, Opa Herbert zu helfen. Wahrscheinlich würde er das als Einmischung empfinden, und überhaupt, eine 17-Jährige auf Mörderjagd, absurd! Dabei hatten 17-Jährige schon Wimbledon gewonnen und die Welt umsegelt. Vielleicht hatte das Ganze etwas mit diesem Alfred Sival zu tun, in dessen Haus Gianni aufgetaucht war. Aber Jacky war sich nicht ganz sicher, ob es wirklich Opas Freund war, den sie gesehen hatte. Franziska könnte Gianni natürlich fragen. Ob der die Wahrheit sagte? Oder lieber Eva Lorenz? Ja, die konnte sie fragen, die wusste meistens Rat. Während sie weiter sinnierte, rief Jacky an. Und damit war die Entscheidung des Abends gefallen: Kino. Ein neuer Film lockte, Denzel Washington in der Rolle des Barack Obama. Treffpunkt 19.30 Uhr an der Pizzastation im Kinocenter. Schließlich hatte sie noch nichts Vernünftiges gegessen.

*

Der Hund lag immer häufiger auf der Terrasse, ohne ihn zu stören, sonnte sich und schlief. Herbert hatte ihm eine weitere Portion Gulaschsuppe vor das Waschküchenfenster gestellt. Berti hatte den Topf restlos geleert. Fast kam Herbert sein eigenes Verhalten wie Bestechung vor: Gulaschsuppe gegen Ruhe. Oder war es das steinzeitliche Naturgesetz – fressen, statt gefressen zu werden? Am Abend verschwand Berti im Dunkel des Gartens, als fürchtete er, nachts keine Kontrolle mehr über sein Revier zu haben.

Herberts vierte Nacht in Sivals Villa brach an. Giannis Antwort auf seine Recherche-Anfrage stand noch aus, er sei dran, ließ er per E-Mail vernehmen. Herbert hatte ihm strikt untersagt, in die Nähe von Sivals Haus zu kommen, das könnte auffällig wirken und möglicherweise den Briefeschreiber vertreiben. Einige Male war er in der Sival-Verkleidung, den Hut tief ins Gesicht gezogen, im Garten umhergelaufen oder hatte die Mülltonne an die Straße gestellt, falls der Erpresser das Haus beobachtete.

Zum Abendessen wärmte er auf dem Gasherd eine Dose Ravioli auf, da er die Gulaschsuppe nicht mehr mochte und den Rest für Berti aufsparen wollte. Danach sah er sich ein Freundschaftsspiel der Deutschen Fußball-Nationalmannschaft gegen Brasilien an. Kurz nachdem das 2:0 für Deutschland gefallen war, begann die Lichterkette zu blinken. Die LEDs waren mit der Lichtschranke am Briefkastenschlitz verbunden. Er ließ den Fernseher weiterlaufen, schnappte sich die Kamera und öffnete leise die Terrassentür. Den nun folgenden Ablauf hatte er im Kopf, hatte ihn mehrmals gedanklich durchgespielt, sogar ein paarmal geübt, ähnlich einer Notfallübung auf einem Schiff. Seine Sinne waren geschärft, sein Gehirn lief auf Hochtouren, sein Herz pumpte schnell, aber regelmäßig. Er übersprang den Zaun an der Gebäudeseite und lugte um die Hausecke. Der Mann war schwer zu erkennen, gerade noch registrierte er einen Schatten in der Nähe des Georg-Oswald-May-Wegs. Der schmale Fußweg führte in Richtung Sprendlinger Landstraße. Er rannte los. Keine 20 Schritte brauchte er bis zu dem kleinen Weg. Als er dort ankam, wusste er, dass der Mann clever war. Der Fußweg war nur spärlich beleuchtet und die zahlreichen Querverbindungen eröffneten ihm viele Möglichkeiten zu entwischen. Scheiße! Normalerweise benutzte er solche Wörter nicht, aber die Situation ließ keinen edleren Ausdruck zu.

Unvermittelt spürte er etwas an seinem Bein. Er zuckte zusammen. Der Hund. Was wollte der denn jetzt hier? Berti winselte leise, ging langsam in den Georg-Oswald-May-Weg hinein, blieb wieder stehen, winselte erneut und sah ihn an. Endlich begriff er und folgte ihm. Das Tier lief vor ihm her, die Nase immer am Boden, Herbert hatte Mühe, ihm zu folgen. Sie passierten die Dielmann- und die Blumenstraße, er kannte die Gegend von zahlreichen Spaziergängen mit Christel, die gerne schöne Häuser angeschaut hatte, dann erreichten sie die Backstraße, die zur Hauptstraße führte, ein idealer Fluchtweg. Hier gab es mehrere Industriebetriebe. Berti sprang auf den Parkplatz einer Druckerei, er bellte jetzt laut. Ein Motor wurde gestartet, aus der dunklen Reihe der Fahrzeuge löste sich ein Schatten, ein heller Kombi mit Offenbacher Kennzeichen, mehr konnte Herbert nicht erkennen. Der Hund jagte ihm hinterher, Herbert hob die schussbereite Kamera, drückte ab, im Serienmodus, legte seine zweite Hand an das Teleobjektiv, um es zu stabilisieren, das Auto durchquerte den Lichtkegel eines großen Scheinwerfers, der Druckerei sei Dank, er schoss Bild um Bild, Serie um Serie wie ein Fotojunkie, in der Hoffnung, wenigstens *ein* verwertbares Bild mit dem Kennzeichen des Fahrzeugs zu bekommen. Der Hund bellte wie ein Verrückter, verfolgte den Wagen ein Stück die Sprendlinger Landstraße hinauf, bis der Erpresser verschwunden war.

Berti trottete zurück und sah Herbert mit traurigem Blick an. Dieser tätschelte seinem Partner den Hals und musste selbst durchatmen, seinen Puls wieder beruhigen, bevor sie langsam zurückgingen. Als sie am Haus von Georg Schuldt vorbeikamen, öffnete sich die Tür und ein Wortschwall – nein, ein Wortorkan – brach über ihn herein. Wie er es wagen könne, seinen Hund zu entführen, was das hier alles solle und dass Berti sowieso nur auf ihn höre.

Herbert Falke antwortete nicht. Er gab Berti ein Handzeichen und sagte: »Geh nach Hause!«

Berti zögerte keine Sekunde und verschwand im Haus seines Herrchens. Als Schuldt sah, wie sein Tier widerstandslos dem Befehl eines anderen Mannes folgte, war er zum ersten Mal sprachlos.

Diese außerordentliche schuldtsche Verbalpause nutzte Herbert, um in Sivals Haus zu verschwinden. In ihm wuchs die Spannung. Mit zitternden Händen setzte er seine Lesebrille auf, nahm die SD-Karte aus der Kamera, zwang sich zum langsamen, überlegten Handeln, um nicht womöglich die kleine Speicherkarte fallen zu lassen, schob sie in den Computer und startete die Foto-Software. Er hatte etwa 100 Fotos geschossen. Die meisten waren unbrauchbar. Aber zwei waren Treffer. Um nicht zu sagen Volltreffer. Dank des Druckerei-Scheinwerfers. OF-BJ 2713. Ohne Zweifel: Das war das Fahrzeug des Mannes, der sich an Sivals Briefkasten zu schaffen gemacht hatte. Und sein Jagdinstinkt sagte ihm, dass dies auch der Kartenschreiber war, der noch nicht offenbart hatte, was er mit Alfred Sival vorhatte. Jetzt brauchte Herbert nur noch den Namen des Fahrzeughalters. Gianni würde sicher etwas einfallen. Er schrieb ihm eine E-Mail. Anschließend hätte er eigentlich nach Hause fahren können, aber es war bereits kurz vor Mitternacht, und er mochte die Technik nicht im Dunkeln abbauen. So zog er sein Sakko aus, legte sich auf die Couch und deckte sich zu. Er war schon fast eingeschlafen, da schoss er hoch – der Brief! Er zog die Terrassentür auf, aus Gewohnheit hielt er sie immer noch unverschlossen, und lief hinaus.

Nachts, als der Mond schien, öffnete Herbert Falke den Briefkasten. Der Umschlag mit dem schwarzen Rand fiel ihm direkt vor die Füße. Er wusste sofort, welcher Name auf der Todesanzeige prangte: Alfred Sival. Nur mit dem roten, einem Stempel ähnlichen Text quer über der Karte hatte er nicht gerechnet: ›Plötzlich und unerwartet wird unser lieber Alfred Sival bereits am Freitag, den 12. Mai, von uns gehen.‹

Er ging in die Küche und nahm ein kaltes Bier aus dem Kühlschrank, den Öffner aus der Schublade. Um die Hände frei zu bekommen, klemmte er den Briefumschlag mit der Karte unter eine Magnetfigur an der Kühlschranktür. Dann ging er mit der Bierflasche ins Wohnzimmer und setzte sich auf die Couch. Freitag also. Zwei Tage früher. Was hatte das zu bedeuten? Bevor er dazu kam, irgendwelche Schlüsse zu ziehen, sank er zur Seite, die Bierflasche fiel ihm aus der Hand und er schlief ein.

MITTWOCH, 10. MAI

In dieser Nacht schlief Herbert zum ersten Mal tief und fest. Die Alarmanlage hatte er abgestellt, um nicht von Berti, Herrn Schuldt oder sonst einem Lebewesen geweckt zu werden. Deswegen hörte er weder das Taxi, das gegen 9 Uhr am Mittwochmorgen vor dem Haus hielt, noch das Läuten der Klingel. Er bemerkte auch nicht, wie die immer noch unverschlossene Terassentür langsam aufgeschoben wurde.

Als er die Augen aufschlug, stand ein Mann mitten im Wohnzimmer. Herbert schoss hoch. »Herr Sival, guten Morgen!«

Sival sah ihn seltsam an, mit einem Blick, den er nicht interpretieren konnte. Wahrscheinlich lag es daran, dass er noch nicht aufgeräumt hatte. Vorsichtig versuchte er, mit dem Fuß die Bierflasche unter die Couch zu manövrieren.

»Guten Morgen. Haben Sie etwas erreicht?«, fragte Sival. Dabei machte er eine seltsame Bewegung mit dem rechten Arm, als wollte er andeuten, dass es ja auch langsam Zeit sei für Ergebnisse. Der Gips an seinem linken Arm war durch eine Kunststoffschiene ersetzt worden. Ein im Nacken verknotetes Dreieckstuch stützte den Arm.

»Äh ja, ich dachte, Sie sind noch im Krankenhaus.«

»Mir geht es wieder besser.«

»Soll ich uns einen Kaffee machen?«

»Nein, das mache ich schon selbst. Ich kenne mich ja hier aus. Also, haben Sie etwas herausbekommen?«

Herbert hatte sich jetzt wieder gefangen, strich sich die Haare glatt und ordnete sein Hemd. »Ja, ich habe ein Ergebnis, hier, das ist das Kfz-Kennzeichen des Erpressers.«

Alfred Sival nahm vorsichtig den Zettel, den Herbert ihm hinhielt, er fasste ihn nur mit zwei Fingern an, so als ekelte er sich davor. »OF-BJ 2713. Das ist also sein Kennzeichen.« Er wiegte seinen Kopf hin und her.

»Sagt Ihnen das etwas?«, fragte Herbert.

Sival reckte das Kinn nach vorn. »Nein.«

Herbert nickte. »Wahrscheinlich dauert es nicht lange, bis wir den Namen des Fahrzeughalters bekommen, ich warte auf eine E-Mail-Antwort. Das kann ich aber auch von zu Hause machen.«

»Schon gut, bleiben Sie hier, ich will wissen, wie der Kerl heißt. Räumen Sie nur etwas auf.«

Herbert war sich nicht sicher, was der Gesichtsausdruck, mit dem Alfred Sival den letzten Satz ausgesprochen hatte, bedeutete. Er deinstallierte seine Alarmvorrichtungen und überlegte dabei, wie er weiter vorgehen sollte. Schließlich kam er zu der Erkenntnis, die Vernunft zu bemühen, jetzt war der Punkt gekommen, an dem er die Polizei einschalten musste. Er dachte an Nina Heckmanns, ja, die könnte er hinzuziehen. Aber zuvor musste er sein Vorhaben Alfred Sival erklären. In diesem Moment ertönte aus seinem Laptop eine Stimme: »Sie haben Post!«

*

Gianni Mussner hatte beschlossen, seine Lebensgefährtin Eva Lorenz am Abend zu ihrer kranken Mutter zu begleiten. Vor Ort in Mülheim oder auf dem Weg dorthin wollte er sie darum bitten, dem Polizeicomputer eine Information zu entlocken. Doch seine Mission scheiterte bereits im Ansatz. Als er ihr anbot, sie zu begleiten, schöpfte sie sofort Verdacht und fragte: »Was willst du?«

Kein Wunder, denn zuvor hatte sich Gianni nicht gerade als Lieblingsschwiegersohn oder Pfleger der Nation profiliert. Auch sein Ablenkungsmanöver »Ach nö, ich will gar nichts von dir, ich dachte nur so …« brachte gar nichts ein.

Eva sah ihn mit einem Strafgerichtsblick an und wiederholte: »Was willst du?«

»Der Herbert ist in Schwierigkeiten. Er braucht dringend einen Fahrzeughalter, OF-BJ 2713. Nur das eine Mal. Es ist wirklich wichtig!«

Eva Lorenz überlegte. »Gut, pass auf. An meinem Computer in der Telefonzentrale habe ich keinen Zugriff auf die Datenbank. Ich könnte zu meiner Freundin Birgit gehen, mittags, wenn sie in der Kantine ist, so tun, als wollte ich sie besuchen, und schnell an ihrem PC nachsehen.«

Giannis Augen leuchteten.

»Moment«, fuhr Eva fort, »dabei laufe ich aber Gefahr, dass sie es anschießend merkt, denn jeder Suchvorgang wird registriert, und so riskiere ich meine Freundschaft zu Birgit. Das möchte ich auf keinen Fall. Ehrlich gesagt: Das ist es mir nicht wert.«

Giannis Blick verdunkelte sich.

»Die andere Möglichkeit …«

Giannis Augen leuchteten erneut.

»Die andere Möglichkeit ist, sie zu bitten, selbst nach dem Fahrzeughalter zu suchen. Dazu muss ich ihr aber einen guten Grund nennen, ihr klarmachen, dass Herbert sich in einer Notlage befindet. Denn sie hat einen ausgeprägten Gerechtigkeitssinn und würde so etwas niemals aus Profitgier oder falsch verstandener Freundschaft tun, verstehst du?«

Das verstand Gianni. Und er versuchte sein Glück, berichtete Eva von dem Fall Alfred Sival, ohne dessen Namen zu nennen, denn immerhin war dieser ja Herberts Klient und verdiente ein Mindestmaß an Vertraulichkeit. Das lief so weit ganz gut, bis zu dem Moment, als er die 200 Euro pro Tag erwähnte.

Eva stand auf, schüttelte den Kopf und verließ die Wohnung. »Bon di!« rief sie noch, bevor die Tür ins Schloss fiel.

*

Herbert Falke öffnete die E-Mail. Alfred Sival sah ihm dabei ungeduldig zu. Herbert hatte den Eindruck, dass Sival nur dessen anerzogene Höflichkeit verbot, sich hinter ihn zu stellen und auf den Computermonitor zu schauen.

»Und? Der Name?«

»Nein. Leider nicht«, antwortete Herbert, »unsere … na ja, unsere Verbindungsperson kommt nicht in den Polizeicomputer hinein.«

»Wirklich?«

»Ja, Herr Sival, tut mir leid. Aber ich wollte sowieso etwas mit Ihnen besprechen.« Herbert erhob sich. »Wir sollten an dieser Stelle die Polizei informieren. Sie erstatten Anzeige, die Beamten können den Fahrzeughalter ermitteln und ihn dann festnehmen. Das ist der beste Weg, damit bringen wir niemanden in Gefahr, weder Sie noch mich.«

»Die Polizei? Ich habe Ihnen doch schon gesagt, dass ich …« Seine Nasenflügel blähten sich auf, er holte tief Luft und blies diese dann langsam zischend wieder durch den Mund aus. »Gut, Herr Falke, ich denke, ich folge Ihrem Vorschlag. Sie sind der Experte. Dann können Sie mir die Abrechnung fertig machen, ich möchte Sie sofort bezahlen, und danach können Sie alles einpacken, also … vielen Dank!«

Herbert Falke war sehr erleichtert über Sivals Sinneswandel. Das war der sicherste Weg, in seinem Alter musste man keine unnötigen Risiken mehr eingehen. Andreas und Franzi wären stolz auf ihn. Während er am Computer eine Aufstellung über Arbeitszeit und Materialkosten anfertigte, brachte Alfred Sival ihm einen Kaffee. Herbert bedankte sich. Draußen im Garten sah er Berti umherstreichen. Heute legte er sich nicht auf die Terrasse. Sival war in den Keller gegangen, um – wie er sagte – die Ölanzeige zu kontrollieren, denn morgen würde er Heizöl bekommen. Herbert war fast fertig mit seiner Liste, als Sival von der Kellertreppe her rief: »Herr Falke, könnten Sie mir bitte kurz helfen, ich muss die Ölanzeige ablesen und kann mich nicht so gut bücken mit dem lädierten Arm.«

»Selbstverständlich!« Herbert stand auf und folgte Sival in den Heizungskeller.

»Schauen Sie bitte, da hinter dem Kessel befindet sich die Anzeige.«

Herbert ging an Alfred Sival vorbei und kniete sich auf den Boden. Während er nach der Anzeige suchte, überkam ihn dieses Gefühl, das jeder kannte, aber niemand erklären konnte: Hier stimmte etwas nicht. In diesem Augenblick sah er, dass neben der Anzeige, die er ablesen sollte, ein gelbes Absperrventil saß. Gelb bedeutete Gas. Sival hatte gar keine Ölheizung! Herbert fand noch nicht einmal Zeit, sich aufzurichten, da schloss sich die Stahltür des Heizungskellers. Der Schlüssel wurde von außen herumgedreht.

*

Alfred Sival tat es zwar leid, dass er Herbert Falke in den Heizungskeller einsperren musste. Der Mann hatte immerhin gute Arbeit geleistet, ihm das Kennzeichen seines Peinigers geliefert. Aber er hatte keine andere Wahl. Und ein wenig hatte dieser Falke es auch verdient. Er hatte sich in seiner Villa eingenistet, als wäre er hier zu Hause, hatte seine Haushaltshilfe verschreckt – sie wollte nie wiederkommen –, Bier auf seinen teuren Orientteppich gekippt, einen Lebensbaum im Vorgarten massakriert, sich mit dem widerlichen Hund des noch widerlicheren Nachbarn angefreundet und wollte ihm darüber hinaus noch klarmachen, dass er mit der Polizei kooperieren müsse. Ein Alfred Sival würde vieles tun, aber *das* sicher nicht. Er beschloss, sich nie wieder von jemandem so in die Ecke drängen zu lassen wie von diesem verdammten Briefschreiber, auch nicht von Herbert Falke oder irgendeinem hochnäsigen Polizisten, egal ob in Düsseldorf oder in Offenbach. Sogar mit 70 Jahren konnte er noch dazulernen. Die Zeit der sanften Höflichkeit war vorbei. Nun würde er handeln.

Er stieg die Kellertreppe hoch und hastete zu Falkes Computer, bevor der möglicherweise mit einem Passwort gesicherte Bildschirmschoner ansprang. Er öffnete die letzte eingegangene Mail. Sie kam von Gianni

Mussner: ›Hallo, Herbie, hier die beiden Klarnamen: Michael Schermuly und Karl Bester.‹ Verdammt, wo war der Name des Fahrzeughalters? Aus dem Keller hörte er dumpfe Schläge. Falke hieb wohl gegen die Stahltür, das würde bald aufhören, so etwas hielt ein Handgelenk nicht lange durch. Er überflog die nächsten E-Mails, fand schließlich diejenige, in der Mussner mitteilte, dass *sie* sich nicht in den Polizeicomputer einloggen könne, besser gesagt: nicht wolle, das sei zu gefährlich. Feige Memme! Und es hatte schon einen veritablen Streit zwischen Ihnen gegeben, schrieb Mussner. Aha, also seine Frau oder Freundin. Na gut, das schien also nicht gelogen zu sein. Was nun? Er dachte nach. Dann blätterte er zurück zur letzten E-Mail. Da war ein Name: Karl Bester.

Er hob den Kopf und schloss die Augen. Das war der Triggerimpuls, auf den er so lange gewartet hatte. Viele Monate. Er hatte sich den Kopf wundgegrübelt, seine Stirn nachts gegen die Schlafzimmerwand geschlagen, um seinem Gehirn einen Namen zu entreißen. Als es nicht gelingen wollte, war er in eine Schockstarre gefallen, in eine Art Wachkoma – und hier stand nun endlich die Lösung: Karl Bester. Auf der Baustelle der Berufsschule Gelnhausen war Bester vom Gerüst gestürzt. Ein Jahr später war er gestorben. Sein Sohn hatte behauptet, der Unfallschutz bei der Sival GmbH sei zu lasch gewesen. Welch ein Unsinn! Alfred Sival selbst hatte zwei Jahre vor dem Unfall einen Sicherheitsbeauftragten eingestellt. Es war zu keinem Prozess gekommen. Wie hieß dieser Sohn? Er konnte sich nicht erinnern. Aber den Wohnort der beiden wusste er noch: Obertshausen. Er suchte im Internet nach dem örtlichen Telefonbuch, den Namen Bester gab es nur einmal: Dr. Johannes Bester – das musste er sein. Natürlich: OF-BJ 2713, das war er. Bester, Johannes. Oder bester Johannes, so konnte man es auch interpretieren. Wie nützlich solche kindischen Angewohnheiten doch sein konnten. Dann suchte er die Adresse und schrieb sie auf einen Zettel, eben auf den Zettel, den Herbert Falke für ihn mit dem Kfz-Kennzeichen vorbereitet hatte. Jetzt ekelte er sich nicht mehr vor diesem Stück Papier. Danach löschte er alle Bilder, die Herbert Falke in der Nacht aufgenommen hatte, von dessen Festplatte und vergaß auch nicht, den elektronischen Papierkorb zu leeren. Im letzten Moment hatte er noch einen Geistesblitz und schickte Gianni Mussner eine E-Mail: ›Mein Auftrag für Alfred Sival ist abgeschlossen, ich brauche mal ein paar Tage Urlaub, fahre nach Südfrankreich. Gruß Herbert!‹ Zufrieden fuhr er den Laptop herunter, nahm den Autoschlüssel vom Brett und öffnete die Garage. Aus dem Keller erklangen immer noch dumpfe Schläge, inzwischen jedoch leiser. Er startete den Wagen, wohl wissend, dass ihn sein lädierter Arm beim Lenken behindern würde, aber das konnte ihn nicht aufhalten. Sein Weg führte ihn nach Obertshausen.

*

Herbert hörte das typische Geräusch eines sich schließenden Garagentors. Dann war alles still. Er gab es auf, sich durch Schläge gegen die Tür bemerkbar zu machen. Es war niemand mehr im Haus, der ihn hören konnte. Auch Herr Schuldt war außer Rufweite, denn zwischen ihm und Herbert lagen zwei Garagen und ein auf Rockfestival-Lautstärke getrimmter Fernseher. Sein Handy lag irgendwo oben im Wohnzimmer. Er ärgerte sich maßlos darüber, dass er sich so von Sival hatte hereinlegen lassen. Bei seinem Kontrollgang durchs Haus hätte er bemerken müssen, dass es nur eine Gasheizung gab. Auch der Gasherd hätte ihm als Hinweis dienen können.

Sival hatte offensichtlich vor, sich an seinem Peiniger zu rächen, sonst wäre er mit ihm zur Polizei gegangen. Wohin er fahren wollte, da er Namen und Adresse nicht hatte, wusste Herbert nicht. Auch nicht, wie seine Rache aussehen sollte, falls er den Briefschreiber fände. Aber irgendwann musste er wieder nach Hause kommen und ihn hier herausholen. Herbert faltete sein kariertes Jackett zusammen, sodass er es als Kopfkissen nutzen konnte, legte sich auf den Boden und schlief ein.

Als Herbert wieder erwachte, war es stockdunkel. Einen Moment lang wusste er nicht, wo er sich befand. Er meinte, von Christel geträumt zu haben, die ihm Mut gemacht hatte. Fast so wie Paul McCartney, der von seiner Mutter Mary im Traum Zuspruch erhalten hatte, was sich dann in dem Songtext zu ›Let it be‹ wiederfand. Herbert tastete sich an der Wand entlang bis zur Tür und betätigte dort den Lichtschalter, der eine trübe Funzel an der Decke leuchten ließ. Er versuchte, sich in dem Raum zu orientieren. In der Ecke stand ein Eimer, auf den er sich stellte, um das Fenster zu öffnen, was nicht gelang, es war abgeschlossen. Durch das Glas konnte er erkennen, dass ein massives Gitter den Weg nach draußen versperrte. Ein Moment der Mutlosigkeit erfasste ihn. Doch sofort versuchte er, seiner Hoffnung neue Nahrung zu geben: Gianni. Sein Freund wusste, dass er hier war, irgendwann musste er kommen und ihn hier herausholen. Obwohl er ihm verboten hatte, sich in die Nähe von Sivals Haus zu wagen, irgendwann würde er sich Sorgen machen und ihn suchen. In einem kleinen Regal fand er diverse Farbdosen und eine halb leere Flasche Whisky. Sofort beschloss er, diese als halb voll zu betrachten, roch daran und nahm einen kräftigen Schluck. Ja, das tat gut.

Mit der Flasche in der Hand setzte er sich auf den Boden und dachte über Alfred Sival nach. Offensichtlich hatte er ihn unterschätzt. In dem deprimierten, kranken Mann war eine Veränderung vorgegangen. Fast schon eine Metamorphose. Seine Eigenschaften als Macher und Antreiber aus Zeiten der Sival GmbH waren wieder an die Oberfläche gespült worden, angetrieben von Herberts Ermittlungen und dem ominösen Mann, der mit dem Kennzeichen OF-BJ 2713 auf Offenbachs Straßen unterwegs war. Herbert sah jetzt die ersten Pinselstriche des wahren Porträts von Alfred Sival vor sich. Er schien bereits mit seinem Leben abgeschlossen zu haben. Als er jedoch körperlich wiederhergestellt war und eine Chance witterte, seinem Peiniger – wie er ihn immer nannte – entgegenzutreten, war sein Kampfgeist erwacht.

Herbert nahm einen Schluck aus der Trostpulle. Und noch einen zweiten. Er hatte keine Ahnung, was Sival vorhatte. Nein, er hatte wirklich keine Ahnung. Er dachte nach und spielte alle möglichen Szenarien durch, solange bis die einlullende Stimme des Alkohols ihn zu Boden sinken ließ.

DONNERSTAG, 11. MAI

Der Abend mit Jacky im Kino hatte Franziska geholfen, ihre Unbeschwertheit vorübergehend wiederzufinden. Den gesamten Mittwoch war sie mit Schule, Hausaufgaben und einem Referat beschäftigt gewesen. Am Abend hatte sie lange mit Alex telefoniert. Er hatte ihr von der Hausdurchsuchung und vom Befinden seiner Mutter berichtet. Soweit sein Anwalt wusste, hatten die Ermittlungen keine Fortschritte gebracht. Ungewöhnlich früh war Franziska ins Bett gefallen und sofort eingeschlafen.

Als sie am Donnerstagmorgen aufwachte, stieg das Bild ihres Großvaters vor ihrem geistigen Auge auf, so deutlich und kraftvoll, dass sie augenblicklich hochschreckte, nach dem Handy auf ihrem Nachttisch griff und seine Nummer wählte. »Hier ist der Anrufbeantworter von Herbert Falke, bitte hinterlassen Sie eine Nachricht!« Sie wollte keine Nachricht hinterlassen. Noch unter der Dusche beschloss sie, in der großen Pause Gianni Mussner anzurufen. Bereits vor ihrem Milchkaffee sitzend, änderte sie den Plan in: so schnell wie möglich Gianni Mussner anrufen. Ihren Vater wollte sie noch nicht einweihen, ihn nicht unnötig beunruhigen, so wartete sie mit dem Anruf, bis sie sich auf dem Schulweg befand. Kurz vor der Bäckerei, suchte sie Giannis Nummer im Adressbuch ihres Smartphones.

Er klang noch etwas verschlafen, Franziska entschuldigte sich für die frühe Störung und erklärte ihm, dass sie sich Sorgen um ihren Opa machte. Die Antwort kam prompt: Es bestand keinerlei Grund, sich Sorgen zu machen, Herbert war tatsächlich im Urlaub, in Südfrankreich, er hatte Gianni erst gestern eine entsprechende E-Mail geschickt. Als Franziska nach der Vespa fragte, die immer noch im oberen Buchrainweg stand, meinte Gianni, Herbert sei ja sicher nicht mit der Vespa nach Südfrankreich gefahren, er habe sie wohl einfach im Buchrainweg vergessen. Er hatte dort nämlich einen Auftrag zu erledigen gehabt.

Ein Auftrag? Ohne sie einzuweihen? – Also doch. Franziska war enttäuscht. Ob der Auftrag etwas mit Alfred Sival zu tun hatte, wollte sie wissen. Gianni zögerte einen kurzen Moment, doch Franziska, ihren eigenen Gefühlen ausgeliefert, bemerkte es nicht, auch nicht, dass Gianni eine Notlüge benutzte, als er sagte, er wisse nichts von dem Projekt. Sie entschuldigte sich nochmals für den frühen Anruf und legte auf.

Am liebsten hätte sie vor Wut das Handy gegen den Glascontainer in der Brandsbornstraße geknallt. Sie wunderte sich selbst über dieses machtvoll aufsteigende Gefühl, das zu beherrschen ihr schwerfiel. Nur die Einsicht, dass sie ihr Handy noch brauchte, hielt sie zurück. Stattdessen nahm sie sich eine herumliegende leere Weinflasche als Ziel, ihr Verantwortungsbewusstsein funkte noch ein paar jämmerliche Signale – von wegen Radfahrer und kleine Kinder –, doch da war es auch schon geschehen: Unter ihrem Tritt ertönte ein satter Knall und die grünen Glassplitter hüpften auf den Pflastersteinen umher. Ein älterer Mann, der einen Hund ohne Fell spazieren führte, keifte hinter ihr her. Franziska drehte sich nicht um. Erneut wunderte sie sich über ihr eigenes Innenleben, denn das Geräusch der zerberstenden Flasche hatte ihren mentalen Ausgleich wiederhergestellt. Sie betrat das Schulgelände.

*

Alfred Sival lag auf der Lauer. Er wollte Dr. Bester einige Zeit beobachten, ihn kennenlernen. Es interessierte ihn, was für ein Mensch das war, der ihm diese bösartigen Briefe geschickt hatte. Offensichtlich hasste der Mann ihn. Ja, ein wenig verstand er Bester sogar. Immerhin war dessen Vater unter dramatischen Umständen zu Tode gekommen, vielleicht hatte er sogar eine besondere Beziehung zu ihm gehabt. Aber warum machte er ihn, Alfred Sival, dafür verantwortlich?

Sival hatte am Mittwochabend keine Lust gehabt, nach Hause zurückzukehren. Er hätte sich nur Herbert Falkes unnütze Schläge gegen die Kellertür anhören müssen und ihm womöglich in einem Moment der Schwäche aufgesperrt. Außerdem wollte er in Besters Nähe bleiben. Er mietete sich ein Zimmer in ›Gitta's Parkhotel‹, verbrachte dort eine unruhige Nacht – sein geschienter linker Arm schmerzte – und saß um 6 Uhr bereits wieder in seinem alten Mercedes vor Besters Wohnung. Das Haus lag in der Nähe der S-Bahn-Station, vor der sich ein großer Parkplatz befand. Sival konnte sich ganz einfach zwischen all die anderen Autos stellen, ohne aufzufallen, und Besters Fenster und den Hauseingang mit einem Fernglas beobachten.

Kurz nach 7 Uhr folgte er seinem Peiniger nach Offenbach in die Leibnizschule, widerstand aber dem Versuch, in das Schulgebäude hineinzugehen, Bester hätte ihn sicher erkannt. Später sah er ihn mit seinen Schülern auf dem Sportplatz und folgte ihm gegen Mittag wieder zurück nach Obertshausen.

Ein normaler Mensch, soweit Sival das beurteilen konnte, weder gut aussehend noch hässlich, weder modern noch konservativ, weder dunkelhaarig noch blond. Wie konnte dieser mittelmäßige, trockene Mann zu solch starken Emotionen fähig sein? Ja, Hass vermochte intensive Gefühle hervorzurufen, das wusste Sival von dem Streit mit seinem Bruder, und da Bester all seinen Hass auf eine einzelne Person fokussierte, vermochte er dessen innere Glut sogar nachvollziehen. Das Dumme war nur, dass er selbst die Zielperson war.

Kurz vor 16 Uhr verließ Dr. Johannes Bester die Wohnung und startete seinen gelben Peugeot Kombi mit dem Kennzeichen OF-BJ 2713. Er fuhr erneut in Richtung Offenbach. Was hatte er vor? Vielleicht musste er noch einmal in die Schule, dachte Sival. Doch Besters Weg führte ans Mainufer, wo er seinen Wagen auf dem großen Parkplatz am Tiefkai abstellte. Er überquerte die Mainuferstraße. Es hatte sich abgekühlt und leicht zu regnen begonnen. Alfred Sival nahm Mantel und Hut aus seinem Wagen und folgte ihm vorsichtig. Bester schien ein genaues Ziel zu haben. Er bog in die Herrnstraße ein, ließ den Lilitempel rechts liegen und steuerte linkerhand auf den Bernardbau zu, das große, renovierte Backsteingebäude einer ehemaligen Tabakfabrik. Genau um 16.27 Uhr öffnete er die Tür zum Haus der Stadtgeschichte.

Alfred Sival versteckte sich hinter den Bäumen des gegenüberliegenden Büsing-Parks. Er hatte keine Ahnung, was Bester hier wollte. Ob er sich für so etwas

Langweiliges wie Stadtgeschichte interessierte? Oder gehörte dies womöglich zu den Vorbereitungen für den 14. Mai, zu den Vorbereitungen für seinen Tod? Alfred Sival brannte darauf, zu erfahren, was Bester vorhatte. So kam es, dass auch er die Tür zum Haus der Stadtgeschichte aufzog. Es war genau 16.30 Uhr.

*

Herbert Falke fühlte sich wie ein manövrierunfähiges Segelboot auf dem Stillen Ozean. Kein Windhauch erreichte ihn. Kein anderes Schiff war in Sicht, keine Bewegung weit und breit.

Die Whiskyflasche war längst leer, und er war wieder nüchtern. So nüchtern, dass er sein Kellerelend in vollem Umfang erfassen konnte: Seine Armbanduhr zeigte 16.30 Uhr, er war seit mehr als 24 Stunden gefangen, hatte nichts zu essen und nichts zu trinken. Die massive Stahltür war nach wie vor fest verschlossen, das Fenster hatte er nicht öffnen können, die Luft war stickig. Im Haus waren keine Geräusche zu vernehmen, die auf Sivals Anwesenheit hinwiesen.

Er dachte an Christel. Sie waren 39 Jahre lang verheiratet gewesen. Und sie hatten sich immer gegenseitig Kraft gegeben. Selbst als sie im Sterben lag, hatte er versucht, ihr Kraft zu geben. Er sah sie vor sich, als stünde sie neben ihm und sagte: »Komm, wir setzen uns an den Küchentisch und überlegen!« Sie hatten oft in der Küche ihres Hauses auf der Rosenhöhe gesessen und Pläne geschmiedet. Gute Pläne. Und dann hatten sie darauf angestoßen. Prost, Herbert! Prost, Christel! Selbst wenn sie nur Wasser im Haus hatten, stießen sie an, das war ihr Ritual.

Einmal hatten sie sogar nur den Wasserhahn aufgedreht, ihre Gläser gefüllt und …

Ja, das war's! Jede Heizung hatte einen Wasserzulauf, um das Heizungswasser aufzufüllen. Schnell hatte er den Wasserhahn gefunden, an der Wand neben dem Heizkessel. Hoffnung erfüllte ihn, zumindest die Hoffnung, seinen Durst löschen zu können. Doch es gelang ihm nicht, das Ventil zu bewegen, er strengte sich an, nahm all seine Kraft zusammen und brach den Griff des Wasserhahns ab. Wütend warf er ihn in die Ecke und schrie so laut, dass ihm davon fast die Ohren schmerzten. Als sein Echo verhallt war, erkannte er, dass es einen weiteren Wasserhahn gab: der Zulauf direkt an der Heizungsanlage. Dort konnte man auch das Wasser, das in der Heizungsanlage im Umlauf war, ablassen. Im Regal stand ein alter Joghurtbecher, er klopfte ihn aus, so gut es ging, und füllte ihn mit Heizungswasser. Es musste abkühlen und hatte einen seltsamen ›goût‹, einen ›mauvais goût‹, einen muffigen Beigeschmack. Wie Heizungswasser eben schmeckte. Aber es löschte den Durst und hielt ihn am Leben.

Wie kam er ausgerechnet auf diesen Begriff – ›mauvais goût‹? Seltsam, dachte er, kaum hatte er an Christel gedacht, kam Chantal ins Spiel. Seine erste Liebe, lange bevor er Christel kennengelernt hatte. In Puteaux waren sie sich begegnet, Herbert und Chantal, beide 16 Jahre alt, bei einem Schüleraustausch, den Offenbach mit der französischen Partnerstadt pflegte. Paris, die Stadt der Liebe, war nicht weit entfernt. Das Ende ihrer Liebe war durch Chantals Vater herbeigeführt worden. Seine Tochter würde niemals einen Deutschen heiraten, einen ›Boche‹. Der Begriff ›mauvais goût‹ war ihm in doppelter Hinsicht haften geblieben: Zum einen, weil Chantal das Wort so hinreißend ausgesprochen hatte, dass jeder schlechte Geschmack sich in zuckersüßen Duft aufgelöst hatte, und zum anderen, weil genau das – ein schlechter Beigeschmack – für ihn von Frankreich übrig geblieben war. Er war seitdem nie mehr dort gewesen.

Er zwang seine Gedanken wieder zurück in die Realität. Wasser hatte er genug, den Hunger musste er aushalten. Doch der Raum war nicht besonders groß und mit jedem Atemstoß pumpte er mehr Kohlendioxid hinein. Und auch die Heizung verbrauchte Sauerstoff, sie war sozusagen sein Konkurrent, selbst wenn sie im Sommer kaum benötigt wurde. Verdammt, üblicherweise gab es eine Sauerstoffzufuhr von außen, das war Vorschrift, das wusste er von seinem Heizungsmonteur. Die Stahltür war luftdicht verschlossen und sehr stabil – keine Chance. Neben dem Fenster entdeckte er ein rundes Loch, etwa zehn Zentimeter im Durchmesser, das so aussah, als sei es ursprünglich zur Belüftung angelegt worden. Er kletterte erneut auf den Eimer, um hineinsehen zu können. Die Öffnung war von außen zugemauert, bis etwa auf die Hälfte der Mauertiefe, und es gab keinerlei Werkzeug. Er stieg wieder herab und setzte sich auf den Boden. Dann fiel sein Blick auf den gelben Absperrhahn. Ja – das war die Idee. So konnte er zumindest seinen Sauerstoffkonkurrenten ausschalten. Er kroch hinüber und drehte den gelben Absperrhahn um 90 Grad herum. Gas, stopp.

*

Alfred Sival erklomm die wenigen Stufen bis zur Kasse. »2,50 Euro bitte!«, verkündete eine Frauenstimme. Es dauerte einen Moment, bis Sival erkannte, dass er in einem Museum gelandet war. Nie wäre er aus eigenem Antrieb hier hineingegangen, er war ein Mann der Gegenwart und der Zukunft, Geschichte interessierte ihn nicht, aber dieses Mal zahlte er bereitwillig und schielte bereits umher, ob er Bester irgendwo sehen konnte. Bisher nicht. Sival ging an der Miniatur-Rekonstruktion des Isenburger Schlosses vorbei zur Garderobe und hängte seinen Mantel an einen Haken. Den Hut behielt er auf und hoffte, mit der breiten Krempe sein Gesicht verdecken zu können.

Dann sah er ihn. Er stand an einer der Stelen und las die Informationen zu einem antiken Ausstellungsstück. Sival folgte ihm von Raum zu Raum und hielt immer einen sicheren Abstand. Schließlich ging Bester in eine große Halle, betrachtete einige großformatige Gemälde und verschwand dann auf der Toilette. Sival versteckte sich hinter einem Pfeiler, behielt die Toilettentür von dort immer im Blick. Minute um Minute verrann, Bester tauchte nicht wieder auf. Sollte es dort einen Hinterausgang geben? Oder eine Verbindung zum Stadtarchiv?

Alfred Sival wusste, dass er sich in Gefahr begab, aber wieder einmal siegte seine Neugier. Er öffnete die Tür zu den Toiletten und befand sich zunächst in einem Vorraum, von dem drei weitere Türen abgingen: Damen, Herren und eine kleine Kammer mit Putzutensilien. Er lugte vorsichtig in die Herrentoilette. Niemand war zu sehen. Er trat ein. Als die Tür hinter ihm ins Schloss fiel, erschrak er. Sekunden später stand er seinem Spiegelbild gegenüber. Es ähnelte eher einem Mann um die 80 als einem 70-Jährigen, wirre Haare, grauer Vollbart und rot unterlaufene Augen. Noch dazu ein geschienter Arm. Kein schöner Anblick. Er nahm den Hut ab.

Plötzlich tauchte Besters Spiegelbild auf. Ohne Vorwarnung wurde Sivals Kopf von hinten gepackt und gegen den Spiegel geschleudert. Der explosionsartige Schmerz raubte ihm jegliche Kontrolle. Er spürte den Geschmack von Blut auf der Zunge. Noch einmal wurde sein Kopf gegen das eigene Spiegelbild gerammt, seine Wahrnehmung schwand, seine Beine gaben nach, er hielt sich noch am Waschbecken, dann sank er zu Boden und blieb dort röchelnd und blutspuckend liegen.

Doch die Schmerzen waren nichts gegen das, was dann kam: Besters Ansprache.

»Schön, Sie zu treffen, mein lieber Sival. Ich habe sehr lange auf diesen Moment gewartet. Eigentlich sollte Ihre Bestrafung an einem anderen Ort stattfinden. Aber dieses Haus ist so gut wie jedes andere. Amateurhaft, wie Sie mir seit gestern nachspionieren. Solch ein alter Mercedes fällt auf, mein lieber Sival!«

Er sprach langsam und überlegt, in fein ziselierten Worten, als sei er darauf bedacht, keine einzige Silbe wieder zurücknehmen zu müssen.

»Ich gehe oft ins Museum. Dieses hier hat den Vorteil, dass es in zehn Minuten schließt. Zudem habe ich die Tür abgeschlossen und draußen ein Schild befestigt: ›Wegen Wartungsarbeiten vorübergehend außer Betrieb‹.« Er lachte spöttisch. »Gar nicht so schlecht, dieser Ausdruck. Wir müssen Wartungsarbeiten an unserem Verhältnis durchführen. Dazu werden wir dank meiner Vorsorge die ganze Nacht Zeit haben, mein lieber Herr Sival.«

Alfred Sival konnte nicht sprechen, er wollte auch nicht, wollte auf dieses sarkastisch-melancholische »Mein lieber Sival!« nicht antworten. Er begriff, dass er die gesamte kommende Nacht einem gewalttätigen Irren ausgeliefert war. Und diese Erkenntnis schmerzte mehr als sein Kopf.

*

Als Franziska am frühen Nachmittag von der Schule zurückkam, war sie zunächst allein in der Wohnung. Ihre Unruhe nahm zu. Irgendwann beschloss sie, zu Jacky zu gehen und sich Rat zu holen. Mit der Türklinke in der Hand verwarf sie den Plan und versuchte erneut, ihren Großvater auf dem Mobiltelefon anzurufen, selbst wenn er in Frankreich Zusatzgebühren bezahlen musste – egal. Wieder nur der Anrufbeantworter. Sie versuchte, sich mit Hausaufgaben abzulenken, was unmöglich war, sie konnte keinen klaren Gedanken fassen.

Gegen 16.30 Uhr kam ihr Vater nach Hause. Sie bereitete einen Chai-Latte-Tee und setzte sich wortlos mit zwei Tassen in die Küche. Nach zehn endlos erscheinenden Minuten kam ihr Vater endlich herein. Sie tranken Tee.

»Um was geht es denn, Franzi?«

»Ach, Papa, ich dachte schon, du fragst gar nicht mehr …«

Er lächelte.

»Es geht um Opa, ich erreiche ihn nicht, schon seit vier Tagen.«

Ihr Vater legte die Stirn in Falten. »Aha, dass er mich vier Tage lang nicht anruft, ist durchaus normal, aber dich …?«

»Ja, eben. Soweit ich weiß, hat er einen neuen Fall übernommen.«

»Einen Fall? Was heiß das denn? Schon wieder so ein Fahrraddieb?«

»Nein, ich glaube, diesmal ist es was Cooleres … Also, ich meine etwas … Wichtigeres.«

»Seine Fälle sind mir ehrlich gesagt egal. Ansonsten wird er seine Gründe haben, dich nicht zurückzurufen.«

»Aber die rosa …«

»Lass nur gut sein, Franzi. Dein Opa ist alt genug, er kommt schon zurecht. Übrigens, du weißt ja, dass ich morgen Urlaub habe und ein verlängertes Wochenende mit den Jungs in der Rhön mache.«

»Ach, deine Klettergruppe, ist das schon dieses Wochenende?«

»Ja, und ehrlich gesagt möchte ich das nicht absagen, ich brauche mal eine Auszeit, ich muss das komische Erlebnis in Frankfurt aus dem Kopf kriegen.«

»Ja, Papa, das verstehe ich. Wann fährst du denn?«

»Heute Abend, so gegen 18 Uhr nach dem Feierabendverkehr. Morgen früh ab 8 Uhr haben wir bereits die erste Wanderung von Poppenhausen nach Steinwand. Hans-Jürgen, Gerd und Jo gehen dort klettern, wir anderen drehen eine Extrarunde um den Berg und treffen uns dann zum Mittagessen …«

»Heute Abend noch?«

»Ja, ist das ein Problem für dich?«

»Nö, also … ich hatte es nur vergessen, ich gehe dann morgen nach der Schule zu Jacky.«

»Gut, so hatten wir es ja auch besprochen.«

Franziska nickte.

»Ich werd dann mal packen«, sagte ihr Vater.

»Okay.« Franziska verschwand in ihrem Zimmer. Sie wollte nicht schon wieder Gianni anrufen. Jetzt konnte nur noch Eva helfen. Auch bei ihr meldete sich nur die Mailbox. Sie bat um dringenden Rückruf. Dann wartete sie.

*

Gegen 17 Uhr, kurz vor Schließung des Museums, erklangen Stimmen im Vorraum zu den Toiletten. Bester nahm sein Springmesser aus der Jackentasche und ließ die Klinge herausschnellen. Flink kniete er sich auf Sivals Brustkorb und hielt ihm die Klinge an den Hals.

Jemand versuchte, die Tür zur Herrentoilette zu öffnen.

Ein einziges Wort und er würde zustechen. Auch wenn der Mörder seines Vaters solch einen simplen Tod nicht verdient hatte. Sival verhielt sich ruhig.

Von draußen erklang eine Frauenstimme: »Ach ja, hatte ich ganz vergessen, vorhin kam ein Anruf von den Handwerkern, in der Herrentoilette musste das Wasser abgestellt werden, morgen früh kommen sie wieder und setzen alles instand!«

»Na gut, dann schönen Feierabend!«, antwortete ihr Kollege.

Bester flüsterte: »Wie Sie sehen, mein lieber Sival, habe ich alles gut vorbereitet. Das Haus der Stadtgeschichte hat eine Außenhautsicherung, die unüberwindbar ist. Doch ich habe sie ausgetrickst!« Er konnte sich ein breites Grinsen nicht verkneifen. In der Tat, er hatte alles perfekt vorbereitet. Obwohl er nur einen Abend Zeit dafür gehabt hatte. Er kannte die Offenbacher Museen gut, war auch mit ihren Sicherheitsvorkehrungen vertraut. Sival konnte ihm nicht entwischen, denn im gesamten

Erdgeschoss waren die Fenster durch Stahlgitter gesichert. Es gab zwar in jedem Raum Überwachungskameras, aber die würde er in Kürze ausblenden.

Bester wartete noch zehn Minuten. Als keine Geräusche mehr zu vernehmen waren, öffnete er vorsichtig die Tür und lugte hinaus. Kein Mensch war zu sehen. Er setzte sich Sivals Hut auf den Kopf, zog ihn tief ins Gesicht und ging damit zur Garderobe. Dort warf er sich Sivals Mantel über, womit die Maskerade perfekt war. Dann nahm er seinen Rucksack aus dem Schließfach. Dieser enthielt ein Paar Handschuhe und einen Stapel roter Plastiktüten, alle neu, alle aus Henny's Supermarkt und natürlich ohne seine Fingerabdrücke. Er stieg auf einen Stuhl, zog eine Tüte nach der anderen über die schmalen, zylinderförmigen Kameragehäuse und befestigte sie sorgsam mit einem Klebeband. Falls sich jemand die Aufzeichnungen ansehen würde, konnte er lediglich das rote Innenleben einer Plastiktüte erforschen. Zu Beginn der roten Phase jeder Kamera würde ein Mann zu sehen sein, der sich mit der Tüte genährt hatte. Die Kleidung dieses Mannes würde nur einen Schluss zulassen: Das war Alfred Sival.

Auf dem Rückweg spürte Johannes Bester eine enorme Vitalität in sich aufsteigen. Ein verloren geglaubtes Lebensgefühl loderte in ihm empor, er zitterte vor Freude, seinem lang ersehnten Ziel so nahe zu sein. Und er war sich sicher: Keine noch so tosende Naturgewalt vermochte es mit der Urkraft aufzunehmen, die der Hass im Innern eines Menschen entstehen ließ.

Sival lag nach wie vor auf den Fliesen. Bester beschloss, ihm Zeit zur Erholung zu geben. Seine Rache enthielt nicht nur Sivals Tod, nein, sie enthielt auch die Aufarbeitung seiner Schuld, eine Klarstellung, die er selbst brauchte und die Sival mit ins Grab nehmen sollte. Und dazu musste dieser bei klarem Verstand sein. Zur vorübergehenden Regeneration wollte Bester ihn in die Nachbildung des keltischen Grabwagens legen. Eigentlich hatte er das gar nicht verdient, denn solche Grabbeilagen waren nach den damaligen Gepflogenheiten Persönlichkeiten mit Macht und Einfluss vorbehalten. Nichts davon traf auf Sival zu, noch nicht einmal eine Persönlichkeit konnte er ihm attestieren. Er zerrte Sival mühsam auf die Beine und schleppte ihn durch die historische Industriehalle an der Kasse vorbei in den hinteren Bereich des Stadtmodell-Raums. Vorsichtig nahm er die Mumie aus dem Grabwagen und stieß Sival hinein. Er beschloss, sich etwas Ruhe zu gönnen. Er brauchte Kraft für das große Finale.

Bester legte sich auf die flache Bank zwischen den beiden Vitrinen mit den Offenbacher Faller-Häuschen, um sich auszuruhen. Sival schien eingeschlafen zu sein, allein würde er sowieso nicht aus dem hölzernen Wagen herauskommen. Zur Sicherheit hielt Bester sein Springmesser fest in der Hand.

Als er von Sivals Husten geweckt wurde, war es bereits dunkel. Er sah auf die Uhr: halb zehn. Zeit für die erste Lektion.

Kaum hatte er sich erhoben, ertönten aus Sivals Richtung Hilfeschreie in einer erstaunlichen Lautstärke, die Bester ihm angesichts seines Zustands nicht zugetraut hätte. Er schüttelte angewidert den Kopf. »Schreien Sie nur, mein lieber Sival, es wird Sie niemand hören in diesen Gemäuern. Der Bernardbau wurde Ende des

19. Jahrhunderts errichtet, da hat man noch mit richtig massiven Wänden gebaut.«

»Verdammt, Bester, Ihre dämlichen Geschichtsbelehrungen interessieren mich nicht, lassen Sie mich endlich gehen. Sie haben schon genug Schaden angerichtet!«

»Soso, Schaden habe ich angerichtet. Und Sie? Welchen Schaden haben Sie angerichtet? Damals, als Sie meinen Vater nicht geschützt haben?«

»Nun hören Sie endlich auf, *mir* die Schuld dafür zu geben!«

»Nein, damit höre ich *nicht* auf, nein, nein, nein! Einer muss die Schuld auf sich nehmen, und wenn nicht Sie, wer dann?« Voller Zorn stürzte Bester auf ihn zu, zog und zerrte an dem Wagen, der sehr schwer war. Trotzdem schaffte er es, das Gefährt in die Mitte des Raums zu ziehen, sodass der Schein der Straßenlaternen von der Herrnstraße auf Sival fiel. Die Szenerie erinnerte an typische Verhör-Situationen. Das gefiel Bester. Er holte sich einen Stuhl und setzte sich so vor Sival hin, dass er sich selbst im Schatten befand.

»Ich gebe Ihnen sogar die Alleinschuld am Tod meines Vaters, mein lieber Sival. Und wenn Sie etwas dazu sagen wollen, dann sagen Sie es jetzt. Das ist eine einmalige Gelegenheit!« Er grinste. Der letzte Satz war ihm sehr gut gelungen. Eine zweite Gelegenheit würde Sival nie mehr bekommen.

Sival hatte sich in dem hölzernen Wagen leicht aufgerichtet. »Gut, reden wir darüber. Dazu brauche ich allerdings etwas Wasser, sonst kann ich nicht sprechen, mein Mund ist trocken.«

Widerwillig stand Bester auf und sah sich um. An der Kasse stand eine halb volle Flasche Mineralwasser, er schüttelte sie, offensichtlich stand sie schon länger dort, aber für den Mörder seines Vaters würde es reichen, er warf sie ihm zu.

Sival roch an der Flasche, dann trank er, erst mit vorsichtigen Schlucken, dann gierig, das Wasser verschlingend, immer mehr, bis die Flasche leer war.

»Also, was wollen Sie zu Ihrer Verteidigung sagen?«, rief Bester spöttisch.

»Der gesamte Unfallhergang wurde geprüft, sogar vor Ort nachgestellt, von einem Gutachter und von der Polizei. Es war eine Verkettung von unglücklichen Umständen.«

»Pah!«, schrie Bester, »Verkettung von unglücklichen Umständen! Wie oft ich diese Phrase schon gehört habe … Unsinn! Blödsinn! Schwachsinn! Und die Polizei, die taugt sowieso nichts, die haben ja noch nicht einmal …«

»Was die Polizei betrifft, da gebe ich Ihnen ausnahmsweise recht«, unterbrach ihn Sival.

Bester sah ihn verwirrt an. Es irritierte ihn, dass sein Feind ihm zustimmte.

»Entscheidend war für mich der Gutachter«, fuhr Sival fort. »Er hat festgestellt, dass es ein Unfall war.«

»Der Gutachter, der Gutachter, den haben Sie doch bestimmt gekauft, genug Geld haben Sie ja.«

»Das stimmt.«

»Was stimmt?«

»Dass ich genug Geld dafür gehabt hätte. Mit Betonung auf *hätte*!«

»Quatschen Sie nicht so blöd rum, den haben Sie in alter Zachanassian-Manier bestochen oder nicht?«

»Ich weiß zwar nicht, was eine Zacha… irgendwas-Manier sein soll, aber bestochen habe ich ihn *nicht*. Ich habe den Gutachter vor dem Ortstermin an der Schule nie gesehen.«

Bester stand die Szene vor der Berufsschule Gelnhausen wieder lebhaft vor Augen. Der Staatsanwalt hatte zu einem Ortstermin gebeten. Damals hatte er Alfred Sival zum ersten Mal gesehen. Zwar nur aus einiger Distanz, denn er durfte nicht mit ihm sprechen. Doch sofort war ihm klar gewesen: Das ist der Mörder. Er hatte damals genauso geschliffen geredet wie jetzt, ein Unternehmer eben, der sich überall herauszuwinden wusste. Ungeschoren war er davongekommen. Widerlich.

»Es tut mir leid … das mit Ihrem Vater«, hörte er Sival sagen, »aber solche Dinge gibt es nun mal im Leben.«

»Solche Dinge gibt es nicht!«, schrie Bester. »Wie können Sie so etwas behaupten? Wie reden Sie überhaupt von meinem Vater?«

»Eine Fassadenplatte hatte sich gelöst, sie fiel hinunter auf das Gerüst, genau dorthin, wo Ihr Vater stand, er versuchte auszuweichen, hielt sich am Geländer des Gerüsts fest und dieses war auf der einen Seite nicht verankert, das Ganze ausgerechnet im fünften Stock, ein Scheißpech würde ich sagen.«

»Und warum haben Sie nicht dafür gesorgt, dass die Gerüststange ordentlich befestigt war?«

»Na erstens ist das nicht meine Zuständigkeit, sondern die des Gerüstbauers …«

»Ach ja, immer schön aus der Verantwortung ziehen!«, schrie Bester.

»Nein«, antwortete Sival, »ich stelle mich dieser Verantwortung, ich sag ja nur, wie es war. Und nun das Wichtigste: Der gesamte Gerüstbau wurde vom SiGeKo vorher geprüft und abgenommen, darauf muss ich mich doch verlassen können, oder?«

»Was faseln Sie da?«

»Ach so, ja, der SiGeKo, der Sicherheits- und Gesundheitsschutzkoordinator, ist auf jeder Großbaustelle gesetzlich vorgeschrieben. Und wie Sie wissen, hat auch der Bauleiter ausgesagt, dass er das Gerüst überprüft hat. Vermutlich war es ein Ermüdungsbruch.« Sivals Worte hörten sich an, als kämen sie aus einem anderen Raum. »Ihr Vater hat doch noch ein Jahr gelebt, wenn ich mich richtig erinnere.«

Bester nickte krampfhaft. »Dann mussten die Maschinen abgestellt werden.« Er sah Sival nicht an, denn er fürchtete sich vor dessen Mitleid.

»Wenn überhaupt, dann müsste man die Fassadenfirma oder den SiGeKo zur Verantwortung ziehen«, sagte Sival.

»Oh nein«, rief Bester, »so leicht kommen Sie nicht davon. Sie waren der Chef meines Vaters, Sie sind für seine Sicherheit verantwortlich. Wenn Sie ihn irgendwohin schicken, müssen Sie auch dafür sorgen, dass er nicht umkommt, so leicht können Sie sich nicht aus der Verantwortung stehlen. Außerdem waren Sie der Generalunternehmer auf dieser Baustelle und damit für alles verantwortlich, was dort ablief.«

»Das ist doch alles schon so lange her, Mann!«

Bester straffte seinen Rücken. »Egal, ob acht Jahre oder 80 Jahre – eine Schuld ist nie abgetragen. Sie verjährt nicht. Vor dem Gesetz vielleicht, ja. Aber nicht vor dem Menschen, dem Unrecht getan wurde. Und auch nicht vor dem Verantwortlichen selbst. Die Schuld bleibt immer gegenwärtig wie eine lästige Fliege, die um dich herumschwirrt, dir den Nerv raubt, die du am liebsten totschlagen würdest, sie aber nicht erwischst, die sich zurückzieht, sodass du denkst, sie vergessen zu können, dann aber nachts aus ihrem Versteck herauskommt, deine Stirn entlangkrabbelt, deine Gedanken aufweckt, um schließlich stundenlang ruhig auf deiner Brust zu sitzen und dir ins Herz zu schauen, ohne dass du es erlaubt hast.«

»Unsinn. Für mich ist die Sachlage klar, Sie wollen es nur nicht wahrhaben.«

Bester erhob sich. Die Zeit war gekommen. »Mein lieber Sival, Sie wissen ja gar nicht, wie das ist, einen Menschen zu verlieren, der einem sehr nahe steht. Aber ich habe dafür gesorgt, dass Sie es erfahren konnten.« Triumphierend machte er eine Pause.

»Sie haben dafür gesorgt, dass ich … *konnte*?«, fragte Alfred Sival erstaunt.

»Richtig, mein lieber Sival.«

Bester ging ein paar Schritte zur Seite, sodass auch er im Licht der Straßenlampen stand und Sival ihn sehen konnte. »Ich habe Ihren Bruder getötet!«

»Meinen Bruder?«

Bester grinste. Sivals Fassungslosigkeit erfüllte ihn mit Genugtuung. »Genau, Berthold Nowak, geborener Sival, er hat den Namen seiner Frau angenommen, wahrscheinlich wollte er Ihren verdammten Namen nicht mehr haben, kann ich ja verstehen!«

Sival schien ziemlich verwirrt zu sein. Pure Schadenfreude machte sich in Bester breit. »Berthold Nowak, der Trinkhallenbetreiber, dessen Totenbild in der Zeitung war, ist *mein* Bruder Berthold?«

Schlagartig verging Bester die gute Laune. Irgendetwas stimmte hier nicht. Da fing Sival an, lauthals zu lachen. Er krümmte sich bald vor Lachen.

»Hören Sie auf!«, rief Bester. »Was soll das?«

»Ich habe meinen Bruder seit 20 Jahren nicht mehr gesehen«, antwortete Sival grinsend, »ich wusste nicht einmal, ob er noch lebt – geschweige denn, wo er lebt. Wir haben uns komplett zerstritten, ich hasse ihn, einen größeren Gefallen hätten Sie mir gar nicht tun können.« Sival ergoss sich erneut in ein Gelächter, das zu einem hässlichen Feixen mutierte, bald wirkte es auf Bester wie ein Spottlied. Als der Alte sich vor lauter Lachen sogar verschluckte, brannte bei Bester die Hauptsicherung durch. Er konnte gar nicht mehr überlegen, wie von einer Urkraft getrieben, griff er nach dem Springmesser, ließ die Klinge hervorschnappen und stürzte auf Sival zu.

Was Bester trotz seiner profunden Geschichtskenntnisse nicht wusste: Die Kelten hatten ihren Toten oft wertvolle Gegenstände mit ins Grab gelegt, Tongefäße, Schmuck oder auch Kriegsgerät. Zum Beispiel Lanzen. Und Lanzen waren länger als Springmesser. Bevor Bester also irgendeine Chance hatte, sein Messer in Sivals Brust zu stoßen, fuhr ihm die Nachbildung einer keltischen Lanze in die Magengrube. Wäre es das 2.500 Jahre alte Original aus der Vitrine gewesen, hätte sich Johannes Bester keine großen Sorgen machen müssen, denn die Waffen, die in der Eisenzeit als Grabbeigabe genutzt wurden, waren meistens nur Repräsentationswaffen, keine wirklich scharfen Kampfgeräte. Doch die Nachbildung war spitzer und gefährlicher als das Original.

*

Die Luft für Herbert Falke wurde immer dünner. Er merkte, dass das Ausschalten der Heizung zu wenig war, dass er mehr unternehmen musste. Ihm war bereits schwindlig, seine Kräfte schwanden.

Er versuchte, sich zu konzentrieren. Nach rationalem Kalkül gab es nur noch eine Chance: das Fenster. Er stieg erneut auf den Eimer, um an das Fenster zu gelangen, und begann, mit dem Schraubenzieher ein Loch in die Scheibe zu bohren, langsam und stetig, geduldig, zielsicher, hoffend, zagend, wieder hoffend. Schnell merkte er, dass dies eine Art Schutzglas war, vielleicht sogar Panzerglas. Durch die milchige Einfärbung hatte er kein Gefühl, wie dick die Scheibe war. Nach einer gefühlten Ewigkeit hatte er ein etwa fünf Millimeter tiefes Loch in die Scheibe gebohrt. Pause, herabsteigen, hinsetzen, Luft holen. Wenn auch schlechte Luft. Das dauerte zu lange. Er sah sich um und entdeckte einen Wasserschlauch, der zum Befüllen der Heizungsanlage diente und am Ende eine Überwurfmutter aus Messing besaß. Er stellte sich vor das Fenster auf den Boden – das Balancieren auf dem schmalen Eimer kostete zu viel Kraft – und schleuderte den Schlauch so in Richtung Fenster, dass die Überwurfmutter gegen die Scheibe schlug. Zumindest schlagen sollte. Beim ersten Versuch prallte sie gegen die Wand, beim zweiten Versuch gegen die Scheibe, aber weit von dem Bohrloch entfernt, beim Dritten traf er knapp daneben. Ein Riss entstand. Mit zwei weiteren Treffern vergrößerte sich der Riss, langsam und stetig machte er sich auf den Weg zum Fensterrahmen. Der nächste Treffer saß. Exakt auf dem Bohrloch. Der Riss wurde zu einer vorsichtig klaffenden Lücke, Herbert stieg hoch, trieb den Schraubenzieher hinein und hebelte. Er schaffte es, einen kleinen Brocken aus der Scheibe herauszubrechen, nicht größer als eine Zweieuromünze. Doch das gab Hoffnung, er hebelte weiter, brach das Glas Stück für Stück auf, bis die Öffnung etwa Untertassengröße erreicht hatte. Er atmete schwer, keuchte, hielt inne, spürte plötzlich die frische Luft, die seine Lungen füllte, sog sie ein wie ein Süchtiger. Noch nie hatte er frische Luft so wiederbelebend empfunden, und er dankte der Natur, dem Periodensystem, seinem alten Chemielehrer und dem lieben Gott für den Sauerstoff.

Dann sah er etwas, das sein inneres Gleichgewicht vollends wiederherstellte: ein Hundegesicht. *Das* Hundegesicht. Und von diesem Moment an war er überzeugt, dass Hunde tatsächlich lächeln konnten.

*

Franzi saß bis kurz vor Mitternacht in der Küche und wartete auf Evas Anruf. Doch der kam nicht. Gegen 21 Uhr hatte sie versucht, noch einmal Gianni zu erreichen. Auch er nahm nicht ab. Sie beschloss, die Polizei zu verständigen, falls Gianni oder Eva sich bis morgen früh vor Schulbeginn nicht melden würden. Zum Glück hatte sie in der ersten Stunde frei, was beiden einen gewissen Aufschub gab. Dann ging sie zu Bett.

Franziska schlief sehr schlecht, sie träumte von Südfrankreich, obwohl sie noch nie dort gewesen war. Sie ritt mit einem motorradähnlichen Gefährt über das Mittelmeer, bis sich dieses plötzlich rosa färbte. Und dann rot. Blutrot.

*

Sival brauchte einen Moment, um zu erkennen, dass *er* jetzt Herr der Lage war. Bester lag bewusstlos auf dem Boden, er war zusammengeklappt und mit dem Kopf auf eines der Wagenräder geschlagen. Die Lanzenspitze war abgebrochen, der Rest der Waffe lag neben ihm. Mühsam kletterte Sival aus dem Holzwagen heraus. Er merkte, dass sein linker Arm wieder besser funktionierte, trotzdem traute er sich nicht, die Schiene zu lösen. Sein Kopf und das Nasenbein schmerzten weiterhin, ansonsten hatte ihm der Schlaf geholfen, zu Kräften zu kommen. Besonders in mentaler Hinsicht. Wieder einmal sah er eine neue Chance für sich, wieder einmal hatte er aus einer fast aussichtslosen Position heraus einen erfolgreichen Gegenangriff geführt. Er lächelte sich innerlich zu.

Sein Blick fiel auf Bester. Damals beim Ortstermin an der Berufsschule Gelnhausen musste er dabei gewesen sein. Doch das Bild des heutigen Bester wollte nicht zu der Szene von damals passen. Zur Demonstration hatte der Gutachter das Fenster im fünften Stock gezeigt, auf dessen Höhe sich die Gerüstplanke befunden hatte, von der Karl Bester abgestürzt war. Auch der SiGeKo, der Sicherheits- und Gesundheitsschutzkoordinator, den er als Generalunternehmer selbst eingesetzt hatte, war dabei gewesen. Er hatte das Gerüst auf der Baustelle in Gelnhausen geprüft und für sicher befunden. Der Gutachter hatte einen Ermüdungsbruch in einem der Verbindungsgelenke festgestellt. Abschließend hatte er gemeint, Alfred Sival habe alles richtig gemacht. Man könne sich überlegen, der Gerüstbaufirma eine Mitschuld zu geben, so der Staatsanwalt, aber da auf keinen Fall eine Absicht nachzuweisen war und ein Ermüdungsbruch schwer festzustellen sei, war dieser Gedanke fallen gelassen worden. Eine unglückliche Verkettung von Umständen – das war sein letztes Wort gewesen. Auf eine Anklage gegen Sival, den Bauleiter und den SiGeKo war verzichtet worden. Für Alfred Sival war dies eine logische Abfolge seines Handelns gewesen, nichts, was ihn überrascht hatte. Da er wegen der Großbaustelle in Gelnhausen gleichzeitig in starke geschäftliche Turbulenzen geraten war – nie wieder Generalunternehmer –, hatte er den Fall bereitwillig zu den Akten gelegt. Und an den Sohn von Karl Bester hatte er in diesem Zusammenhang keinerlei Erinnerung.

Dennoch wunderte sich Alfred Sival, dass ihm der Fall über all die Monate seiner Tortur nicht ins Bewusstsein gerückt war, in dieser Zeit der schwarz umrandeten Briefe, in der er kurz davor war, die Verbindung zur Außenwelt zu verlieren. Warum hatte sein Unterbewusstsein all diese Vorgänge – auch wenn sie schon neun Jahre zurücklagen – so verdrängt? War es ihm gelungen, die lästige Fliege zu erschlagen? Nein, er hatte sie nur betäubt, sie war wieder erwacht.

Die Lanze hatte offensichtlich genau Besters Gürtelschnalle getroffen. Sival wusste nicht, ob er sich darüber ärgern oder freuen sollte. Dann entdeckte er das Springmesser. Es lag zwei Meter neben ihm auf dem Boden. Alfred Sival hob es auf. Kühl glänzte die Klinge in seiner Hand. Ein unbekanntes, mächtiges Gefühl überkam ihn. Sival spürte, dass etwas Hinterhältiges in diesem Gefühl lag, trotzdem begann er, es vorsichtig zu genießen. Er sah hinab auf seinen reglos daliegenden Peiniger. Dieser Mensch musste unschädlich gemacht werden! Er kniete sich auf Besters Brustkorb, dann holte er weit aus. Wie er dieses »Mein lieber Sival!« hasste. Das Messer sauste hinab.

Im selben Moment öffnete Bester die Augen. Mit einem mächtigen Schlag bohrte sich das Messer knapp neben seinen Kopf in den Boden. Bester stöhnte, er war offensichtlich kaum in der Lage, sich zu bewegen. Sival stürzte zum Kassenbereich, wühlte in den Schubladen, fand eine Rolle Paketklebeband und wickelte mehrere Lagen um Besters Hände und Füße. Eigentlich wollte er ihn auf den Bauch drehen und seine Hände auf dem Rücken zusammenbinden, so wie er es aus dem Fernsehen kannte, doch als er ihn umzudrehen versuchte, schrie Bester auf vor Schmerzen, sodass er ihn auf dem Rücken liegen ließ und die Hände vor dem Bauch fixierte. Sival zog das Messer aus dem Boden, schob die Schneide in den Griff hinein und steckte es ein. Vorsichtshalber nahm er auch die abgebrochene Lanze aus dem Holzwagen und versteckte sie.

Langsam ließ seine Anspannung nach. Neugierig erkundete er die Räume. Überall im Erdgeschoss befanden sich Gitter vor den Fenstern. Im Obergeschoss ließen sich die Fenster öffnen, doch an ein Entkommen war nicht zu denken: Er hätte fünf Meter über dem Asphalt des Hinterhofs am Fallrohr herabklettern müssen, und das mit lädiertem Arm – unmöglich. Dann entdeckte er einen Verbandskasten. Er befestigte seine Armschiene mit einer zusätzlichen Mullbinde, damit diese fest saß und dem Arm wieder Unterstützung gab. Schließlich fand er Kopfschmerztabletten, ging wieder hinunter in den Waschraum – Johannes Bester lag unverändert dort, wo er ihn zurückgelassen hatte –, nahm zwei Tabletten und spülte sie mit Leitungswasser hinunter. Der Spiegel war voller Blut, sein eigenes Blut, er wischte es notdürftig ab, um sich betrachten zu können. Die Nase war schief, das rechte Auge von einem dicken Bluterguss gezeichnet, das Gesicht merkwürdig entstellt. Er musste hier raus. Sein Blick fiel auf das Fenster im Toilettenvorraum: nicht vergittert. Das musste Bester übersehen haben. Schon stürzte er hin und wollte den Fenstergriff packen – da schoss ihm Besters Bemerkung durch den Kopf: Die Außenhautsicherung dieses Gebäudes ist unüberwindbar, keine Chance, hineinzukommen. Und ebenso wenig, hinauszukommen, ergänzte Sival in Gedanken. Er überlegte. Eigentlich konnte man ihm nichts vorwerfen, im Gegenteil, er war das Opfer, er wurde wider Willen festgehalten und hatte sich selbst befreit. Er konnte also einfach den Alarm auslösen oder sogar direkt die Polizei anrufen. Doch konnte er seine Unschuld auch beweisen? Mit unfähigen Polizisten hatte er leider schon genug Erfahrung gesammelt. Womöglich würden sie ihm noch vorwerfen, Bester mit der Lanze angegriffen zu haben. So wie damals, als sie ihn beschuldigt hatten, seinen Bruder krankenhausreif geschlagen zu haben, nur weil der im Suff gestürzt war.

Er musste dafür sorgen, dass Bester ihn ein für alle Mal in Ruhe ließ. Sonst konnte er seine restlichen acht Jahre nicht mehr genießen. Er strich nachdenklich durch die Räume, betrachtete die Vitrinen, die langweiligen Gegenstände aus der Bronzezeit, der Stein- oder Irgendwas-Zeit. Dann sah er die roten Plastiktüten. Sofort war ihm klar, dass dahinter Kameras steckten. Er wählte diejenige, die den am Boden liegenden Bester auf jeden Fall erfassen musste. Vorsichtig stieg er auf einen Stuhl, löste das Klebeband und entfernte die Plastiktüte. Dann hielt er seinen Personalausweis vor die Kamera, sodass seine Identität auch sicher ins Bild gerückt wurde.

Langsam ging er zu Johannes Bester zurück. Dessen Hemd war im Oberbauchbereich blutdurchtränkt, die Blutung schien jedoch zum Stillstand gekommen zu sein. Er trat ihm gegen das Bein: »Hey, Bester, aufwachen!«

Der Getretene schlug die Augen auf. »Verdammt, was wollen Sie?«

»Warum haben Sie Berthold umgebracht!«

»Was soll die blöde Frage?«

»Nun, ich verstehe es nicht. Nur weil Sie mir eins auswischen wollten?«

»Lassen Sie mich in Ruhe!«

Er trat ihm erneut gegen das Bein. »Das werde ich sicher nicht tun. Sie haben einen Menschen umgebracht, einfach nur so, ohne wirklichen Grund.«

»Quatsch, nicht ohne Grund, ich bin ja nicht der Gastmann. Meine Güte, was für eine Arbeit das war, den schlaffen Sack da hinaufzubefördern. Zum Glück bin ich sportlich und habe eine Kletterausbildung. Er sollte spüren, wie es ist, von dort oben herunterzustürzen!«

»So wie ihr Vater?«

Bester antwortete nicht.

Sival bohrte weiter, er wollte alles wissen: »Sie haben ihn aber zuvor mit K.-o.-Tropfen betäubt, wie konnte er so das … Flugerlebnis genießen?«

»Ich habe ihm nur wenige Tropfen gegeben. Als ich ihn hochgehievt hatte, wartete ich ein paar Minuten, bis er wieder wach war. Ich kann Ihnen das ruhig erzählen, glaubt Ihnen sowieso niemand. Und überhaupt – wer weiß, ob Sie hier jemals wieder lebend herauskommen.«

»Für jemanden, der gefesselt am Boden liegt, riskieren Sie eine ganz schön große Klappe. Ich könnte Sie einfach umbringen. Oder die Polizei rufen.«

»Pah! Die Polizei hätten Sie schon längst gerufen, wenn Sie wollten. Haben Sie aber nicht getan, weil sonst herauskommt, dass Sie meinen Vater auf dem Gewissen haben. Und mich umzubringen, haben Sie ja schon versucht. Aber Sie können es nicht. Sie sind zu feige.«

»Das war Pech, Sie sind aufgewacht und haben Ihren Kopf weggedreht.«

»Ich habe mich überhaupt nicht weggedreht, Mann, ich war gerade erst wieder zu mir gekommen, weil Sie wie ein Berserker meine Brust traktiert haben. Das hätte einen Toten aufgeweckt. Die Wahrheit ist: Ihnen fehlt einfach die Fähigkeit, sich von allen Konventionen dieser Welt zu verabschieden.«

»Was?«

»Natürlich. Du sollst nicht töten – die höchste Konvention. Du Mörder! Das Schlimmste, was man einem Menschen sagen kann. So sind die gesellschaftlichen Regeln. Aber womit hat ein Mensch wie Sie das Recht auf Weiterleben verdient?«

»Sie spinnen ja …«

»Oder schauen Sie mal auf die Politiker, die Waffenexporten zustimmen, Waffen, mit denen irgendwo auf der Welt Menschen umgebracht werden. Oder auf windige Fondsmanager, die wissentlich Familien ins finanzielle Verderben rennen lassen. Oder auf Eltern, die ihre Kinder schlagen, sie mit Nichtachtung bestrafen, ihnen eine adäquate Ausbildung entziehen, sie demütigen. Solche Menschen haben doch das Recht auf Weiterleben in einer Gemeinschaft verwirkt.«

»Meine Güte, sind Sie jetzt der Rächer der Unterdrückten? Ein moderner Robin Hood? Das sind komplizierte Sachverhalte, die kann man nicht einfach so in einer Nacht klären. Und schon gar nicht mittels Selbstjustiz.«

»Wie denn sonst? Es kümmert sich ja keiner darum. Oder haben Sie schon gehört, dass sich einer unserer Politiker ernsthaft um das Verbot von Waffenexporten und die Verhinderung von häuslicher Gewalt kümmert?«

»Na ja …«

»Haben Sie davon gehört? Ja oder nein?«

»Nein.«

»Na, sehen Sie.« Bester regte sich so auf, dass er schmerzvoll das Gesicht verzog. Er drehte sich langsam auf die Seite.

Sival sah demonstrativ zu der freigelegten Kamera empor und sagte: »Sie glauben also immer noch, ich hätte Schuld am Tod Ihres Vaters, obwohl dies vor Gericht einwandfrei verneint wurde?«

»Einwandfrei verneint …«, stöhnte Bester, »dass ich nicht lache!«

»Und deswegen haben Sie mir diese kindischen Todesanzeigen mit meinem Namen geschickt?«

»Ja, vielleicht war das kindisch«, sagte Bester leise. »Aber es hat mir geholfen.«

Sival stand auf und schrie ihn an: »Nun sprechen Sie wenigstens lauter, Mann, damit der Richter Sie verstehen kann!«

Bester drehte sich wieder auf den Rücken und sah ihn an. »Wenn mein Bauch nicht so schmerzen würde, würde ich jetzt lachen.«

»Es hat Ihnen also geholfen?«, fragte Sival.

»Ja, sage ich doch!«, rief Bester zurück.

»Wobei?«

»Das Ganze zu verarbeiten.«

»Das Ganze? Reden Sie gefälligst deutlich, Sie sind doch Deutschlehrer, das sollten Sie also können!«

»Na, den Tod meines Vaters natürlich und all das, Mann, lassen Sie mich in Ruhe!«

»Nein, ich lasse Sie nicht in Ruhe, *Sie* haben *mich* monatelang nicht in Ruhe gelassen, mich traktiert mit Ihren dämlichen Todesanzeigen, meinen Sie etwa, das war lustig? Nein, das war entnervend, das ging an mein inneres Gleichgewicht. Ich war nicht mehr ich selbst, mein Körper hat sich langsam von mir gelöst, verstehen Sie das?«

Bester antwortete nicht.

»Natürlich verstehen Sie das nicht, wie auch.«

»Ich habe Ihnen so viele Briefe geschrieben«, flüsterte Johannes Bester, »habe Sie gebeten, mir zu antworten, was genau geschehen ist auf der Baustelle. Ich habe Sie um Hilfe gebeten, einen Verantwortlichen zu finden, verstehen Sie, jemanden, an den ich mich halten konnte. Aber von Ihnen ist nichts zurückgekommen. Gar nichts. Null Komma nichts.«

»Ich habe keine Briefe bekommen.« Johannes Bester drehte sich ächzend wieder auf die Seite.

»Was für eine blöde Ausrede, ich habe Ihnen mindestens zehn Mal geschrieben, direkt ins Büro.«

»Wann war das?«

»Ungefähr drei Jahre nach dem Tod meines Vaters. Das Ganze hatte sich in mir aufgestaut, ich hielt es nicht mehr aus, wollte unbedingt wissen, was passiert ist.«

Alfred Sival überlegte. »Die geschäftlichen Turbulenzen in dieser Zeit führten zum Verkauf meiner Firma an Holzer, ich war damals nicht mehr der verantwortliche Geschäftsführer. Und um Ihren Argumenten gleich vorzubeugen: Das ist keine Ausrede. Man hatte mich sofort freigestellt. Ich durfte das Büro nicht mehr betreten. Habe viel Geld verloren damals.«

»Was ist schon Geld …«

»Ja, ja. Aber das war mein Lebenswerk. Es wurde mir von einem Tag auf den anderen aus den Händen gerissen.

»Nur eine kleine Antwort, eine banale Entschuldigung – das hätte mir damals schon gereicht. Heute verlange ich mehr.«

»Sie haben ja keine Ahnung, was es bedeutet, eine Firma mit über 200 Angestellten zu leiten. Das ist Verantwortung pur, für das Geschäft, die Gehälter, die Familien.«

»Ja und? Meinen Sie, als Lehrer hat man keine Verantwortung?«

»Und dabei immer auf Höhe der technischen Entwicklung bleiben, da darf man sich keinen Fehler erlauben.«

»Bildung, Ausbildung, das ist die offizielle Aufgabe der Lehrer. In Wahrheit leisten wir aber viel mehr.«

»Dazu noch der Konkurrenzdruck und der Preisverfall, was meinen Sie, was da los ist auf dem Markt!«

»Erziehen sollen wir sie auch noch. Fehler ausbügeln, die im Elternhaus gemacht werden, und wenn dann etwas schiefläuft, sind wir daran schuld!«

»Am Schönsten ist es, wenn man einen großen Auftrag an Land gezogen hat und dies stolz vor seinen Mitarbeitern verkünden kann!«

»Am Schönsten ist es, wenn ein Schüler einen Text – ein Gedicht zum Beispiel – wirklich verstanden hat, ihn in sich aufgesaugt und mit allen Sinnen erspürt hat. Ich merke das.«

»Sie sind ein feingeistiger, skrupelloser Perfektionist.«

»Kann sein.«

»Ich habe nichts übrig für Gedichte.«

»Das hab ich mir gedacht.«

»Wieso?«

»Sie sind eher ein Praktiker. Außen hartes Stahl, innen weiches Aluminium.«

Sival überlegte. »Möglich.« Er nahm die Wasserflasche aus dem Holzwagen, ging in den Waschraum und füllte sie auf. Er kam zurück, trank gierig. Bester sah ihm dabei zu. Sein Blick sagte nichts und verlangte nichts. Trotzdem schaute Sival sich um, entdeckte eine Zimmerpflanze, entfernte den Übertopf, spülte ihn aus und stellte ihn halbgefüllt neben Bester hin.

»Sind Sie sicher?«, fragte er mit Blick auf das Wasser.

»Ja.« Sival nickte. »Sicher.«

Bester führte den Topf mit seinen gebundenen Händen zum Mund und trank. Für einige Minuten sprachen die beiden Männer nicht. Alfred Sival sah auf die Uhr. Noch zehn Minuten bis Mitternacht. Sein Körper sehnte sich nach Schlaf. Aber es gab noch etwas zu klären. Er wusste selbst nicht genau, was es war, aber sein Gefühl sagte ihm, dass es besprochen werden musste, bevor sich keine Gelegenheit mehr dazu bot. Und unter all den unsicheren Vorzeichen der aktuellen Situation konnte das nur heißen: Es musste sofort geklärt werden.

Sival begab sich auf einen erneuten Rundgang durch die Ausstellungsräume im Obergeschoss. Vielleicht half ihm das, dem Ganzen näher zu kommen. *Das Ganze*. Ja, das war der Ausdruck, den Bester im Zusammenhang mit dem Tod seines Vaters gebraucht hatte. Das war das Wort, über das er gestolpert war. Zu dem *Ganzen* fehlte noch irgendetwas. Er musste es herausbekommen.

*

Es war kurz vor Mitternacht als Alex erwachte. Er hörte Lärm aus der Küche. Sein Vater und er standen fast gleichzeitig in der Küchentür. Die Mutter saß am Tisch und schlug mit dem Deckel gegen einen Topf, immer wieder, immer lauter. Ihr Blick richtete sich starr auf die Wand. Als Alex genau hinsah, merkte er, dass sie ein Bild fixierte, ein Kalenderbild: Tunis im Frühling.

Alex konnte nur ahnen, was in seiner Mutter vorging. Gestern war sie in einem Lebensmittelgeschäft von deutschen Jugendlichen angepöbelt und als »Mörder-Mutti« beschimpft worden. Heute Mittag hatte eine langjährige tunesische Freundin angerufen und gefragt, ob Skander tatsächlich unschuldig sei.

»Komm, Frau«, sagte der Vater, »du frierst, ich decke dich zu!« Damit nahm er der Mutter vorsichtig den Topfdeckel aus der Hand und führte sie aus der Küche.

»Skander«, sagte er beim Hinausgehen, »wir müssen zurück nach Tunesien. Deine Mutter schafft es nicht mehr hier in Deutschland. Es hat sich schon seit Monaten abgezeichnet. Die Anschuldigung gegen dich war nur der letzte Strohhalm, der den Rücken des Kamels brach. Du solltest hierbleiben. Der Anwalt wird dir helfen, mein Bruder wird sich um dich kümmern, du machst das Abitur und hast eine gute Ausbildung für die Zukunft.«

Alex sah ihn an. Er war nicht überrascht. »Danke, Vater. Aber das geht nicht, ich werde mitkommen.«

»Bist du sicher?«

»Ja, ich bin ganz sicher«, sagte Alex.

»Gut, dann stell dir den Wecker auf 7 Uhr. Wir fahren morgen früh.«

Skander Halima nickte. Dann schloss er seine Zimmertür.

FREITAG, 12. MAI

Für einige Minuten blieb es still im Offenbacher Museum für Stadtgeschichte. Dann erklangen von irgendwoher zwölf Schläge einer Turmuhr. Der Freitag hatte begonnen. Es war der Freitag, an dem Alfred Sival sterben sollte.

Er setzte sich ruhig neben Johannes Bester.

»Erzählen Sie mir genau, wie Ihr Vater gestorben ist.«

»Waaas?«

»Na los, erzählen Sie!«

»Lassen Sie mich in Ruhe. Verschwinden Sie von mir aus, und lassen Sie mich einfach hier liegen.«

»Nein.«

»Was … nein?«

»Ich lasse Sie nicht in Ruhe, ich will wissen, wie Ihr Vater gestorben ist. Ich will alles wissen. *Das Ganze*!«

Bester stöhnte laut auf.

»Na los schon!«, schrie Sival.

»Sie grobschlächtiger Blechfritze!«

»Erzählen Sie es mir … bitte!«

Bester atmete tief durch. Er hielt die Augen geschlossen, als er zu sprechen begann. »Es dauerte ein Jahr. Ein Jahr lang brauchte er zum Sterben. Er, der immer Angst vor dem Sterben hatte, nicht vor dem Tod, nein, nur vor dem Sterben als solches. Er lag in einer Art …«

»Koma?«

»Ja. Und manchmal hatte er sogar die Augen geöffnet, ich dachte dann, er könne mich sehen und hören, aber er reagierte nicht.«

»Wachkoma?«

Bester nickte stumm.

»Im Krankenhaus oder zu Hause?«, fragte Sival.

»Im Krankenhaus. Ich war jeden Tag dort. Immer mittags, nach dem Unterricht.«

»Sie haben also weiter unterrichtet?«

»Ja, natürlich, meine Schüler sollten doch nicht darunter leiden.«

»Hmm. Gut. Und dann?«

»Zunächst sprachen die Ärzte von einem apallischen Durchgangssyndrom. Nach einem halben Jahr mussten sie zugeben, dass es kein Durchgangssyndrom, sondern ein Dauersyndrom war. Sie sagten, er würde nie wieder aufwachen, und wollten die Beatmung abstellen. Ich habe das abgelehnt.«

»Hatte Ihr Vater eine Patientenverfügung?«

»Ja«, sagte Bester. Und mit langsamen Worten fügte er hinzu: »Er hat darin alle Entscheidungen an mich delegiert.«

»Die Ärzte mussten also das machen, was Sie verlangt haben.«

»Ja.«

»Okay, und was haben Sie verlangt?«

Bester antwortete nicht.

»Was – haben – Sie – verlangt, Bester?«

»Dass Sie die Beatmung weiterführen.«

»Und an was ist er dann schließlich gestorben?«

Bester atmete schwer. »Nach einem weiteren halben Jahr konnte ich nicht mehr. Ich habe nachgegeben.«

Sival richtete sich auf. »Ach, das heißt also, *Sie* haben

entschieden, dass die Maschinen abgestellt werden sollten?«

»Ja, Mann, verdammt, ja – so war es!«

Sival brauchte einen Moment, um das Gehörte zu verarbeiten. Er nahm einen Schluck aus der Wasserflasche.

»Und seitdem schwirrt die lästige Fliege der Schuldfrage um Sie herum?« Sival erwartete keine Antwort, denn die Antwort war klar, sie musste nicht ausgesprochen werden. »Dass Sie sich schuldig fühlen, verstehe ich, auch wenn es nicht notwendig ist …«

»Doch.«

»Aber warum machen Sie mich zum Ersatzschuldigen?«

Wieder erwartete Sival keine Antwort, denn die einzige Antwort, die es gab, wollte Bester sicher nicht hören.

Endlich kannte Alfred Sival das *Ganze*. Dieses Wissen gab ihm Ruhe. Johannes Bester hatte jemanden gefunden, dem er das gesagt hatte, was irgendwann einmal ausgesprochen werden musste. Und seinen Beichtvater bringt man nicht um.

»Was war zwischen Ihnen und Ihrem Bruder?«, fragte Bester.

»Ich dachte, Sie hören endlich mal auf, mich zu nerven!«

»Ob Sie wollen oder nicht, unsere Lebensläufe haben sich gekreuzt, und zwar auf eine nicht alltägliche Weise. Also, was war mit Berthold?«

»Er war auf dem besten Weg, sein Erbe zu versaufen, die Hälfte unseres Elternhauses in Düsseldorf, das wir beide geerbt hatten. Streit hat es gegeben, einen Riesenstreit, weil ich unser Elternhaus liebte, ich wollte es behalten und renovieren. Eine Villa aus den 30er-Jahren, nicht elegant, nicht pompös. Aber so … vertraut und … friedsam. Es hängen unschuldige Erinnerungen daran.« Er legte eine Pause ein. »Berthold hatte seinen Teil des Geldes bereits verbraucht, noch bevor die Renovierungsarbeiten überhaupt beginnen konnten. Größtenteils versoffen, in der Düsseldorfer Altstadt und am Ballermann. Trotz des Streits habe ich meinen Bruder niemals geschlagen.«

»Sicher?«

»Ganz sicher. So etwas wäre mir nie in den Sinn gekommen. Wir sind ohne Schläge erzogen worden. Der Amtsarzt hat mir aber nicht geglaubt, nur weil Berthold von seinen monatelangen Sauftouren jede Menge blaue Flecke und Beulen mit sich herumtrug. Und weil ich ein Motiv hatte. Zum Glück fand ich einen hervorragenden Strafverteidiger hier in Offenbach, der hat mich rausgepaukt.«

»Na, dann ist ja alles gut.«

»Was soll das heißen?«

»Na ja, gut, dass Sie einen Staranwalt hatten, wahrscheinlich den Jansen, kennt ja jeder, wohnt bequemerweise gegenüber von Ihnen.«

Sival sah ihn überrascht an, sagte aber nichts.

»Ihr Bruder war offensichtlich alkoholkrank«, sagte Bester, »vielleicht hätten Sie ihm von dem Anwaltshonorar besser eine Entziehungskur bezahlt.«

»Entziehungskur? Pah! Dem war nicht mehr zu helfen.«

»Manche schlagen nach der lästigen Fliege, andere bemerken sie gar nicht.«

Alfred Sival hatte keine Lust mehr auf diese Unterhaltung. Für ihn war der Fall erledigt. Er stand auf, nahm Besters Rucksack, den er als Kissen benutzen wollte, ging in den Nachbarraum, legte sich dort auf eine Schräge vor den Fenstern und deckte sich mit seinem Mantel zu. Er vergewisserte sich noch kurz, dass er das Springmesser in der Hosentasche hatte, dann glitt er in einen tiefen Erschöpfungsschlaf.

*

Franziska saß missgelaunt beim Frühstück. Sie hatte gerade den ersten Schluck Milchkaffee genommen, als ihr Handy klingelte. »Hallo?«

»Hier Alex, ich muss dir dringend was erzählen.« Dann berichtete er ihr, was in der Nacht passiert war.

»Ach du meine Güte«, sagte Franziska, »das tut mir echt leid für deine Mutter.«

»Danke. Das ist aber noch nicht alles. Mein Vater hat entschieden, nach Tunesien zurückzugehen. Er sieht nur dort eine Chance für meine Mutter, wieder zu sich selbst zu finden. Sie hatte es schon immer schwer, hier in Deutschland. Wegen der Sprache und … sie fand keine feste Arbeit, nur befristete Jobs. Und jetzt auch noch dieser Verdacht.«

»Alex, was willst du mir damit sagen?«

»Es ist irgendwie schade, Franzi. Aber ich werde mitgehen.«

»Waaas?«

»Es geht nicht anders. Die Familie geht vor.«

»Ja, ähm, ja, Alex, das ist gut. Ich meine, dass die Familie vorgeht.« Sie schluckte.

»Kannst du mir bitte einen Gefallen tun?«, fragte er.

»Ja, ähm, natürlich.«

»Ich habe doch eine Meldeauflage, aber um die kann ich mich jetzt nicht mehr kümmern, ich fahre gleich.«

»Heute noch?«

»Ja, sofort. Ich war gerade eben auf dem Revier, bis morgen werden die mich nicht vermissen, und bis dahin bin ich über die Grenze. Meinen deutschen Pass musste ich abgeben, aber ich habe noch einen tunesischen. Ich will nur nicht, dass meine Abreise als Flucht oder sogar als Tateingeständnis angesehen wird. Unseren Anwalt haben wir informiert, ich möchte aber gerne, dass auch die Polizistin meine Gründe kennt. Kannst du ihr das bitte erklären? Du kennst sie doch auch.«

»Ich weiß nicht …«

»Bitte. Ich kann auch einfach so abhauen, aber mir liegt viel daran, dass sie Bescheid weiß. Und du bist die Einzige, die ihr das perfekt erklären kann.«

»Perfekt?«

»Ja, so ist es.«

»Gut, dann spreche ich mit ihr.« Sie war froh, dass er ihre feuchten Augen nicht sehen konnte.

»Danke, Franzi. Und …«

»Was?«

»Es war schön, dich kennengelernt zu haben. Besslema.«

»Besslema.«

Dieser Tag meinte es nicht gut mit ihr. Bevor sie Gelegenheit hatte, die Neuigkeiten von Alex zu verarbeiten, klingelte das Festnetztelefon. Eva. Endlich. Sie sei mit Gianni gestern bei ihrer schwer kranken Mutter gewesen, bis spätabends. Ja, Gianni sei bei ihr und nein, sie hätten noch nichts von Herbie gehört.

»Pass auf, Franzi, ich habe eben ausführlich mit Gianni gesprochen. Nach meiner weiblichen Intuition …«

Endlich mal eine vernünftige Herangehensweise, dachte Franziska.

»… kann Herbie nicht in Frankreich sein.«

»Was? Wieso denn?«

»Enttäuschte Liebe«, sagte Eva Lorenz.

»Wie?«

»Herbie hatte während seiner Jugendzeit eine französische Freundin.«

»Opa hatte mal eine Freundin?«

»Natürlich. Er war doch auch einmal jung.

»Ja klar, aber Opa …«

»Das war nur kurz, außerdem lange Zeit, bevor er deine Oma kennenlernte. In Puteaux. Der Vater des jungen Mädchens verbot ihm, einen deutschen Freund zu haben.«

»Warum das denn? Wegen der Kriegsgeschichten?«

»Genau. Die waren damals in den 60er-Jahren noch sehr präsent.«

»Verstehe.«

»Und seitdem ist er nie wieder in Frankreich gewesen.«

Franziska war beeindruckt. »Wie hieß das Mädchen denn?«

»Chantal.«

»Aha. Und jetzt?«

»Das Ganze gefällt mir gar nicht«, meinte Eva, »er war seit 50 Jahren nicht mehr in Frankreich, warum sollte er ausgerechnet jetzt die Geschichte aufarbeiten wollen? Gianni hat dafür keine Erklärung. Du vielleicht?«

»Nein, keine Ahnung«, antwortete Franziska, »er hat es Gianni aber per E-Mail mitgeteilt.«

»Na gut, eine E-Mail kann man auch … manipulieren.«

»Ist das nicht ein bisschen weit hergeholt?«

»Normalerweise unterschreibt dein Großvater seine E-Mails an Gianni immer mit Herbie. Unter dieser stand Herbert. Jemand Fremdes könnte an seinem Laptop gewesen sein, der befindet sich nämlich noch in Sivals Haus, dort, wo er zuletzt recherchiert hat. Wie derjenige an sein Passwort gekommen sein könnte, wissen wir allerdings nicht. Aber heutzutage gibt es da sicher Programme.«

»Dort in der Nähe steht auch noch seine Vespa.«

»Aha. Moment mal, bitte …« Eva schien den Hörer zuzuhalten.

»Kannst du in zehn Minuten vor Sivals Haus sein?«

»Klaro, ich komme!«

»Gut, du sollst aber unbedingt auf Gianni warten, dort gibt es nämlich einen Hund, der sein Revier verteidigt. Und Franzi …«

»Ja?«

»Vergiss die Schule für heute. Du bist krank, ich erkläre Andreas das später, und er schreibt dir eine Entschuldigung.«

»Notlüge?«

»Genau. Notlüge wegen Lebensgefahr!«

Das letzte Wort schnürte Franziska fast den Hals zu. Sie schob den Milchkaffee weit von sich und stand auf.

*

Eine Frauenstimme drang an Sivals Ohr. »Was ist denn hier los? Hier war doch jemand …«

Er setzte sich auf. In Sekundenbruchteilen erfasste er die Situation, raffte seinen Mantel, den Rucksack und die Wasserflasche zusammen, duckte sich am Durchgang zum Nachbarraum hinter der Wand und lugte vorsichtig in Richtung Stadtmodelle. Bei Tageslicht sah alles anders aus. Unaufgeräumt, besser gesagt: chaotisch. Der keltische Grabwagen stand immer noch in der Mitte des Raums, der Stuhl daneben, die Mumie am Boden. Von Bester keine Spur. Einige Fetzen Paketklebeband lagen am Boden, daneben die Spitze der keltischen Lanze. »Verdammt«, murmelte er leise vor sich hin. Immerhin – Bester hätte ihn im Schlaf erschlagen können.

Neben der Kasse stand eine Frau, sie kehrte ihm den Rücken zu und telefonierte: »Gut, also Sie rufen die Polizei, ich prüfe, ob etwas fehlt. Ja, danke, Herr Dr. Eichenauer!«

Die Schritte der Frau entfernten sich, sie schien die Gemälde in der alten Industriehalle zu kontrollieren.

Sival schlich in die Garderobe. Nichts rührte sich. Am Haken hing noch sein Hut, er setzte ihn auf. Vorsichtig bewegte er sich weiter in Richtung Eingangsbereich. Er hörte die Frau in der Industriehalle herumlaufen. Dann öffnete sie die Tür zu den Toiletten, den Klang kannte Sival inzwischen. Schnell stahl er sich an der Kasse vorbei und hastete die Treppe hinunter. Fast hatte er den Ausgang erreicht, als ein gellender Schrei ertönte. Er zögerte einen Moment, wusste dann aber, was passiert war: Die Frau hatte den blutverschmierten Spiegel entdeckt. Er öffnete die Tür, musste sich sehr zurücknehmen, um nicht sofort loszurennen, zog den Hut ins Gesicht und lief schnellen Schrittes, so wie ein Mann, der seinem

Arbeitsplatz zueilt, in Richtung Main. Nach wenigen Minuten hatte er den Parkplatz am Tiefkai erreicht. Ob er nun zu nervös war, den Wagen zu starten, oder ob dem Fahrzeug die Nacht im Freien nicht bekommen war, jedenfalls sprang der Motor nicht an. Nach zehn Minuten gab er entnervt auf. Erneut schulterte er den Rucksack und ging zurück in Richtung Büsingpalais, passierte den Lilitempel, durchquerte den Park, vorbei am Stadtcafé und dem Monopteros, bis er die Kaiserstraße erreicht hatte. Er war schon versucht, ein Taxi anzuhalten, doch das schien ihm zu riskant. So ging er weiter, die Berliner Straße entlang, wurde langsamer, die Füße taten ihm weh, aber sie trugen ihn immer weiter weg vom Bernardbau, weg von den Geschehnissen der Nacht. Was ihn trieb, war die Sehnsucht nach Ruhe: zu Hause auf der Couch liegen und durchatmen. Plötzlich stand er vor dem 2. Polizeirevier – nein, das war nicht gut, schnell überquerte er die Straße, ließ das Kinocenter rechts liegen und erreichte schließlich die Frankfurter Straße. Er merkte, dass er es zu Fuß nicht nach Hause schaffen würde. So wartete er am Ledermuseum auf einen Bus. Zum Glück musste er sich nicht lange gedulden, der Bus war fast leer, die meisten Menschen hatten ihre Arbeitsstätte bereits erreicht. Aus reiner Neugier durchsuchte er Besters Rucksack: ein Stapel roter Plastiktüten, ein Kletterseil, diverse Haken und ein kleines Notizbuch. Er blätterte es durch. Verschiedene Daten, Zeitangaben und Adressen. Er konnte zunächst nichts Interessantes erkennen. Dann entdeckte er auf der letzten beschriebenen Seite ein paar kurze, aufgereihte Zeilen. *Das Gedicht.* So lautete die Überschrift.

Es ist makellos –
wie Blütenblätter,
die sich unter dem Tau
des Morgens
entfalten.
Es ist rein –
wie eine Melodie,
die allen anderen Klängen
um sich herum
Stille gebietet.
Es ist stark –
wie die Essenz des Daseins,
die uns das unverhoffte
Alltagsglück
erkennen lässt.
So ist das Gedicht.

Zum ersten Mal nahmen ihn ein paar wenige Zeilen so gefangen, dass er sich gedanklich verlor und in einen unbekannten Kosmos abtauchte. Er konnte nicht umhin, seinem ehemaligen Gegner einen gewissen Respekt zu zollen. Da er kein geübter Buspassagier war, hätte er bei seinen literarischen Halluzinationen fast die Haltestelle verpasst, lediglich die Lautsprecherdurchsage ließ ihn aufhorchen. Er nahm den Rucksack und lief die Dickstraße hinauf in Richtung Bäckerei Kress. Als er das Schaufenster sah, merkte er, dass er Hunger hatte. Riesigen Hunger. Er ging hinein und kaufte zwei Kreppel – dafür war der Bäcker bekannt –, einen mit Marmelade, einen mit Vanillecreme. Dann ging er langsam den Buchrainweg hinauf und biss in das Gebäck. Die Marmelade lief ihm an den Wangen hinunter, er wischte sie mit den Handrücken weg und hoffte, Herr Schuldt würde ihm nicht über den Weg laufen. Oder dessen widerlicher Köter. Wie hieß der noch? Berti. So nannte ihn Schuldt immer. Als Kind hatte er seinen Bruder auch so genannt.

*

Auf dem Weg zu Sivals Haus zog Franziska den Reißverschluss ihrer Jacke hoch. Es war nicht wirklich kalt, ein schöner Frühlingstag, die Sonne lugte sogar zwischen den Wolken hervor. Aber sie fror. Im Gehen tippte sie schnell ein paar Zeilen an Jacky ins Handy, sie könne heute nicht in die Schule kommen, mehr dazu später. Gianni wartete bereits vor Sivals Haus. Der Hund war nicht zu sehen. Sie nahmen den Weg zur Eingangstür, diese war verschlossen. Gianni wies ihr die Richtung rechts um das Haus herum, als würde er sich hier auskennen, blickte dann vorsichtig um die Ecke. Er winkte. Sie stiegen über einen Haufen zerbrochener Zaunlatten. Kaum waren sie um die nächste Hausecke gebogen, sahen sie das Tier. Hinter der Terrasse saß es ruhig am Boden, direkt vor einem der Kellerfenster. Gianni ging langsam auf den Hund zu, hielt plötzlich ein Stück Salami in der Hand. Franziska hatte Respekt vor Hunden, sie blieb zurück auf der Terrasse, und während Gianni mit Engelszungen auf das Tier einredete, drückte sie in einer Mischung aus Neugier und Zufall die Terrassentür auf. Sie war nicht abgeschlossen. Schon stand sie im Wohnzimmer. Interessiert betrachtete sie Sivals Einrichtung. Dann sah sie auf dem Esstisch einen Laptop, der verdammt so aussah wie der ihres Opas. Sie war keine Computerexpertin, aber in diesem Fall war sie sich ziemlich sicher. Sie suchte weiter. Auf dem Couchtisch lagen ein paar seltsame Kabel, was sie dazu veranlasste, auch die Couch näher zu untersuchen. Und tatsächlich wurde sie fündig: Zwischen den Sitzkissen schaute ein Mobiltelefon hervor. Eines, das sie genau kannte: das Handy von Opa Herbert. Fast schon mechanisch nahm sie es an sich, schaute sich weiter um. Er musste hier sein. Ihr Herz schlug kräftig, schnell, mahnend. Langsam ging sie in den Flur, dann in die Küche. Niemand zu Hause. An der Kühlschranktür hing eine Todesanzeige, seltsamerweise auf den Namen Alfred Sival. Komisch, dachte sie, der lebte doch noch. Hatte Jacky jedenfalls behauptet.

In diesem Moment hörte sie Geräusche von der Haustür. Sie sah sich um. Die Haustür wurde geöffnet. Da – ein Vorhang. Sie zog ihn auf, Schrubber und Besen standen dahinter, aber noch genug Platz, um sich zu verstecken. Sie hatte gerade den Vorhang hinter sich zugezogen, als Schritte erklangen.

*

So sehr Herbert sich über Bertis Erscheinen gefreut hatte, so sehr war er auch enttäuscht, dass der Hund keine Hilfe holte. Er wich nicht von seiner Seite. Die gesamte Nacht über hatte er vor dem Fenster des Heizungskellers gesessen und ihn bewacht, ihn angegrinst und sich gefreut, in der Nähe seines Gulaschsuppenfreunds zu sein. Sie schliefen zusammen ein, wachten zusammen auf und schliefen wieder ein. Für Herbert verschwammen Tag und Nacht in einer einzigen gleichförmigen Zeitmelange. Wenn er nur wenigstens ein Radio gehabt hätte mit menschlichen Stimmen, Nachrichten, einer Zeitansage und ab und zu einem seiner Lieblingslieder. ›Yesterday‹ oder ›Sgt. Pepper's Lonely Hearts Club Band‹. Er vergaß sogar zu trinken, obwohl er sich an das Heizungswasser gewöhnt hatte. Sein Magen tat nicht mehr weh, der Hunger hatte sich versteckt. Er wusste, dass er irgendwann mit großer Macht wiederkommen würde, doch er war zu schwach, um darüber nachzudenken.

Plötzlich meinte er, eine Stimme zu hören. Er war kurz davor, ›Help‹ zu rufen, brachte jedoch kein einziges Wort heraus. Dann erklang etwas Ähnliches wie: »Komm, sei ein braver Hund, komm …« Ein kurzer Blick nach oben zeigte ihm, dass Berti noch immer vor dem Fenster saß – eine treue Seele. Er vernahm einen dumpfen Schlag aus dem Kellerraum nebenan, schließlich das Geräusch eines sich drehenden Schlüssels. Er versuchte die Augen erneut zu öffnen. Es gelang ihm nur kurz, die Stahltür schien sich zu bewegen, zwei Beine erschienen in seinem Gesichtsfeld, er schwebte, wurde von starken Armen hochgehoben und kurze Zeit später wieder abgelegt.

»Bon di, Herbie!«

Er konnte nicht antworten, bekam frisches Wasser eingeflößt, rappelte sich endlich auf und setzte sich. Gianni reichte ihm ein feuchtes Handtuch, mit dem er sich das Gesicht säubern konnte, das tat gut. Ganz langsam realisierte er seine Rettung. Noch einmal nahm er einen kräftigen Schluck Wasser. Er drückte dankbar die Hand seines Freundes.

Gianni grinste. »Der Hund hat mir den Weg gezeigt. Bin durch das Waschküchenfenster eingestiegen. Wie geht es dir?«

»Danke, ging schon mal besser«, krächzte Herbert. Er sah sich um. Offensichtlich befand er sich auf dem Boden der Waschküche in Sivals Haus.

»Salami?«, fragte Gianni. »Der Hund wollte sie nicht.«

Herbert lächelte. »Danke!« Gierig schlang er die Wurst hinunter, spülte ein ums andere Mal mit Wasser nach. Seine Kraft kehrte langsam zurück.

»Psst!«, machte Gianni, schlich sich vor zur Treppe, die ins Erdgeschoss führte, und kam sofort wieder zurück. »Oben ist jemand, wir sollten verschwinden!«

*

Alfred Sival hängte den Rucksack an die Garderobe und löste seine Armschiene. Endlich frei! Er bewegte den Arm in alle Richtungen, es fühlte sich gut an. Dann betrat er die Küche. Er wollte sich einen Kaffee brühen. Damit sah er sich bereits gemütlich auf der Couch sitzen, einen alten Film sehen, abschalten, schlafen. Hoffentlich würde ihn niemand stören.

Die Kaffeedose war fast leer, wer hatte denn …? Herbert Falke! Wie ein innerer Zündfunke leuchtete der Name in seinem Kopf auf. Verdammt, jetzt musste er sich auch noch um diesen lästigen Menschen kümmern, der seinen Kaffee konsumiert hatte, als wäre es sein eigener. Na gut, zwei Nächte im Heizungskeller brachten niemanden um, und auf ein paar Stunden mehr oder weniger kam es auch nicht an.

Er schüttete den kleinen Rest Kaffeepulver in den Mülleimer und holte ein neues Päckchen aus dem Schrank. Als er die Goldfolie aufschnitt, streute er einen Teil des Inhalts auf den Boden. Er schüttelte den Kopf über seine eigene Ungeschicklichkeit. Dann suchte er Handfeger und Kehrschaufel. Unter der Spüle fand er sie nicht, obwohl er seiner Haushaltshilfe schon hundert Mal Anweisung erteilt hatte, sie dort zu deponieren. Na ja, er brauchte sowieso eine neue Perle. Hinter dem Vorhang? Ja, das war die einzige Möglichkeit.

Anderseits – nach den Erlebnissen der vergangenen Nacht gab es andere Prioritäten als Sauberkeit. Er schob die Kaffeekrümel mit dem Fuß linkisch zur Seite. Dann befüllte er die Kaffeemaschine. Mit dem typischen Blubbern und Röcheln begann diese zu arbeiten. Als Alfred Sival sich umdrehte, stand ein Mann in der Küchentür. »Da bin ich wieder!«

*

Eigentlich hatte Dr. Bester genug von Alfred Sival. Er hatte keine Lust mehr, sich mit ihm auseinanderzusetzen. Als er nach der Flucht aus dem Museum sein Auto erreicht hatte, war ihm jedoch aufgefallen, dass Sival seinen Rucksack mitgenommen hatte. Zu viele Dinge waren darin, die ihn mit dem Mord an Berthold Nowak in Verbindung brachten. Konnte ihm das gefährlich werden? Nur wenn Sival damit zur Polizei ging, und dies war nach der beiderseitigen Abneigung gegenüber der staatlichen Ordnungsmacht unwahrscheinlich. Sival konnte ihn damit erpressen, aber auch das hielt Bester für unwahrscheinlich, solange er ihn in Ruhe ließ. Trotzdem zog ihn irgendetwas zu Sival hin, er konnte seine Gefühle nicht ordnen. Die Schmerzen ließen sich einigermaßen aushalten. Doch die fünf Zentimeter lange

Fleischwunde, die die Lanze hinterlassen hatte, musste er verbinden, sonst würde sie wieder anfangen zu bluten. Langsam, in gebückter Haltung ging er zurück zum Tiefkai, setzte sich in sein Auto und öffnete den Verbandskasten. Mühsam gelang es ihm, eine Art Druckverband anzulegen, der die weitere Blutung verhinderte. Danach musste er sich ausruhen und döste eine halbe Stunde, den Sitz nach hinten gekippt. Später startete Dr. Johannes Bester seinen alten gelben Peugeot Kombi und fuhr damit in Richtung Sprendlinger Landstraße. Er parkte vor der Druckerei, dort, wo er schon einmal gestanden hatte.

Seltsamerweise näherte er sich Alfred Sival diesmal mit eher gemäßigten Gefühlen. Das wunderte ihn. Sivals »Tut mir leid, was mit Ihrem Vater passiert ist!« zog sich immer und immer wieder durch seinen Kopf. Zum ersten Mal hatte ein anderer Mensch sein Leid anerkannt. Und das seines Vaters. Ohne Einschränkungen. Ohne ein »Ja, aber …« Er wagte es kaum, vor sich selbst zuzugeben, aber sein Hasspegel war gesunken.

Er wollte nicht von der Straße aus gesehen werden, schlich sich also von hinten durch die Gärten. Beim wochenlangen Erkunden von Sivals Haus hatte er einen kleinen Pfad entdeckt, von dem aus man nur einen einzigen Garten mit einem morschen Zaun durchqueren musste, um den rückwärtigen Teil von Sivals Grundstück zu erreichen. Vor dem Kellerfenster stand der dämliche Hund des Nachbarn, er schnüffelte aufgeregt am Fenster, winselte freudig und wedelte mit dem Schwanz, ohne auf irgendwelche ungebetenen Besucher zu achten. Auf der Terrasse angekommen, sah er, dass die Tür zum Wohnzimmer geöffnet war. Na also, Glück musste man haben. Wenig später stand er in der Küchentür. »Da bin ich wieder!«

*

Sival erschrak. »Was machen Sie denn hier?«

»Ich wollte meinen Rucksack holen«, antwortete Johannes Bester.

»Ach ja, der hängt an der Garderobe. Wie sind Sie denn in mein Haus gekommen?«

»Die Terrassentür stand offen.«

Dieser verdammte Herbert Falke, dachte Sival.

»Haben Sie einen Kaffee für mich?«

Sival sah ihn überrascht an. »Na ja, warum nicht.«

Er holte zwei Tassen aus dem Schrank. »Mit Milch?«

»Ja, bitte!«

Sival ging zum Kühlschrank. Er griff nach der Tür. Dann hielt er inne. ›Plötzlich und unerwartet wird unser lieber Alfred Sival bereits am Freitag, dem 12. Mai, von uns gehen.‹ Er schwankte, hielt sich am Kühlschrank fest.

»Ist was mit Ihnen?«, fragte Bester von hinten.

»Nein, nein, nur ein bisschen schwindlig, das geht gleich vorbei!« Dieser scheinheilige Mörder. Er war gekommen, um sein Werk zu beenden. Aber so leicht konnte er einen Alfred Sival nicht hereinlegen. Sein Bauch, ja, das war die richtige Angriffsstelle. Er goss einen Kaffee ein und ging mit der Tasse langsam auf Bester zu. »Hier, Ihr Kaffee!«

»Danke, aber ich wollte doch mit …«

Sival genügte eine kurze, heftige Bewegung mit dem rechten Arm, um den kochend heißen Kaffee auf Besters Bauch zu kippen.

»Ahh, Mann, Sie Idiot, was soll denn das?«

Bester beugte sich schmerzverzerrt nach vorn, drehte ihm die Seite zu, den Nacken und den Hals. Sival wusste, dass ein einziger Stich in den Hals tödlich sein konnte. Er griff in seine Hosentasche. Mit einem kurzen metallischen Geräusch ließ er das Springmesser herausschnappen.

»Achtung, Herr Dr. Bester!«, rief eine Frauenstimme. Sival sah nur noch, wie Bester herumwirbelte und seine Schuhspitze näher kam. Dann gingen die Lichter aus.

*

Gianni schob Herbert durch das Fenster nach oben. Berti empfing ihn oben im Garten.

»Siehst du, der Hund lächelt!«, sagte Herbert.

Gianni sah ihn an, als zweifelte er an seinem Verstand. So etwas gab es ja nach längerer Gefangenschaft: Wahrnehmungsstörungen, Halluzination, Fata Morgana. Er wollte ihn direkt zum Arzt bringen, doch Herbert lehnte das ab, er stützte sich auf seinen Retter und humpelte vor bis zur Straße. Eine Dusche und eine Hühnersuppe, mehr brauche er nicht. Schlafen? Nein, dazu war keine Zeit, außerdem habe er die letzten Tage genug geschlafen.

Plötzlich hielt Gianni inne: »Wo ist Franziska?«

*

Franziska hatte selten wirklich Angst. Doch heute war es so weit. Sie sah den alten Mann in der Küche hantieren – sie konnte sich nach allen Informationen zusammenreimen, dass es sich um Alfred Sival handeln musste – und versuchte, sich so still wie möglich zu verhalten, nicht zu husten, gegen keinen Besen zu stoßen und den Vorhang nicht zu bewegen. Der Alte verschüttete Kaffeepulver auf dem Boden und suchte gleich darauf Handfeger und Kehrschaufel, die neben ihrem linken Fuß lagen. Franziska befürchtete, in der nächsten Sekunde entdeckt zu werden, aber nichts geschah. Der alte Mann hatte es sich anders überlegt, brauchte wohl dringend einen Kaffee. Glück gehabt. Als die Kaffeemaschine lief, hörte sie plötzlich eine Stimme. Eine ihr wohlbekannte Stimme: »Da bin ich wieder!« Franziska brauchte lange, um zu begreifen, dass es die Stimme war, die sie über Jahre durch ihr Schülerleben begleitet hatte, die ihr Goethe, Droste-Hülshoff und Dürrenmatt nahegebracht hatte: Dr. Johannes Bester.

Was machte ihr Lehrer hier? Sie hielt es kaum aus hinter dem Vorhang, überlegte, ob sie sich zu erkennen geben oder einfach wegrennen sollte. Aber der Weg zur Küchentür war ständig durch einen der beiden Männer versperrt. Offensichtlich schienen sie sich zu kennen, sie war nicht sicher, ob sie sich freundschaftlich unterhielten, etwas reserviert vielleicht. Erst jetzt sah sie, dass der Alte ein blau unterlaufenes Auge und ein schiefes Gesicht hatte. Auch ihr Lehrer sah anders aus, er hatte eine unnatürliche Haltung, nach vorn gebeugt … Dann verschüttete der alte Mann den Kaffee, zum Teil über Dr. Bester, der schrie auf, sie wusste kaum, was passierte, weil alles so schnell ging, bis sie plötzlich eine Klinge aufblitzen sah.

»Achtung, Herr Dr. Bester!«

*

Gianni sah Herbert entsetzt an. »Franzi war gar nicht mit im Keller!«

»War Franzi denn auch hier?«, fragte Herbert verwirrt.

Gianni nickte. Sein Gesicht tendierte gegen farblos. »Setz du dich in mein Auto, ich komme gleich zurück!« Vor lauter Aufregung wurde aus dem ›komme‹ ein deutliches ›chomme‹.

»Aber …«

Gianni Mussner ließ keinen Protest zu, schon stand er vor Sivals Haustür. Er klingelte.

*

Besters Bauch schmerzte zwar von dem heißen Kaffee, aber er hatte Glück gehabt, denn der Druckverband hatte das meiste aufgesaugt. Die schnelle Drehung, die er ausgeführt hatte, um Sivals Messerstich abzuwehren, hatte mehr Schmerzen verursacht. Dieser Idiot. Schade, dachte er. Endlich war da ein Mensch, der sein Leid anerkennen mochte, da kehrte er sich wieder gegen ihn.

»Was machen *Sie* denn hier?«, unterbrach Franziska seine Gedanken.

»Das Gleiche wollte ich dich auch gerade fragen«, entgegnete Dr. Bester.

»Ich dachte, Sie sind mit meinem Vater in der Rhön?«

»Erst einmal vielen Dank. Du hast mir wahrscheinlich das Leben gerettet.«

Franziska lächelte unsicher. »Sie meinen, der wollte Sie umbringen?«

»Ja natürlich!«

Franziska riss die Augen auf. »Aber warum?«

In diesem Moment klingelte es an der Haustür.

»Pass auf, Franziska«, flüsterte Dr. Bester, »der Sival wollte mich ermorden, ich weiß wirklich nicht, warum, es kann sein, dass seine Kumpane vor der Tür sind, wir müssen sofort weg hier.«

Franziska schien es zu glauben. »Aber … was machen wir denn jetzt?«

»Abhauen, über die Terrasse.«

Erneutes Klingeln.

»Schnell!«

Sie rannte vor ihm her, er schnappte sich geistesgegenwärtig den Rucksack im Flur und folgte ihr, hinter dem Haus war niemand, er zog sie am Arm. »Hier lang!« Innerhalb weniger Sekunden waren sie zwischen den Büschen verschwunden.

*

Gianni meinte, Geräusche im Haus gehört zu haben, aber niemand öffnete. Er klingelte noch einmal. Keine Reaktion. Zum dritten Mal ging er rechts um das Haus herum, immer darauf bedacht, nicht wieder auf den Hund zu stoßen. Doch der war nirgends zu sehen. Der Garten war leer. Einen kurzen Moment meinte er, in den Forsythienbüschen eine Bewegung erkannt zu haben, aber es flog nur ein Vogel auf. Er sah sich um. Die Terrassentür stand weit offen. Er ging hinein. Auf dem Tisch befand sich Herbies Laptop, den musste er später holen, auch die anderen Utensilien, die er für seinen Überwachungsjob gebraucht hatte, lagen noch auf dem Wohnzimmertisch. Er ging langsam weiter, in den Flur, dann in die Küche. Alfred Sival saß auf dem Küchenboden, ein Auge blau unterlaufen, die Nase geschwollen und eine Platzwunde am Kinn. Er fragte ihn, was passiert sei, aber Sival war nicht in der Lage, einen klaren Satz herauszubekommen. Zum zweiten Mal innerhalb weniger Tage wählte er die 112.

*

Franziska wunderte sich über das Verhalten ihres Lehrers. Er war ungewohnt nervös und heizte mit seiner alten Karre durch Offenbach, als gäb's kein Morgen. Sie hatte das dringende Bedürfnis, sich anzuschnallen. Das Schloss für den Sicherheitsgurt auf der Beifahrerseite funktionierte nicht richtig, sie brauchte mehrere Versuche, bis es endlich einrastete. Dann tippte sie in Windeseile eine Nachricht in ihr Handy: ›Alles okay, bin im Auto bei Dr. Jo‹. Weiter kam sie nicht.

»Was machst du da?«, fragte Dr. Bester.

Sie sah in verwundert an. »Ich habe nur schnell was gesimst.« Instinktiv drückte sie auf Senden.

Dr. Bester bog halsbrecherisch um eine Kurve. »Was soll das? Gib her!« Damit riss er ihr das Handy aus der Hand und warf es aus dem Fenster.

»Aber mein Handy …«

»Halt den Mund!«, rief er. Dann hielt er die rechte Hand auf Franziskas Gurtschloss und fuhr weiter, mit der linken Hand steuernd.

Franziska schluckte. »Ist das denn der Weg nach Obertshausen?«

»Nein, das ist *nicht* der Weg nach Obertshausen.«

*

Herbert verstand den Rummel um Alfred Sival nicht, und es war ihm auch egal. Der Kerl hatte ihn zwei Tage im Heizungskeller eingesperrt, und wenn er dafür irgendwie bestraft wurde, dann war das rechtens.

Gianni war zu seinem Auto zurückgekommen und hatte ihm durchs Autofenster zugerufen, dass Sival verletzt im Haus liege, der Notarzt unterwegs sei und er nach Franzi suche.

Herbert verstand nicht, was mit Franziska passiert war, zunächst hatte er angenommen, sie war gar nicht Teil der Befreiungsaktion gewesen, aber er schien sich getäuscht zu haben. Er konnte sie auch nicht anrufen, da er sein Handy verloren hatte, wahrscheinlich lag es noch irgendwo in Sivals Haus. So blieb ihm nichts anderes übrig, als weiter auf Gianni zu warten.

Endlich kam der Notarztwagen. Zwei Minuten später nahm Gianni wieder auf dem Fahrersitz seines Autos Platz. Er keuchte, war abgehetzt und nervös. »Franzi ist mit mir hierher gekommen. Sie ist verschwunden. Auf ihrem Handy erreiche ich sie nicht. Ich fahre dich jetzt nach Hause, dann muss ich sie suchen. Vielleicht ist sie bei Jacky.«

Herbert nickte. Das Gefühl der Erleichterung, wieder frei zu sein, begann sich mit der Sorge um Franziska zu mischen. Eine irritierende Melange seines Innenlebens.

Gianni startete den Motor. »Aus Sival habe ich kein Wort herausbekommen. Warum hat er dich eingesperrt?«

»Ich weiß es nicht, nehme aber an, er wollte den Erpresser verfolgen und die Sache selbst in die Hand nehmen. Da du mir den Namen des Fahrzeughalters nicht schicken konntest, frage ich mich, wen er eigentlich verfolgen will.«

»Hast du die Klarnamen der beiden Fälle gelesen, die ich dir geschickt habe?«

»Nein, dazu bin ich nicht mehr gekommen.«

Sie standen inzwischen an der Ampel am Taunusring.

»Einer hieß Schermuly«, sagte Gianni.

»Hmm, sagt mir nichts. Und der andere?«

»Äh, fällt mir jetzt nicht ein, warte …«

»Ist auch egal, der Fall interessiert mich nicht mehr. Warum hast du Franzi überhaupt mit zu Sival genommen?«

»Sie wollte unbedingt«, sagte Gianni. »Sie hat sich große Sorgen um dich gemacht.«

Herbert lächelte. Seine kleine Franzi hatte sich Sorgen um ihn gemacht. Er hätte sie jetzt gerne umarmt und ihr gesagt, dass sie der wichtigste Mensch für ihn auf Erden war. Dann piepste Giannis Handy. An der nächsten roten Ampel sah er auf das Display. »Ah, eine SMS von Franzi: ›Alles okay, bin im Auto bei Dr. Jo‹. Wer ist das?«

»Ihr Deutschlehrer, ein Studienfreund von Andreas«, antwortete Herbert. »Auf Jo ist Verlass.«

»Aber warum schreibt sie Dr. Jo? Klingt komisch.«

»Ach, weißt du, die jungen Leute haben ihre eigene Sprache. Zu unserem Hausarzt sagt Franzi nur Doc, ihr Schulfreund Skander heißt jetzt Alex und ihre Freundinnen nennen mich Grändpa. Das ist nun mal so.« Herbert zeigte auf die grüne Ampel: »Fahr weiter, ich hab Hunger!«

*

Während Herbert duschte, öffnete Gianni wie versprochen eine Dose Hühnersuppe. Gedankenverloren stand er am Herd und führte mit dem Kochlöffel langsam kreisende Bewegungen aus. Das Klingeln seines Handys riss ihn aus seinem Tagtraum.

»Hallo, mein Lachbär, hier ist Eva …«

Gianni lächelte. Er liebte diesen Kosenamen, das klang so fröhlich.

»Nachdem du erzählt hast, dass Herbert verschwunden ist, dachte ich, es könne etwas mit dem Kennzeichen zu tun haben.«

»Welches Kennzeichen?«

»Na, dieses Autokennzeichen, das ich für euch … nachsehen sollte. OF-BJ 2713.«

Gianni hob die Augenbrauen. »Ach, daran hast du noch gedacht?«

»Ja, ich hab's Birgit gesagt, sie meinte, das sei ein Notfall.«

Giannis Neugier ließ ihn die Nachricht, dass Herbert bereits befreit war, noch etwas zurückhalten. »Und wer ist es?«

»Ein gewisser Dr. Johannes Bester, Badstraße 24a in Obertshausen.«

»D… das ist doch nicht möglich. Seid ihr sicher?«

»Ganz sicher, ich habe neben Birgit am Computer gestanden.«

»Äh, danke, Eva. Ich melde mich wieder.«

Wortlos ging er ins Wohnzimmer und setzte sich auf Herberts Couch, die Hände vor dem Gesicht.

Herbert kam aus dem Bad. »So, jetzt fühle ich mich schon besser!« Er sah seinen Freund an. »Was ist los?«

»Ich Idiot!« Gianni raufte sich die Haare. »Der zweite Klarname war Karl Bester. Der Vater von Johannes Bester!«

»Ja und?«

»Er hat Franziska!«, sagte Gianni. Er hob den Kopf.

»Wie, wer?«

»Johannes Bester!«

»Na klar, sie ist bei Jo, also … Was soll das?«

»OF-BJ 2713 – das ist sein Fahrzeug. BJ wie Bester, Johannes. Verstehst du? *Er* hat Alfred Sival diese makabren Todesanzeigen geschickt. Und wahrscheinlich ist er auch der Mörder von Berthold Nowak.«

»Oh mein Gott!«

*

Der kluge, kulturell interessierte Dr. Bester war zu einem Fanatiker geworden. Seine sonst so fein geflochtenen Sätze waren dumpfen, breitstirnigen Worten gewichen. Seine Überlegenheit – in jeder Deutschstunde hatte er die an der Tafel liegende Kreide verschmäht und mit fast zeremoniellen Bewegungen seine eigene Kreide aus der Aktentasche gezogen –, diese Überlegenheit war in ein instinktgesteuertes Verhalten übergegangen. Franziska erkannte, dass es ums Ganze ging.

Zunächst konnte sie nichts tun. Er hielt seine Hand eisern um ihr Gurtschloss, gegen diese Kraft kam sie nicht an. Überhaupt – kräftemäßig hatte sie keine Chance gegen ihn. Er war gut trainiert, Sportlehrer, Kletterer, Kampfwanderer – wie Mia-Sophie immer sagte – und Leichtathlet. Also konnte sie ihn nur besiegen, indem sie ihren Kopf gebrauchte. Doch zunächst mussten sie erst einmal zum Stillstand kommen. Dr. Bester fuhr anscheinend planlos durch die Gegend, sie fragte sich allen Ernstes, ob er sich verfahren hatte. Doch dann glaubte sie, dass er das alles ihretwegen tat. Sie sollte die Orientierung verlieren.

Seitdem sie das wusste, verfolgte sie die Himmelsrichtungen, sah nach der Sonne und nach den Straßenschildern. Doch sie schaffte es nicht, den Faden zu behalten, zudem fuhren sie seit ungefähr zehn Minuten nur noch über schmale Straßen, ausgebaute Feldwege und Forststraßen. Bester musste sich in der Gegend gut auskennen. Etwa einen Kilometer Luftlinie voraus beobachtete sie Wasservögel, Kraniche oder Reiher. Ein See? Möglich. Dann fuhren sie mitten durch den Wald, einige Radfahrer beschwerten sich, doch er zeigte auf eine Berechtigungsplakette an der Windschutzscheibe, sodass sie sich zufriedengaben. Sie näherten sich einer Holzhütte, ganz schnell flog ein Schild vorbei, auf dem sie meinte, so etwas Ähnliches wie ›Röstweg‹ erkannt zu haben, dann bogen sie hinter der Hütte in eine alte Garage ein. »Aussteigen!«, befahl er.

*

Herbert war geschockt. Er gab Gianni ein Zeichen, dass er einen Moment allein sein wollte. Langsam ging er in die Küche. Die Hühnersuppe war bereits heiß. Er nahm sie von der Herdplatte, holte einen Teller aus dem Schrank, setzte sich an den Küchentisch und löffelte sie – an dem Küchentisch, an dem er mit Christel so viele gute Entscheidungen getroffen hatte. Und auch jetzt musste er eine sinnvolle Entscheidung treffen. Denn Christel würde es ihm nie verzeihen, wenn Franzi etwas zustoßen würde. Sie hatte ein inniges Verhältnis zu ihrer Enkeltochter gehabt.

Die Suppe wärmte und stärkte ihn. Er ging wieder zurück ins Wohnzimmer. »Ich rufe jetzt die Polizei an«, sagte er, als sei es das Selbstverständlichste auf der Welt. Gianni nickte.

Herbert wählte die 110. »Ich muss eine Entführung melden!«

»Ich verbinde Sie mit dem K11«, sagte die Polizistin.

»Kriminaloberkommissar Bennert!«

»Hier Herbert Falke, kann ich bitte Frau Heckmanns sprechen?«

»Nein, sie ist auf einer Fortbildung, Sie müssen mit mir vorliebnehmen.«

»Also gut. Ich muss eine Entführung melden.«

»Eine Entführung.« Bennert dehnte jedes einzelne Wort in die Länge, als wollte er es auskosten, dass ausgerechnet Herbert Falke seine Hilfe benötigte.

»Wer ist denn entführt worden, Herr Falke?«

»Meine Enkeltochter, Franziska Falke, sie ist von ihrem Lehrer Dr. Johannes Bester entführt worden.«

»Was? Bei Dr. Bester waren wir noch letzten Montag, der ist über jeden Verdacht erhaben. Wie kommen Sie überhaupt dazu, von einer Entführung zu sprechen?«

Herbert spürte eine furchtbare Trockenheit in seinem Hals. Er versuchte zu schlucken. Es gelang ihm nicht. »Franziska befindet sich bei Dr. Bester, sie hat uns eine SMS geschickt.«

»Ja und? Sie ist bei ihrem Lehrer, ist das so schlimm?«

»An sich nicht, aber Dr. Bester hat … also, er hat mit dem Fall Berthold Nowak zu tun.«

»Aha, das meint der Herr Rentnerdetektiv also zu wissen. Und was hat er Ihrer Meinung nach mit dem Fall zu tun?«

»Dr. Bester hat ihn … er hat Nowak umgebracht.«

Bennert schien nach Luft zu schnappen.

»Ich weiß, dass Sie mir das nicht glauben«, schob Herbert Falke hinterher, »aber vielleicht können Sie wenigstens Ihre Chefin informieren!«

»Herr Falke«, fauchte Bennert durchs Telefon, »ich lasse mich von Ihnen nicht verarschen, ist das klar! Über diesen wahnwitzigen Gedanken werde ich sicher *niemanden* informieren, haben Sie mich verstanden?«

»Ja, Herr Bennert, ich habe Sie verstanden«, sagte Herbert leise, dann legte er auf.

»Was ist los?«, fragte Gianni.

Herbert musste sich setzen, ihm war schwindlig. In kurzen Worten umriss er Bennerts Reaktion.

Gianni schüttelte den Kopf. »Dieser Idiot! Dieser verdammte Idiot!« Er lief rastlos im Zimmer herum. »Herbie, wir müssen die Sache selbst in die Hand nehmen. Aber diesmal kommt's wirklich drauf an. Es geht um Franzi!«

Herbert nickte.

»Willst du Andreas anrufen?«, fragte Gianni.

»Lass uns noch warten. Zuerst möchte ich mit Jacky sprechen, sie ist Franzis beste Freundin, vielleicht weiß sie etwas.«

Herbert Falke nahm ein kariertes Sakko aus dem Schrank. Er besaß mehrere davon, eines hatte er völlig verdreckt in Sivals Heizungskeller zurücklassen müssen.

»Gut, ich fahre«, sagte Gianni. »Und nimm deinen Tablet-Computer mit, den brauchen wir vielleicht.«

Herbert nickte. »Gute Idee!«

*

Dr. Bester redete nicht viel mit Franziska. »Da rein!«, sagte er und deutete auf eine kleine Kammer, in der sich nicht mehr als ein Kinderbett und ein Puppenhaus befanden.

»Was haben Sie mit mir vor?«, fragte sie.

»Mund halten!«

»Sie haben wohl nicht den Mut, mir zu sagen, was Sie vorhaben, oder?«

Er sah sie erstaunt an. »Du warst schon immer ein kluges Mädchen. Aber das wird dir nichts nützen. Es dauert nur drei bis vier Sekunden. Wir müssen bis morgen früh warten, jetzt sind dort oben zu viele Menschen.«

»Was soll das heißen?«

»Ruhe, rein da!«

»Aber Dr. Bester …« Schon stieß er sie in die Kammer und verriegelte die Tür. Franziska hörte, wie er den Schlüssel herumdrehte und abzog, dann war Totenstille.

Sie sah sich um. Das Fenster war von außen mit dicken Holzbalken verriegelt, auch die Tür war massiv und unüberwindbar. Sie setzte sich auf das kleine Bett. Ihr fiel nichts ein, was sie hätte retten können. Rein gar nichts. Und plötzlich kam es über sie wie eine Welle, sie musste anfangen zu weinen, sie konnte sich nicht dagegen wehren, und schließlich ließ sie es geschehen.

*

Jackys Stimme drang aus der Sprechanlage. »Hallo, Herr Falke, bitte kommen Sie herein!«

Herbert wunderte sich über die persönliche Ansprache, denn er sah niemanden am Fenster der Jansen-Villa.

Gianni zeigt auf die Kamera direkt über Ihnen. Herbert nickte. Der Türsummer erklang. Sie traten ein.

»Hallo, Jacky, können wir mit dir reden?«

»Ja natürlich …«

»Herrn Mussner kennst du bereits?«

»Ja, ja, wir kennen uns.«

Gianni lächelte. Sie setzten sich.

»Also«, begann Herbert vorsichtig, »ich muss etwas ausholen, sonst verstehst du den Hintergrund nicht.« Und dann erzählte er ihr von der Bedrohung Alfred Sivals und von seinen Ermittlungen bis hin zu dem Kennzeichen OF-BJ 2713. »Ich möchte aber gleich hinzufügen, dass Franzi an diesen Ermittlungen nicht beteiligt war.«

»Ja, ich weiß«, erwiderte Jacky, »sie hat es mir erzählt. Sie war sauer deswegen, ich fand es gut so. Private Ermittlungen sind ja nicht gerade … na ja, ich meine, nicht gerade im Sinne der Ermittlungsbehörden.«

Gianni hob verwundert die Augenbrauen. »Ermittlungsbehörden. Solche Worte gehen dir ja locker von der Zunge.«

»Na klar, diese Ausdrücke höre ich fast jeden Tag, mein Vater ist Strafverteidiger.«

»Gut«, ging Herbert dazwischen, »das ist jetzt nicht so wichtig. Entscheidend ist, dass dieses Kennzeichen zum Fahrzeug eures Deutschlehrers gehört. BJ wie Bester, Johannes.«

»Waas?« Jacky stand auf und ging unruhig im Zimmer hin und her. »Das kann doch nicht sein!«

»Dachte ich auch, aber es ist wahr. Und nun gibt es ein echtes Problem. Franzi muss das herausbekommen haben, jedenfalls ist sie seit heute Mittag verschwunden.«

»Nein!«

»Leider ja, deswegen sind wir hier.«

Jacky fuhr sich mehrmals nervös durch ihre roten Haare. »Ich habe mich schon gewundert, warum sie nicht in der Schule war.«

»Und Bester, war der in der Schule?«

»Nein, aber das war klar, er hatte seine Stunden getauscht, er fährt mit seinen Jungs, wie er sie immer nennt, einmal im Jahr in die Rhön zum Klettern. Ist da Franzis Vater nicht auch dabei?«

»Ja, der ist auch tatsächlich in der Rhön, Bester hingegen nicht.«

»Hmm, und Sie meinen, Dr. Bester hat Franzi irgendwie … mitgenommen?«

»Genau. Er ist mit ihr irgendwo im Auto unterwegs.«

»Na ja, aber er tut ihr nichts, er mag sie sehr, ich meine …«

»Das hat nichts zu sagen, Bester ist unberechenbar.«

»Äh, ich weiß nicht … Was soll ich tun?«

»Wir suchen nach Informationen, die Bester irgendwie mit Franzi zusammenbringen. Es muss mit dieser Deutschstunde zu tun haben, die Polizei hat sich jedenfalls sehr dafür interessiert. Und du warst dabei. Wir haben nur eine Möglichkeit: seine Wohnung zu durchsuchen. Dabei kannst du uns helfen, bitte komm mit!«

»Wie …? Ich meine, wenn Dr. Bester irgendwo mit dem Auto rumfährt, wie wollen Sie da in seine Wohnung kommen, Herr Falke?«, fragte Jacky.

»Das wird sich schon ergeben …«

»Wollen Sie da etwa einbrechen, oder was?«

»Möglich, aber ehrlich gesagt, das ist mir egal, ich muss Franzi wiederfinden!«

»Aber Herr Falke, ich soll etwas Illegales tun? Nein – niemals!«

Herbert sprang auf. »Mensch, Jacky, Mädel! Es geht hier nicht um deine Befindlichkeiten, sondern um Franziska, möglicherweise schwebt sie in Lebensgefahr, also stell dich bitte nicht so an!«

Jacky wurde weiß wie ein Bettlaken. »Nein, nein, nein. Das endet womöglich noch in Selbstjustiz, nein, ehrlich, ich kann das nicht …«

»Meine Güte!«, rief Herbert.

In diesem Moment betrat Herr Jansen den Raum. »Jaqueline, darf ich fragen, was hier los ist?«

Jacky hatte die Augen weit aufgerissen und war offensichtlich nicht in der Lage zu antworten.

Herr Jansen sah Herbert an. »Und wer sind Sie?«

»Ihre Tochter kann Ihnen das erklären, ich muss in der Zwischenzeit Franziska suchen.« Damit drehte er sich um und verließ das Zimmer.

»Aber Herbert …«, sagte Gianni. Doch Herbert war schon im Flur. »Auf Wiedersehen, Jacky!«, rief er in süffisantem Ton über die Schulter zurück.

Draußen auf dem Buchrainweg hatte Gianni ihn eingeholt. »Mensch, Herbert! Das war doch nicht nötig. Du hast die Kleine ganz durcheinandergebracht.«

»Tut mir leid, aber darauf kann ich jetzt keine Rücksicht nehmen. Und *die Kleine*, wie du sagst, ist immerhin 17 und muss sich der realen Welt stellen.«

»Trotzdem. Ich hab mich bei Jansen entschuldigt.«

»Hmm«, brummte Herbert, »ich rede später mit ihm. Los jetzt, nach Obertshausen.«

Sie stiegen ein, und Gianni ließ den Motor an. Herberts Vespa stand weiterhin vor Jansens Haus. Während der Fahrt nach Obertshausen suchte Herbert auf seinem Tablet nach der Adresse. »Hier, die Badstraße, da muss es sein, direkt an der S-Bahn. Gegenüber ist ein Parkplatz, dort leite ich dich hin.«

»Okay.«

Es dauerte nicht lange, bis sie Besters Wohnung gefunden hatten. Sie lag im ersten Stock der Badstraße 24a, ein dreistöckiges Haus aus den 70er-Jahren. Die Wohnung hatte einen rückwärtig gelegenen Balkon und war ansonsten verschlossen. Natürlich.

Als ein junger Mann das Haus verließ, schlüpften Herbert und Gianni hinein. Sie nahmen Besters Wohnungstür in Augenschein. Massive Bauweise, Sicherheitsschloss mit versenktem Zylinder, kein Ansatzpunkt. Herbert dachte an den Trick aus dem Fernsehen, mit der Scheckkarte … Unsinn.

Plötzlich stand eine Frau im Haushaltskittel neben Ihnen: »Ei, was mache Sie dann hier? Isch ruf gleisch die Polizei, gell!«

Herbert schaltete schnell. Die Wohnungstür der Nachbarin stand offen, auf dem Klingelschild stand ihr Name. »Hallo, Frau Schmelzer, wissen Sie, ob Jo zu Hause ist, also, ich meine Herr Dr. Bester, wir sind Lehrerkollegen von der Leibnizschule in Offenbach.«

Frau Schmelzer sah sie argwöhnisch an. Es war eine groteske Situation, über die man unter anderen Umständen hätte lachen können: eine kugelförmige Hausfrau im lila Nylonkittel musterte einen zwei Meter großen Schrank ohne Haarwuchs und seinen schmächtigen Freund mit welligem Grauhaar und kariertem Jackett.

»Der isses ganze Wocheend fort«, ließ der Nylonkittel vernehmen.

»Ach, natürlich, der wollte ja in die Rhön, das habe ich total vergessen …«

»Ebe deswesche, Herr …?«

»Müller!«, stellte sich Herbert vor.

»Also, Herr Müller, er iss in de Rhön zum Kleiming oder wie des heut heißt, da müsse Sie am Mondach widderkomme.«

»Na ja, wissen Sie, Frau Schmelzer, wir brauchen unbedingt ein paar Unterlagen für die Lehrerkonferenz heute Abend, die wollte er mir noch bringen, hat er wohl vergessen.«

»Ja, ja, vergesslisch isser, der Herr Dr. Bester, hat mir auch erst gestern Abend gesacht, dass er fortfährt, und gefracht, ob isch ihm sei Blumme gieße könnt. Na ja, mach isch ja gern …«

»Frau Schmelzer, es wäre total nett, wenn Sie uns kurz aufschließen könnten, damit wir die Unterlagen holen können, die müssten auf seinem Schreibtisch liegen.«

»Nee, also beim beste Wille, abber des kannisch net mache. Da iss mir ja e gewisse Vertraulischkeit uffergescht wordde, verstehn Se!«

»Aber Frau Schmelzer …«

»Nein!«

»Bitte …«

»Isch glaub, Sie kenne Ida Schmelzer noch net, wenn die ema Nein sacht, dann isses auch NEIN. Verstanne!« Sie hob drohend die Hand und der Ärmel des lila Nylonkittel gab einen schwabbeligen Arm frei. Herbert merkte, dass da nichts zu machen war, und drehte sich um. Gianni folgte ihm widerwillig die Treppe hinunter.

»Der Balkon«, sagte Herbert. Sie gingen um das Haus herum. Auf den Balkon zu gelangen, war kein Problem. Gianni machte eine Räuberleiter und hob seinen Freund mühelos hoch, sodass dieser über das Balkongeländer springen konnte. Frau Schmelzer war nirgendwo zu sehen.

So weit so gut. Und nun? Herbert verspürte solch einen Druck, dass ihm jedes Mittel recht war. Er schnappte sich einen Stein und schlug damit die Scheibe ein. Gianni erschrak und sah sich um, doch niemand schien etwas gemerkt zu haben. Herbert öffnete das Fenster, Augenblicke später stand er in Besters Büro.

Gestapelte Hefte, Ordner mit Unterrichtsmaterial – ein gut aufgeräumter Schreibtisch. Das Bild eines älteren Mannes, wahrscheinlich Karl Bester, ein Taschenbuch, Dürrenmatt, ›Der Richter und sein Henker‹. Er blätterte es durch, eine rote Markierung fiel ihm auf: … *wie wir mit einem deutschen Kaufmann über die Mahmud-Brücke gingen, hast du ihn vor meinen Augen ins Wasser gestoßen*. An der Wand hing der Plan eines Seegebietes, Vogelsberger See, Oberwaldsee, Röster See. Er hörte Geräusche von der Wohnungstür. Ida Schmelzer. Schnell griff er nach dem Taschenbuch und sprang durch das Balkonfenster.

»Aber Herr Müller!«

*

Franziska musste eingedöst sein. Plötzlich klingelte ein Telefon. Es war aber nicht ihr eigener Klingelton. Opas

Handy! Das hatte sie vollkommen vergessen, sie hatte es auf Sivals Couch gefunden und in die Tasche ihrer Cargohose gesteckt. Schnell kramte sie es hervor, hoffentlich hörte Dr. Bester das Klingeln nicht. »Hallo?«

»Äh, Herr Falke?«

»Nein, hier ist Franziska Falke, ich bin die Enkeltochter.«

»Ach so, hier ist Alfred Sival, kann ich Ihren Großvater sprechen?«

Sie überlegte fieberhaft, ob sie ihm sagen sollte, dass Dr. Bester sie gefangen hielt, aber Sival hatte mit einem Messer hantiert, so ein Mensch war doch nicht vertrauenswürdig …

»Das geht gerade nicht, kann ich etwas ausrichten?«

»Nun ja, es geht um Johannes Bester, ich wollte ihm etwas über diesen Mann erzählen, ich habe einiges erfahren und ich bin Ihrem Großvater noch etwas schuldig …«

»Ja, Herr Sival, bitte erzählen Sie es *mir*, Dr. Bester hält mich hier fest, ich weiß nicht, was er von mir will, ich habe Angst!«

»Verdammt! Hören Sie genau zu: Besters Vater lag im Koma nach einem Unfall, er war vom Gerüst gestürzt, und Johannes hat nach einem Jahr den Ärzten erlaubt, die Beatmungsmaschinen abzustellen. Nun fühlt er sich schuldig, sucht aber immer andere Menschen, die er dafür zur Rechenschaft ziehen kann. Zuerst hat er mich als Ersatzschuldigen ausgewählt, jetzt möglicherweise Sie. Wenn es hart auf hart kommt, müssen Sie ihn davon überzeugen, dass er selbst dafür verantwortlich ist und dass es keinen Schuldigen gibt. Es war ein Unfall, eine Verquickung von unglücklichen Umständen. Verstehen Sie?«

»Ich glaube schon.«

»Wo sind Sie jetzt?«

»Ich weiß es nicht genau, auf dem Schild stand …«

Der Schlüssel drehte sich, die Tür sprang auf und Dr. Bester schlug zu. Franziska flog quer durch den Raum. Ihr Kopf prallte gegen die Wand, Dr. Bester schnappte sich ohne ein Wort das Handy, warf es zu Boden und ließ den Absatz seines Wanderschuhs darauf niederkrachen. Er schlug die Tür wieder zu, schloss ab und verschwand. Das Ganze hatte keine halbe Minute gedauert.

Franziska fühlte eine dicke Beule über dem Ohr. Es tat höllisch weh. Aber der Schmerz wurde von einer brachialen Wut überlagert.

Was bildete sich dieser Arsch eigentlich ein? Kommt hier rein in seiner widerwärtigen Besessenheit, knallt mir eine und geht wieder raus. Ohne ein einziges Wort! Nie mehr würde sie sich so behandeln lassen. Nicht von einer Barbiepuppe, nicht von einem arroganten Kriminaloberkommissar und nicht von einem zum Hasenhirn mutierten Lehrer.

Sie musste nachdenken.

*

»Wir müssen nachdenken!«, sagte Herbert. Sie saßen im Café Bauder in Obertshausen und hatten jeder einen Milchkaffee und ein belegtes Brötchen vor sich stehen. Die Sonne schien von Westen her flach über die Häuser, es war inzwischen 17 Uhr, und Franziska hatte sich immer noch nicht gemeldet.

»Pass auf, Gianni, über Besters Schreibtisch hing eine

Karte, Vogelsberger See, Oberwaldsee und so weiter. Sagt dir das etwas?«

»Sicher. Das sind die Seen an den Dietesheimer Steinbrüchen. Ich hab da mal eine Reportage gemacht.«

»Aha, vielleicht ist er dort.«

»Kann aber Zufall sein.«

»Hmm. Und das Buch hier lag auf seinem Schreibtisch, schau mal rein, eine Passage ist rot angestrichen.«

Gianni las den markierten Text. »Sehe ich keinen Zusammenhang. ›Der Richter und sein Henker‹, das haben wir in der Schule mal gelesen. In Südtirol wurden viele Schriftsteller aus der deutschsprachigen Schweiz durchgenommen.«

»Um was geht es denn in dem Buch?«

»Hmm, älterer Kommissar mit Magenbeschwerden. Er hat vor vielen Jahren eine Wette mit einem windigen Typ abgeschlossen hatte. Der Kerl behauptete, einen Mord begehen zu können, ohne dass der Kommissar ihn dafür belangen könne.«

»Aha«, Herbert biss von seinem Brötchen ab. »Und wie ging die Wette aus?«

»Dieser Typ … ach, der hieß Gastmann oder so ähnlich, der gewann die Wette. Er stieß einen unschuldigen Mann von einer Brücke. Einfach nur so, wegen der Wette. Und im Beisein des Kommissars. Aber der konnte es ihm nicht nachweisen. Wie es am Ende ausging, weiß ich nicht mehr.«

Herbert setzte sich auf, straffte seinen Rücken. »Gibt es in den Dietesheimer Steinbrüchen eine Brücke?«

»Ja, klar, die Canyon-Brücke. Ziemlich hoch. Sie überbrückt die schmale Verbindung zwischen dem Oberwaldsee und dem Vogels… Herbie! Du meinst doch nicht etwa …«

»Doch. Möglicherweise will er Franzi da hinunterwerfen.« Herbert hörte sich selbst diese Worte sagen, als wären es die Worte eines Fremden.

»Aber Herbie, warum sollte er das tun?«

»Das Gerüst. Sein Vater fiel vom Gerüst. Aus dem fünften Stock, du hast es selbst recherchiert. Wie hoch ist die Canyon-Brücke, etwa so hoch wie fünf Stockwerke?«

Gianni nickte. »Könnte hinkommen.«

»Wir müssen sofort dort hin!«

»Langsam, lass uns zunächst nachdenken, ob wir Ausrüstung brauchen.«

»Du hast recht!«

»Willst du nicht doch Andreas anrufen?«

Herbert schüttelte den Kopf. »Er zerreißt mich in der Luft. Er wird mir die Schuld in die Schuhe schieben, obwohl ich alles versucht habe, Franzi da rauszuhalten. Nein, lass uns warten, wir finden sie.«

*

Franziska versuchte, sich genau zu vergegenwärtigen, was Dr. Bester zu ihr gesagt hatte, als sie in der Hütte ankamen. »Es dauert nur drei bis vier Sekunden.« Das meinte sie, gehört zu haben. Und an »dort oben« konnte sie sich erinnern. Nun musste sie dies mit den Aussagen von Sival abgleichen. Bester suchte einen Schuldigen, obwohl es gar keinen Schuldigen gab. Und warum das alles? Weil sein Vater vom Gerüst … dort oben … gefallen war. Zuerst war Sival der Ersatzschuldige, jetzt möglicherweise Franziska selbst. Aber warum Sival? Und warum jetzt sie? Vielleicht war sie nur zur falschen

Zeit am falschen Ort gewesen. Hinter dem Vorhang, während Sival und Dr. Bester sich stritten. Wie lange fällt man von einem Gerüst? Je nachdem, kam auf die Höhe an, dachte sie. Drei bis vier Sekunden – ja, das war möglich. Sie wollte probieren, wie lange drei Sekunden sind, sie sprach dreimal laut »einundzwanzig«. Das passte ungefähr zu einem Sprung vom Zehnmeterturm im Schwimmbad. Nur: Diese Gedankenspiele halfen ihr nicht weiter. Sie musste sich mehr auf Dr. Bester konzentrieren, was für ein Mensch war er, wie konnte sie ihn packen? War er ein guter Lehrer? Ja, auch wenn ihr das momentan schwerfiel zuzugeben, aber in seinem Beruf war er gut.

Plötzlich fiel ihr ein, was Dr. Bester zu der Diskussion um Kommissar Bärlach gesagt hatte: Eine Vielfalt an Meinungen sei gut. Doch zum Thema Selbstjustiz und unrechtmäßiges Handeln existierte keine Meinungsvielfalt. Wenn man die Demokratie und das Grundgesetz ernst nahm, gab es dazu nur *eine* Haltung. Plötzlich wurde ihr klar, dass Dr. Bester sich die ganze Zeit aus der Diskussion herausgehalten hatte, was sonst eher nicht seine Art war. Was hatte das zu bedeuten? Warum hatte er eine neutrale Position eingenommen? Auch zu Franziskas späterem Verdacht, dass derjenige, der Alex zu Unrecht beschuldigte, aus diesem Deutschkurs kommen müsse, hatte er nichts gesagt.

Und wenn derjenige gar kein Schüler war, sondern der Lehrer? Das Blut schoss ihr heiß in den Kopf. War das möglich? In aller Konsequenz: Dann müsste Bester auch der Mörder des Kioskbesitzers sein. »Wir müssen bis morgen früh warten, jetzt sind dort oben zu viele Menschen.« Ja, das hatte er gesagt. Er hatte also etwas vor, das unbeobachtet bleiben sollte. Etwas Böses. Dort oben. Er wird doch nicht – sie wollte das eigentlich gar nicht zu Ende denken – jemanden bestrafen wollen, indem derjenige den gleichen Sturz erleben musste wie sein Vater? Derjenige – oder diejenige. Sollten die Schuldgefühle einen Menschen wirklich so weit treiben können?

*

Herbert und Gianni beschlossen, sich auf eine Nacht im Freien vorzubereiten. Sie fuhren zurück nach Offenbach und packten je einen Schafsack, eine Isomatte und eine weitere Decke ein. Im Mai konnte es nachts noch kalt sein. Auf die Schnelle rafften sie ein paar Lebensmittel zusammen und zogen los.

Draußen setzte die Dunkelheit ein. Sie nahmen den Odenwaldring in Richtung Osten, verließen Offenbach, durchquerten Mühlheim und erreichten im Licht der Straßenlaternen Dietesheim. Sie parkten im Rabenlohweg, denn von dort kam man nach Giannis Aussage am schnellsten zur Canyon-Brücke. Das Restlicht der Abenddämmerung half ihnen, den Weg zu finden. Fast wie eine ›Magical Mystery Tour‹. Sie erreichten den Canyon. Selbst im Dunkel bot sich ein beeindruckendes Naturschauspiel. Die etwa 20 Meter lange Metallbrücke überspannte einen tiefen Felseinschnitt, der die beiden großen Seen verband. Sein Magen verkrampfte sich, wenn er nur daran dachte, dass jemand hier herunterfallen könnte. Jemand. Oder Franzi.

Gianni gab ihm ein Zeichen. Sie legten ihre Ausrüstung ab und begannen, das Gebüsch um die Brücke herum abzusuchen. Schließlich mussten sie damit rechnen, dass Bester bereits hier war. Keine Menschen, keine Geräusche, nur das Schnattern der Wasservögel und das gewohnte Brummen der Flugzeuge in der Einflugschneise über ihnen. Sie beschlossen, sich in der Nähe der Brücke niederzulassen, Herbert am nordwestlichen Brückenkopf, Gianni an der südöstlichen Seite. Das Wetter meinte es gut mit ihnen, sie mussten nicht frieren. Sie hatten Wasser und Kekse, nur gegen die sich anschleichende Müdigkeit würden sie kämpfen müssen. Sie vereinbarten einen dem Uhu ähnlichen Pseudo-Vogelruf als Erkennungszeichen, falls Gefahr drohen sollte, und kamen sich vor wie die Pfadfinder. Dann herrschte Ruhe. Herbert sah auf seine Armbanduhr: halb zehn.

Er wagte kaum darüber nachzudenken, was passieren würde, sollte Franziska etwas zustoßen. Er liebte seine Enkeltochter. Vielleicht mehr als seinen Sohn. Falls man solche Vergleiche überhaupt anstellen durfte. Nein, Franzi durfte nichts passieren. Immer wieder murmelte er das vor sich hin. Immer und immer wieder. Zur Selbstberuhigung. Außerdem half es gegen die Müdigkeit.

SAMSTAG 13. MAI

Sie konnte nicht sagen, ob sie geschlafen hatte oder nicht. Irgendwann ging die Tür auf. »Lassen Sie mich gehen!«, rief sie. »Hiiilfe!«

»Halt die Klappe!« Er packte sie und verschloss ihren Mund mit Paketklebeband. Es stank bestialisch nach Kleber, sie schloss die Augen und zwang sich, gleichmäßig zu atmen. Kurze Zeit später begann sie zu husten und zu würgen. Bloß jetzt nicht kotzen, dachte sie. Dann fiel ihr ein, dass sie kaum etwas im Magen hatte, das beruhigte sie. Er kam wieder, klebte ihr auch noch die Hände und Füße zusammen. Verdammt, dachte sie, ich bin doch kein Paket.

Er griff sich Franziska und warf sie sich über die Schulter, als wären 60 Kilogramm ein Nichts. Offensichtlich war er noch besser trainiert, als sie vermutet hatte. Und er roch. Nach Angst. Dann griff sich Dr. Bester den Rucksack und verließ das Haus. Er schleppte sie direkt in den Wald hinein. Im letzten Moment meinte Franziska, ein Fahrzeug vor der Hütte auftauchen zu sehen, ohne Licht, doch dann versperrten ihr die Bäume die Sicht. Dr. Bester lief etwa eine Viertelstunde, dann setzte er sie keuchend an einem Baum ab und legte eine Pause ein. Ganz langsam – so schien es Franziska – ging weit hinten im Osten die Sonne auf.

Sie musste nachdenken. Sie hatte nur eine Waffe: ihr Wissen um Dr. Besters Vater. Doch um diese Waffe einzusetzen, musste sie sprechen können. Ganz vorsichtig rieb Franziska ihren Kopf an dem Baumstamm, sodass das Klebeband sich leicht löste. Immer wieder legte sie eine Pause ein, damit er nicht Verdacht schöpfte. Schließlich ging es weiter, diesmal lag sie auf seiner anderen Schulter. Stück für Stück versuchte sie mit der Zunge und genügend Speichel, den Kleber aufzulösen. Ein mühsames und ekliges Spiel.

Der Weg wurde immer schmaler und steiler. Endlich setzte er sie ab. Sie sah sich um. Der Weg endete an einem Felsvorsprung. Tief unter ihnen das Wasser, schmal, fast wie ein Fluss, weit über ihnen eine Brücke. Wie ein Canyon, dachte sie noch. Vor Angst fing sie an zu schwitzen und unkontrolliert zu atmen. Um sich abzulenken, versuchte sie weiterhin, das Klebeband über ihrem Mund zu lösen.

*

Herbert musste sich eingestehen, dass er trotz aller Selbstbeschwörungen zwischendurch kurz eingenickt war. Plötzlich hörte er ein Geräusch. Ein Rascheln im Laub. Ein Tier? Nein, das musste ein Mensch sein. Er wollte gerade den vereinbarten Uhu-Laut ertönen lassen, als ihn eine Hand an der Schulter fasste: »Ruhig, Herr Falke!«

Er fuhr herum. »Frau Heckmanns!«

Sie legte den Finger auf den Mund. »Bester ist hier in der Nähe, wir haben das Gelände umstellt.«

»Sie wissen alles?«

»Ja.«

»Woher?«

»Ein Rechtsanwalt Jansen spielt dabei eine Rolle. Und das Überwachungsvideo aus einem Museum.«

»Jetzt verstehe ich gar nichts mehr …«

»Das erkläre ich Ihnen später, wir müssen uns erst einmal um Franziska kümmern.«

Herbert Falke nickte. »Schaffen wir das?«

»Na klar!«

Herbert war so froh über diesen kurzen Satz, dass er Frau Heckmanns am liebsten umarmt hätte. Stattdessen sagte er: »Gianni ist auf der anderen Brückenseite postiert.«

»Das dachten wir uns, Bennert ist auf dem Weg zu ihm. Am grünen See steht das SEK bereit, wir müssen aber erst die Lage prüfen, sonst wird Bester nervös und begeht eine Kurzschlusshandlung. Sobald es hell wird, können wir auch einen Hubschrauber einsetzen.«

»Frau Heckmanns …«

»Ja, Herr Falke?«

»Ich bin sehr froh, dass Sie hier sind.«

»Ja, ich auch.« Sie nahm ihr Funkgerät und sprach leise: »Roland 1 an Roland 2, Bennert, wo sind Sie?«

»Hier Roland 2, ich wäre froh, wenn ich das wüsste. Irgendwo im Wald.«

Im sachten Morgenrot konnte Herbert erkennen, wie Nina Heckmanns unwillig den Kopf schüttelte.

*

Dr. Johannes Bester griff nach einem Seil, das seitlich an der Felswand hing. Dann band er Franziska eine Art Gürtel um den Bauch und hakte einige Karabiner ein. Erst im letzten Moment erkannte Franziska, dass das

Seil in weitem Bogen zur Unterseite der Brücke führte. Quer über den Canyon. Sie wollte schreien, doch es ging nicht. Opa, Papa, Gianni, Jacky … wo seid ihr denn nur? Schon schwebte sie in der Luft.

*

Herbert sprang auf. Was er sah, ließ fast sein Herz stehenbleiben. Da schwebte Franziska durch die Luft, mitten über dem Canyon!

Er traute sich nicht zu rufen, das könnte Bester zu einer Panikreaktion verleiten. Tränen rannen ihm hinunter.

Die Polizistin sprach hektisch ins Funkgerät: »Ich brauche sofort das SEK, die Hälfte unten am See, direkt unterhalb der Canyon-Brücke. Die andere Hälfte auf der Brücke, ihr müsst euch eventuell abseilen. Bennert, wo sind Sie?«

Roland 2 meldete sich nicht.

Herbert Falke hielt es nicht mehr aus, er rannte hinaus auf die Brücke, Gianni kam ihm von der anderen Seite entgegen. »Was machen wir nur?« Gianni hob ratlos die Hände. Nina Heckmanns kam hinzu. »Das SEK ist gleich hier.«

Franziska hing frei über dem Canyon. »Es dauert nur drei bis vier Sekunden!«, ertönte Dr. Besters Stimme durch den Canyon. Seine Worte wurden von den Felswänden zurückgeworfen und verursachten einen mehrfachen Nachhall. Herbert hielt sich die Ohren zu.

Dann erklang eine Frauenstimme. »Herr Dr. Bester, so kenne ich Sie gar nicht!«

Franziska. Herbert war froh, ihre Stimme zu hören.

»Halt den Mund!«

»Nein, ich halte nicht den Mund, ich bin nämlich nicht schuld am Tod Ihres Vaters!«

»Was …? Woher weißt du das?«

»Das ist doch wohl jetzt egal. Ich bin jedenfalls nicht dran schuld. Niemand ist dran schuld!«

»Hör auf, du hast überhaupt keine Ahnung, also halt dich da raus, verstanden!«

»Und ob ich Ahnung davon habe, Herr Dok-tor Bester. Sie selbst haben entschieden, die Beatmung abzustellen.«

Bester heulte auf wie ein Hund. Herbert Falke und Nina Heckmanns sahen sich erstaunt an.

»Wenn Sie schon nicht einsehen, dass es ein Unfall war, dann können Sie nur *einem* Menschen auf dieser Welt die Schuld geben, und das sind Sie selbst!«

»Du verdammtes Miststück, halt endlich den Mund, sonst kappe ich das Seil und du bist tot.«

»Das nützt Ihnen aber auch nichts. Erst Berthold Nowak, dann ich, dann ein beliebiger anderer Mensch – Sie werden nicht zur Ruhe kommen!«

Herbert wunderte sich, woher sie diesen Mut nahm. Sein Körper vibrierte. Er achtete auf das Seil. Franziskas Körper bewegte sich unruhig hin und her, aber das Seil war immer noch straff. So musste es bleiben, alles andere interessierte ihn nicht, all die Worte waren unwichtig, sie verblassten, bevor sie sein Ohr erreicht hatten.

»Zugegeben: Ein guter Lehrer sind Sie«, rief Franziska, »aber in Selbsterkenntnis sind Sie eine Null. Sie suchen nach Vergebung – ich glaube, die werden Sie auf dieser Welt nicht finden.«

*

Während Franziskas Sätze noch durch den Canyon hallten, hielt Dr. Johannes Bester das Seilende unschlüssig in den Händen.

Alfred Sival hatte an seiner Schale gekratzt. Wirklich in sein Innenleben vorgedrungen war er jedoch nicht, das hatte bisher nur sein Vater vermocht. Nun erreichte ihn zum ersten Mal auch ein anderer Mensch. Eine junge Frau, gerade mal 17 Jahre alt, groß, standhaft, klug; ein Mensch, der geeignet war, die Zukunft zu gestalten. Eine Zukunft, wie Johannes Bester sie sich erträumt hatte. Doch für ihn bestand keine Chance mehr. »Kein Tschanz mehr«, murmelte er vor sich hin.

Er nahm das Seilende und sicherte es wieder an der Felswand. Dann trat er einen Schritt vor. Die Morgensonne lugte über die Baumkronen. Er ließ sich fallen.

EPILOG: SONNTAG 14. MAI

Andreas Falke kam am Sonntagmittag gut erholt aus der Rhön zurück und wollte als Erstes erkunden, warum Jo Bester nicht dort gewesen war. Franziska schlief, und sein Vater saß mit Gianni im Wohnzimmer. Langsam, stockend, unterbrochen von endlos erscheinenden Pausen, berichteten die beiden von den Geschehnissen der vergangenen Tage. Andreas war geschockt. Wie zu erwarten, warf er seinem Vater vor, Franziska gefährdet zu haben. Selbst Herberts Einwand, dass er versucht habe, sie herauszuhalten, sich dadurch sogar mit ihr vorübergehend zerstritten habe, wirkte nicht. Er hätte seinem Sohn auch vorwerfen können, dass er Franziska in einer schwierigen Situation allein gelassen hatte. Doch dieses Argument behielt er für sich. Auch Giannis Einwurf, dass Herbert zu der Zeit, als Franzi in die Ereignisse hineingezogen wurde, im Keller eingesperrt gewesen war, trug nicht zu Andreas' Beschwichtigung bei. Als er dann noch erfuhr, dass seine Tochter in Lebensgefahr geschwebt hatte, explodierte er förmlich und warf Herbert und Gianni aus der Wohnung. »Ab sofort verbiete ich euch jeglichen Umgang mit meiner Tochter!«, rief er Ihnen hinterher.

Gianni Mussner und Eva Lorenz saßen den gesamten Sonntag über am Bett von Evas Mutter. Sie wollten bei ihr bleiben, denn ihre Uhr war fast abgelaufen. Eva hörte sich alles an, was Gianni von den vergangenen Tagen zu erzählen hatte, jedes noch so kleine Detail. Und sie bat ihn, Verständnis zu haben für Andreas, das renke sich schon wieder ein. Gianni sah das anders. Einrenken, einrenken, meinte er, was für ein schwaches, verbrauchtes Wort, das man an jeder Ecke geschenkt bekam. Nein – nichts würde sich einrenken. Andreas war für ihn ab sofort eine Wendekreisperson. Was das denn bedeute?, wollte Eva wissen. »Ich habe einen Kreis um mich gezogen«, erklärte Gianni. »Innerhalb dieses Kreises gibt es Personen, die mir guttun, die ich gerne an mich heranlasse, von denen ich mir wünsche, dass sie die restlichen Tage meines kurzen Lebens mitgestalten. Außerhalb dieses Kreises befinden sich Personen, die einen ungesunden Einfluss auf mich haben, die mir Magenschmerzen bereiten, von denen ich mich zurückziehen möchte. Diese Menschen sollen bitte außerhalb des Wendekreises bleiben, möglichst weit weg von mir.« Er sah Eva an. »Und falls du dies gerade fragen wolltest: Der Wendekreis ist natürlich durchlässig. Von innen nach außen. Andersherum auch, aber dazu braucht es schon viel Humor.«

Am frühen Abend starb die Mutter, während Eva und Gianni ihre Hand hielten. Mit einem Lächeln auf den Lippen entschwebte sie in eine bessere Welt ohne Schuld und Hass.

Kriminalhauptkommissarin Nina Heckmanns hatte am Samstag noch eine Zeit lang mit Franziska und Herbert Falke im Wald gesessen, bis die beiden sich beruhigt hatten. Sie wollte die Gelegenheit nutzen, um einiges klarzustellen. »Herr Falke, ich möchte mich für das Verhalten meines Mitarbeiters Herrn Bennert entschuldigen, er denkt in Bezug auf Sie leider etwas … eindimensional. Die Vermisstenmeldung hat er dann doch noch aufgenommen, allerdings von Rechtsanwalt Jansen. Erst danach hat Bennert mich informiert. Parallel dazu haben wir ein Video ausgewertet, das uns eine Sicherheitsfirma zur Verfügung gestellt hat. Es zeigt Aufnahmen aus dem Haus für Stadtgeschichte in Offenbach, in denen Dr. Bester gesteht, den Kioskbesitzer ermordet zu haben. Herr Sival hat ihm diese Information entlockt.«

»Alfred Sival?«, fragte Herbert.

»Genau. Wobei das Mordmotiv noch nicht ganz klar ist, ich muss noch mit Sival sprechen, sobald er sich besser fühlt.« Und an Franziska gewandt fuhr sie fort: »Damit ist natürlich auch Skander Halima entlastet. Dass wir ihn verdächtigt haben, war eine Verkettung unglücklicher Umstände. Tut mir sehr leid. Können Sie ihm das bitte ausrichten?«

Franziska nickte. Herbert legte ihr eine Decke um die Schultern.

Die Hauptkommissarin machte eine kurze Pause, bevor sie weitersprach. »Es wäre allerdings nicht notwendig gewesen, Ihren Vater zu einem anonymen Anruf zu überreden. Der hat uns viel Arbeit und Zeit gekostet.«

»Entschuldigung«, sagte Franziska, »und dann hab ich mich auch noch voll verplappert. Sie haben das gleich gemerkt, oder?«

»Ja, habe ich. Danach war mir klar, dass der Anrufer von Ihnen gesteuert worden war, und wir haben die Ermittlungen in diese Richtung eingestellt. Sie sollten mit solchen falschen Anschuldigungen übrigens vorsichtig sein, streng genommen ist das eine Straftat.«

Franziska schlug die Augen nieder.

»Ich habe übrigens das Dürrenmatt-Buch gelesen, das Sie mir geliehen haben«, sagte Nina Heckmanns. »Sehr interessant. Jetzt verstehe ich auch Alex Halima besser.«

Franziska hob den Kopf. »Ich soll Sie von ihm grüßen. Er musste zurück nach Tunesien, seine Mutter hielt es hier nicht mehr aus. Er wollte eigentlich noch mit Ihnen sprechen, aber es blieb keine Zeit. Er bat mich, Ihnen das zu sagen.«

»Verstehe, danke!«

»Sind Sie eigentlich zufällig hier auf meinen Großvater gestoßen, oder war das geplant?«, fragte Franziska.

»Zufall.« Die Polizistin hob beide Hände. »Wir haben Ihr Handy geortet, das Signal verlor sich aber auf einer Landstraße bei Lämmerspiel. Dann haben wir das Handy Ihres Großvaters angepeilt und sind auf die Parzelle hier bei den Dietesheimer Steinbrüchen gekommen. Irgendwann war das Signal dann weg. Parallel haben wir Bester überprüft und festgestellt, dass er Mitglied im Alpenverein Mühlheim ist, denen gehört die Hütte, in der er Sie festhielt. Wir kamen gerade dort an, als er Sie weggeschleppt hat. Dann haben wir ihn mithilfe von Wärmebildkameras durch den Wald verfolgt. Später ist er irgendwo zwischen den Felsen verschwunden und wir haben ihn verloren, dafür entdeckte ich Ihren Großvater. Wie der hierher fand weiß ich nicht, und ich muss es auch nicht unbedingt wissen.« Sie zwinkerte Herbert zu. »Wir hatten beide dasselbe Ziel, aber einen unterschiedlichen Weg.«

Herbert lächelte.

Nina Heckmanns drehte sich wieder zu Franziska. »Ich war übrigens beeindruckt von Ihren Worten an

Dr. Bester im Canyon. Sie haben ihm klargemacht, dass nur er sein eigener Richter sein kann. Dass er auch sein eigener Henker sein wollte, war seine Entscheidung.

»Sie haben das Buch tatsächlich gelesen, ist ja krass!«

»Ja. Ich heiße übrigens Nina.«

Marie Landwehr bekam ihre Handtasche wieder zurück. Diese war leer, aber sie freute sich trotzdem, denn die Tasche war ein besonders wertvolles Stück. Ihr verstorbener Mann war einer der letzten Täschner in Offenbach und hatte die Handtasche eigenhändig zu ihrem 60. Geburtstag angefertigt.

Melissa erfuhr, dass ihr neuer Lover wegen Handtaschenraubs am Bürgeler Mainufer angeklagt war. Sie schickte ihn in die Wüste. Zwecks mentalen Ausgleichs kaufte sie sich einen rosa Bikini. Schließlich würde der Sommer bald kommen. Sie verzichtete allerdings darauf, nach dem Einkauf einen Cappuccino zu trinken.

Alfred Sival lag diesmal in einem Zweibettzimmer. Sein Bettnachbar hieß Dieter. Er hatte Probleme mit der Leber. Und er war sehr mitteilungsfreudig. Er berichtete ihm von seinen beiden Freunden Pepi und Karli. Und von seinem Kumpel Schlunz, der tot war, und dessen Kiosk er gerne übernehmen würde, um endlich eine feste Arbeit zu haben. Aber ihm fehlte das nötige Startkapital.

»Ich hätte da eine Idee«, sagte Alfred Sival.

Kriminaloberkommissar Bennert war beim Herumirren durch den frühmorgendlichen Wald über eine Baumwurzel gestolpert und hatte sich den Fuß gebrochen. Außerdem hatte sein sündhaft teurer Anzug einen Riss bekommen. Bennert lag im Krankenhaus, auf derselben Station wie Alfred Sival. Doch die beiden wussten nichts voneinander. Und möglicherweise war das auch gut so.

Jacky hatte sich vor den Folgen ihrer eigenen Entscheidung gefürchtet. Ihr Vater meinte, das gehöre zum Erwachsenwerden. Sie war sich nicht sicher, ob das stimmte. Falls Franziska irgendwie zu Schaden gekommen wäre, hätte sie die Last dieser Schuld nicht tragen können. Nach dem glücklichen Ausgang war sie von rechthaberischen Gedanken jedoch weit entfernt. Sie hatte nur einen Wunsch: Franziskas Freundin zu bleiben und wieder mit ihr in die Schule zu gehen, so wie die Jahre zuvor auch.

Mia-Sophie schaffte es an diesem Sonntag bei einem Sportfest, die 1.000-Meter-Strecke zum ersten Mal unter vier Minuten zu laufen. Das war die Zielzeit, die Dr. Bester ihr gegeben hatte, um sie anzuspornen, um ihr Mut zu machen. Viele Wochen hatte sie darauf hingearbeitet. Und nun fand sie es ziemlich ätzend, dass ihr Lehrer diesen Erfolg nicht miterleben konnte.

Alex befand sich mit seiner Familie auf einer großen Fähre, die im Laufe das Abends La Goulette, den Hafen von Tunis, anlaufen würde. Er beobachtete seine Mutter und war froh, zu sehen, wie sie aufblühte, je näher sie der Heimat kamen. Noch nicht perfekt – aber das war nur eine Frage der Zeit. Er selbst wusste nicht so recht, an was er bei dem Begriff Heimat denken sollte –

an Tunesien oder an Deutschland. Auf jeden Fall dachte er an Franziska.

Berti vermisste Herbert und die Gulaschsuppe.

Herr Schuldt bevorzugte Brokkolicremesuppe. Von all den Ereignissen um die Familie Falke hatte er überhaupt nichts mitbekommen. Sein größtes Problem war, dass er am Samstagabend bei *Wetten dass ..?* eingeschlafen war und die Wette mit den 500 stapelbaren blauen Elefanten verpasst hatte.

Auch Karin Falke hatte in der weit entfernten großen Stadt nichts von den dramatischen Geschehnissen in und um Offenbach mitbekommen. Trotzdem widerfuhr ihr ein seltsames Erlebnis. Als sie am Sonntagabend über die Plaza schlenderte, kam ihr eine junge Bettlerin entgegen, eine dünne Frau, fast so groß wie sie selbst, mit dunklen verfilzten Haarbüscheln. Normalerweise gab Karin Falke den Bettlern nie irgendwelche Almosen, schon aus Prinzip, doch als die junge Frau vor ihr stehen blieb, legte sie ihr unaufgefordert einen Geldschein in die Hand. Ein Vermögen für die Bettlerin. Diese sah Karin Falke mit großen Augen an, ein kurzer, hastiger Blick, dann ging sie weiter.

Herbert Falke hatte am Sonntagmittag endlich seine rosa Vespa aus dem oberen Buchrainweg abgeholt und war damit eine Stunde lang ziellos in Offenbach herumgefahren. Nun lag er im Bett und konnte nicht einschlafen. Als Franziska von dem Seil befreit in seinen Armen gelegen hatte, waren zwei Seelen zur Ruhe gekommen.

Ohne Worte. Auch Andreas würde irgendwann einmal zur Ruhe kommen. Herbert war nicht böse auf ihn. Vielleicht hätte er an seiner Stelle ebenso reagiert. Diese Kerbe wieder zu kitten, würde in Zukunft seine große Aufgabe sein. Christel schien ihm von dem Bild auf seinem Nachtisch Mut zuzulächeln. Er löschte das Licht.

Franziska hatte nur einen Wunsch: zu vergessen. Die Hütte des Alpenvereins, den auf einem Felsen zerschellten Körper ihres Lehrers, den Streit zwischen Vater und Großvater, ihre Mutter, Bennert und Melissa – all das wollte sie am liebsten in die Gedankenmülltonne werfen. Nur an Alex mochte sie noch denken. Ob es ihm gut ging in Tunesien? Und zwar nicht nur irgendwie gut, sondern perfekt? Sie bezweifelte das. Und wie sie so über ihn nachdachte, fiel ihr auch ein, warum sich Dr. Bester ausgerechnet Alex als Opfer seiner falschen Beschuldigung ausgesucht hatte. Das musste sie unbedingt Nina erzählen.

ENDE

Die Dietesheimer Steinbrüche

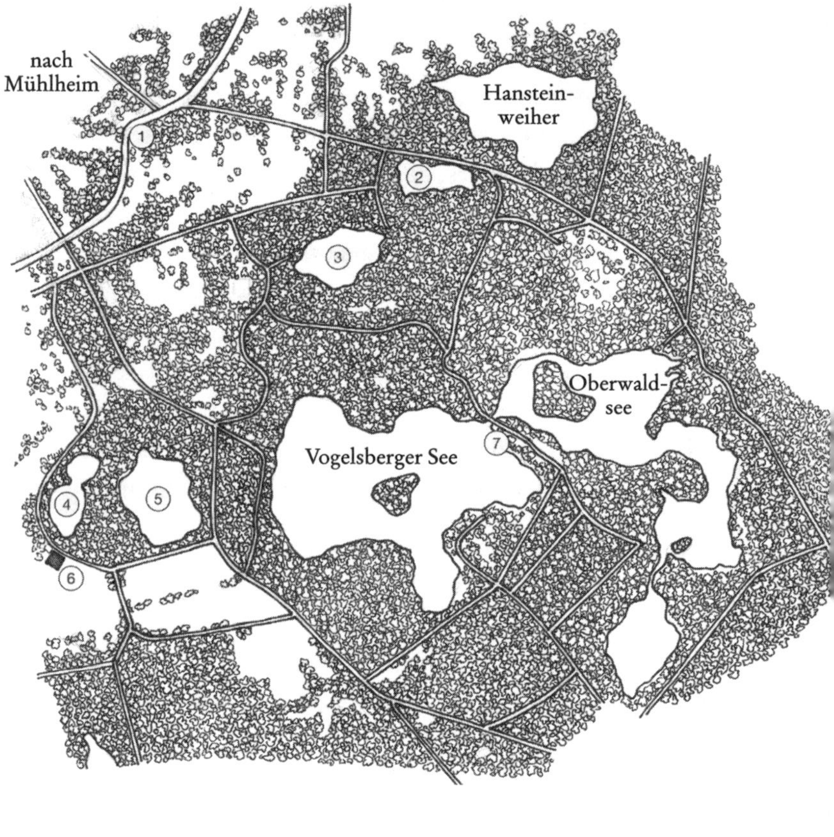

1: Südring
2: Neuer See
3: Grüner See
4: Röster See
5: Frankfurter See
6: Hütte
7: Canyon-Brücke

Weitere Krimis finden Sie auf den folgenden Seiten und im Internet: www.gmeiner-verlag.de